AtV

Peter Cameron wurde 1960 geboren, wuchs in New Jersey auf und lebt heute in New York. Diverse Lehraufträge an der Columbia University's School of the Arts. Für seine Erzählungen wurde Peter Cameron zweimal mit dem O. Henry Award ausgezeichnet. »Damals ist ein fernes Land« ist nach »Schaltjahr« und »Das Wochenende« (AtV, 1999) sein dritter Roman.

»Ich habe zurückgelassen, was es zurückzulassen galt. Also alles«, notiert Alex Fox in sein neues, in schönstes Leinen gebundenes Tagebuch. Alex, auf der Flucht vor quälenden Erinnerungen an eine zunächst rätselhafte persönliche Tragödie, hat sein Antiquariat in San Francisco aufgegeben, um in Andorra ein neues Leben zu beginnen. Die Hauptstadt umgibt ihn mit bizarrer, aber rätselhaft einladender Architektur. Mit ihrem geheimnisvollen Spiel von Licht und Schatten. Mit gleißender Sonne und funkelndem Meer. Und an den ersten Tagen, frei und gleichzeitig geborgen in seinem ovalen, mit wunderschönen Antiquitäten ausgestatteten Zimmer im Hotel Excelsior, scheint es tatsächlich möglich, im Leben einfach die Seite umzublättern und ein neues Kapitel zu beginnen.

Aber dann begegnet Alex den schillernden, stets ein wenig melancholischen Menschen in Andorra: Die schöne und faszinierende Mrs. Dent, verheiratet mit einem an seiner Mittelmäßigkeit leidenden Komponisten, mit dem sie ein schreckliches Geheimnis zu teilen scheint. Sophonsobia, Herrscherin über den Quay-Clan und somit auch über ihre schönen Töchter Jean und Nancy, deren viktorianische Reize Alex verwirren. Die verarmte Mrs. Reinhardt, die von den letzten Resten ihrer spärlichen Rente im Hotel Excelsior untergekommen ist und eine manische Liebe zu Büchern kultiviert.

All diese Menschen, die wie besessen um Alex' Liebe und Freundschaft buhlen, enthüllen dem Neuankömmling nach und nach die abgründigen Schicksalsschläge, die sie nach Andorra führten – wie er versuchen sie, einem unheilvollen Damals zu entrinnen. Als schließlich binnen weniger Tage zwei Leichen an den Ufern Andorras angespült werden, gerät Alex unter Mordverdacht, und seine eigene Vergangenheit holt ihn aufs schrecklichste ein.

Peter Cameron erzählt in seinem poetischen Roman mit bestechender Schlichtheit von Liebe und Verrat, von Erinnerung und Vergessen. Und von der Machtlosigkeit des Menschen, wenn auch die scheinbaren Belanglosigkeiten im Leben zum ewigen Verhängnis werden.

»Ein herausragendes Stimmungsbild über Lüge und Wahrheit, über Flucht und Erkenntnis, über jene eigentümliche Ruhe, die das Herz jeder Verzweiflung ist.« *(The New Yorker)*

Peter Cameron

# Damals ist ein fernes Land

Roman

Aus dem Amerikanischen
von Nikolaus Stingl

Aufbau Taschenbuch Verlag

Die Originalausgabe *Andorra* erschien 1997 bei Farrar, Straus & Giraoux, New York.

ISBN 3-7466-1501-1

1. Auflage 2000
Aufbau-Taschenbuch Verlag GmbH, Berlin

Umschlaggestaltung Torsten Lemme
unter Verwendung eines Fotos des G + Jahr Fotoservice
Satz LVD GmbH, Berlin
Druck Elsnerdruck GmbH, Berlin
Printed in Germany

www.aufbau-taschenbuch.de

# Teil I
# Das Hotel Excelsior

Selbst vom einfachsten und realistischsten Standpunkt aus betrachtet, nehmen die Länder, nach denen wir uns sehnen, in unserem wirklichen Leben jederzeit sehr viel mehr Raum ein als das Land, in dem wir uns zufällig gerade befinden.

*Marcel Proust, In Swanns Welt*

# I

Vor vielen Jahren habe ich ein Buch gelesen, das in Andorra spielte und eine bestimmte Vorstellung von jenem Land in mir erzeugte, die haftenblieb. Als mich die Umstände zwangen, mein Leben anderswo neu zu beginnen, wußte ich daher sofort, wohin ich wollte. So wie die Welt heutzutage beschaffen ist, war es nicht weiter schwer, dorthin zu gelangen; ich ließ zurück, was ich zurücklassen mußte, das heißt alles. Erstaunlich, mit welcher Leichtigkeit man sein Leben ändern kann, wenn man will oder muß.

Aber natürlich änderte ich mein Leben überhaupt nicht. Ich lebe genau wie bisher, nur eben in einem anderen Land: Andorra.

Aufgrund seiner ausgefallenen Topographie ist Andorra nicht aus der Luft zu erreichen, deshalb reiste ich per Bahn von Paris aus an, nachdem ich bis dorthin geflogen war. In der Regel – und ich bin wohl leider der Typ, der an Regeln glaubt – komme ich gern mit der Bahn an neuen Orten an. Buchstäblich Grenzen zu passieren, von einem Land ins andere zu wechseln, die Landschaft am Fenster vorbeifliegen und außerstädtisch werden zu sehen und dann die allmähliche Verlangsamung wahrzunehmen, wenn der Zug sich einer Großstadt nähert – das alles vermittelt einem bei der Ankunft eine Ortserfahrung, die einem das Fliegen vorenthält.

Andorra ist ein kleines Land, und seine Großstadt – denn es gibt nur eine: die Hauptstadt La Plata – ist vergleichsweise klein. Der Bahnhof, in dem ich mich wiederfand, war nicht der chaotische Großtempel, wie man ihn von europäischen

Städten erwartet, sondern bestand schlicht aus mehreren Bahnsteigen mit Glasdach, zwischen denen eben soviele Gleise verliefen, einem getünchten Warteraum mit abgenutzten Korbmöbeln und einem Deckenventilator, dessen Drehgeschwindigkeit lediglich bewies, daß er in Betrieb war. Ich war der einzige Fahrgast, der in La Plata ausstieg; ich hielt das für ein merkwürdiges, vielleicht aber gutes Omen: mir gefiel der Gedanke, daß ich an einen Ort reiste, der nicht von anderen frequentiert wurde.

Ich hatte beschlossen, in einem Hotel abzusteigen, bis ich eine passende Mietwohnung gefunden hatte, und sagte dem Taxifahrer, er solle mich zum besten Hotel der Stadt fahren. Wie ich später herausfand, hat La Plata nur ein Hotel, aber das war von einer Qualität, die ohnehin an das Beste denken ließ. (La Plata war überhaupt eine ungemein eigenartige Stadt, wie ich noch feststellen sollte: fast alles gab es nur einmal, außer Kirchen und Restaurants, von denen es freilich nur wenige gab.)

Das Hotel hieß Excelsior, und das beste Zimmer, das man dort frei hatte, war rund und lag im obersten Stock in einem Eckturm. Aufgrund seiner ausgefallenen Lage im Gebäude war es beinahe unzugänglich: vom Fahrstuhl folgte ich dem Pagen einige Stufen hinauf zur Basis des Turms. Wir erstiegen eine schmiedeeiserne Wendeltreppe zu einem kleinen Foyer mit Gitterwerkboden. Der Page schloß die Tür auf, öffnete sie nach innen und trat dann zur Seite, damit ich als erster hineingehen konnte. Das Zimmer war von Sonnenlicht durchflutet, und die gekrümmten Wände verhinderten eine Anordnung der Möbel nach konventionellem Muster: Sofa, Bett, Schreibtisch und Stühle standen beinahe willkürlich überall im Zimmer verstreut.

Ein schmaler, schmiedeeiserner Balkon umschloß den Turm, und ich trat durch die offene Balkontür, die sich mit ihren leicht abgeschrägten Kanten der Rundung der Wände anpaßte. Direkt unter mir, vor dem Hotel, lag eine breite Plaza mit Kopfsteinpflaster und einem Brunnen in der Mitte. Drei Bronzefischer standen auf einem Steinhaufen und warfen funkelnde Wasserleinen in die Luft; vom Brunnenbecken stiegen fliegende Fische auf, die ihrerseits Wassernebel auf die Fischer bliesen. Auf der anderen Seite der Plaza, hinter einer Reihe Palmen, umgab eine mit rotem, frisch geharktem Kies bestreute Promenade den kleinen Hafen, in dem sich kleine bunte Boote und ein paar protzige Jachten drängten. Diese Promenade führte in einer Richtung zu einer steinernen Treppe, auf deren oberem Absatz sich ein großes, flaches Gebäude duckte; vor seiner offenen Fassade machte sich ein Sortiment von Cafétischen und -stühlen breit. Ich sah, wie ein junger Mann aus dem Restaurant trat, der sich zwischen den Tischen hindurchbewegte und rotweiß gestreifte Sonnenschirme darüber aufspannte.

Dort, dachte ich, könnte ich vielleicht Mittag essen.

An einem Ende der Plaza stand ein beflaggtes, majestätisches Gebäude, das an Behörde denken ließ, und ihm gegenüber, am anderen Ende, ein ebenso majestätisches mit einem prunkvollen Vordach aus Glas und Eisen, das an Unterhaltung denken ließ. Diverse Geschäfte und einige Marktstände vervollständigten den Platz.

Ich ging ein paar Schritte den Balkon entlang, und mir bot sich ein neuer und ganz anderer Ausblick: die Steinhäuser der Stadt, die in mehreren Terrassen von der Plaza aufstiegen, jede Terrasse in einem subtil auf die anderen abgestimmten Rotton, so daß sich eine Abstufung von Terrakotta bis Rötlichbraun ergab. Hinter der letzten Häuserreihe ragte eine ziemlich steile Felswand auf, gequert von einer Bergbahn, deren Waggons im Augenblick stillstanden und als leuchtendrote Punkte vor der Wand hingen. Den oberen Abschluß der Felswand schien ein Plateau zu bilden, dessen genaue Beschaffenheit ich aber nicht erkennen konnte. Dahinter allerdings, noch höher und im starken Morgenlicht schimmernd, standen Berge mit schneebedeckten Spitzen, und hinter ihnen wiederum, über all dieser Welt, spannte sich ein Himmel von beinahe schon nervenaufreibendem Blau.

Ich war mit nur einem Koffer eingetroffen und wollte mir meine Habseligkeiten erst nachschicken lassen, wenn ich richtig untergebracht war. Als ich ins Zimmer zurückkehrte, war ein Hausdiener dabei, den Koffer auszupacken, den der Page am Fußende des Bettes abgestellt hatte. »Gefällt Ihnen die Aussicht?« fragte er.

»Ja«, sagte ich und suchte nach einer enthusiastischeren Beteuerung. »Sie ist sehr schön. Ganz anders, als ich erwartet hätte.«

»Von Andorra sind die Leute immer überrascht«, sagte er. »Das gehört zu seinem Charme.« Er faltete meine Hemden auseinander, schüttelte sie resolut und hängte sie dann in den Kleiderschrank. Beide verspiegelte Türen des Schranks standen weit offen, so daß der Hausdiener, ebenso wie meine Hemden, mehrfach vorhanden zu sein schien. Ich betrachtete dieses Schauspiel. »Werden Sie bei uns zu Mittag essen?« fragte er.

»Ich weiß nicht«, sagte ich. »Ich dachte, ich versuche es vielleicht mal mit dem Lokal auf der anderen Seite der Plaza. Da, wo die Tische draußen stehen.«

»In der Cantina«, sagte er, »kann man wunderbar zu Mittag essen. Es geht dort nicht so förmlich zu wie im Speisesaal des Hotels. Obwohl Sie auch im Hotelgarten sehr schön essen könnten. Ich könnte Ihnen einen Tisch im Schatten reservieren lassen, wenn Sie möchten.«

»Ich denke, ich wage mich mal ins Freie«, sagte ich.

»Gewiß.« Er nahm meine Schuhe aus ihren Leinenbeuteln und stellte sie auf dem Boden des Schranks in Reih und Glied auf. Dann machte er die Türen zu, schloß meinen Koffer und sagte: »Ich bringe das hier in den Keller. Brauchen Sie noch etwas?«

»Nein«, sagte ich. »Es ist alles bestens. Danke.« Ich gab ihm ein in meinen Augen üppiges Trinkgeld, das er kommentarlos entgegennahm.

»Genießen Sie Ihren Aufenthalt in Andorra«, sagte er.

»Danke«, sagte ich. »Das habe ich vor.«

Als der Hausdiener gegangen war, untersuchte ich meine Kleinwelt. Dem Zimmer fehlte es völlig an der Unpersönlichkeit, die man normalerweise mit einem Hotel in Verbindung bringt. Es war nicht nur voller Möbel, sondern auch voller Gegenstände: chinesische Porzellanschalen, Alabastereier, ein großes, auf einem Holzpult liegendes ledergebundenes Buch, das ich zunächst für eine Bibel hielt, bei dem es sich in Wirklichkeit aber um eine wunderschöne Sammlung von Landkarten aus dem sechzehnten Jahrhundert handelte, welche die überlebten Länder vergangener Zeiten sonderbar langgezogen oder gedrungen und in zarten Pastelltönen koloriert zeigten. Es waren keine billigen Bilder an die Wände gedübelt; deren leichte, aber stetige Krümmung erlaubte es auch gar nicht, Bilder aufzuhängen. Sie waren statt dessen mit einem an der Decke umlaufenden, vergoldeten Gesims und einem als Fresko ausgeführten Triptychon geschmückt, wobei sich auf den wenigen Wandflächen zwischen Türen und Fenstern weitere Tafeln befanden. Bei näherer Betrachtung erkannte ich, daß es sich um eine Darstellung der Jeanne d'Arc handelte: Jeanne als Visionärin, als Kriegerin, als Märtyrerin.

Lange Zeit stand ich mitten im Zimmer und schwelgte im herrlichen Gefühl der Ankunft. Weil wir nie wissen, ob wir das Ziel, zu dem wir unterwegs sind, auch tatsächlich erreichen, ist es stets eine Erleichterung, dort anzukommen. Ich hatte das Gefühl, in diesem Turmzimmer des Hotels Excelsior glücklich und zufrieden leben zu können; vielleicht würde ich für immer hier bleiben und meine eingelagerten Sachen verrotten lassen, denn es waren schließlich die Sachen meines alten Lebens und ich fing ganz von vorn an.

Ehe ich mich ins Freie wagte, nahm ich ein Bad in der großen roten Granitwanne im Badezimmer, das ein einziges Fenster hoch oben in der Wand hatte, ein Fenster, durch das

Sonnenlicht ins Badewasser und auf meinen Körper herabströmte. Ich wusch mir den Staub und Schmutz der Vergangenheit ab und fühlte mich wie gesalbt und willkommen geheißen; ich spürte, daß sich Tragisches transzendieren, vergessen, aufheben läßt.

Zum ersten Mal seit sehr langer Zeit kam ich zur Ruhe.

## 2

Bis ich aus dem Hotel auf die Plaza hinaustrat, war es so warm geworden, daß ich mich unwillkürlich nach den Bergen umdrehte und halb damit rechnete, sie schmelzen zu sehen, denn es war unmöglich zu glauben, daß die üppige Hitze um mich herum sich nicht so weit ausdehnte, wie das Auge reichte.

Während ich am Rand der Plaza entlangsteuerte, bemerkte ich die Vielfalt der Geschäfte, die eine ideale Verbindung von Praktischem und Dekadentem darzustellen schienen: Schuster und Schreibwarenhändler waren unmittelbare Nachbarn von Kürschnern und Juwelieren. Ich beschloß, der Schreibwarenhandlung einen Besuch abzustatten. Im vorderen Teil des Geschäfts waren die üblichen Utensilien zu sehen, und eine Diele führte in ein Hinterzimmer, wo feine Papiere aus aller Herren Länder feilgeboten wurden. Diese Papiere waren über Holzstangen drapiert, die in unterschiedlicher Höhe die Wände säumten: von jedem ein Bogen, ausgestellt wie Gemälde. In einer Vitrine mitten im Raum präsentierte sich ein Sortiment von Journalen unterschiedlicher Größe und mit Einbänden aus einer Vielfalt von Materialien. Erst als ich diese Journale sah, wurde mir klar, daß ich ein Buch schreiben wollte, um mein neues Leben aufzuzeichnen. Ich wollte Stunde für Stunde, Tag für Tag, auf irgendeine planvolle Weise niederschreiben, was mir widerfuhr, was Bedeutung für mich hatte, was ich sagte und was zu mir gesagt wurde, wie es mir ging und was ich sah; so hätte ich, falls dieses neue Leben fehlschlüge, ein Dokument, etwas Bleibendes: ein Andenken.

Mit ihren unterschiedlichen Leder- und Stoffeinbänden waren die Bücher alle wunderschön, doch besonders eines erregte meine Aufmerksamkeit. Es hatte ein großes Format, war beinahe doppelt so hoch wie breit, und die Deckel waren mit einem exotisch gemusterten Stoff in rostroten und indigofarbenen Tönen bezogen. Auf meine Bitte nahm ein junger Mann das Buch aus der Vitrine und erklärte mir, es sei in Florenz aus japanischem Papier und balinesischem Stoff angefertigt worden. Daß Materialien aus dem Orient sich im Okzident so schön zusammengefügt hatten, gefiel mir; ich empfand es als Weltbuch und kaufte es. Aus einer Vitrine im vorderen Teil des Geschäfts suchte ich mir einen Füllfederhalter aus irgendeinem Bernsteinharz aus, den ein Verkäufer sorgsam mit dicker schwarzer Tinte füllte, und trug meine beiden Käufe mit einem Gefühl euphorischer Erwartung auf die Plaza hinaus.

Ich schloß meine Erkundung der Plaza ab und ging die Promenade entlang, die an einer Seite von Palmen und an der anderen von einer niedrigen Kaimauer begrenzt war, an den sich das Wasser lustlos anschmeichelte. Die rotweißen Schirme der Cantina waren alle aufgespannt –

Während ich dies schreibe, kommt mir der Gedanke, daß ich vielleicht alles zu eingehend schildere, zu sehr auf Farben abstelle, so daß die Szenerie möglicherweise grell und knallig erscheint. Vielleicht wirken diese Schilderungen gezwungen, aber sie sind es nicht, denn Andorra war ein Ort, der mich dazu zwang, ihn mir so zu beschreiben, wie ich ihn erlebte. Es war unmöglich, diesen Kiesweg am Meer entlangzugehen und nicht *Palmwedelschatten* zu denken, denn sein Spitzenmuster überzog nicht nur den Weg, sondern auch mich, meine Haut, wie eine Art atmende, schimmernde Tätowierung. Farben hatten Kühnheit: nichts war blaß; was die

Sonne beschien, wirkte nicht wie erschlagen, sondern aufgeladen. Selbst Gegenstände besaßen eine gesteigerte Klarheit, und wenn ich dem Aussehen der Dinge zuviel Aufmerksamkeit schenke, dann nur deshalb, weil ich mich wie nie zuvor der Welt zugehörig fühlte. Die Welt war überall um mich herum lebhaft, so lebendig wie ich, und ich fühlte mich, gleichsam aus einem Koma erwacht, in ihr lebendig.

Die von Schirmen überdachten Tische vor dem Restaurant waren alle besetzt, und so spazierte ich zwischen ihnen hindurch bis zum Eingang. Im Inneren war es dunkel und vergleichsweise leer. Eine lange, verwaiste Bar zog sich an der Rückwand des Raumes hin; Tische standen überall in der Mitte verstreut und in gleichmäßigen Abständen an den Wänden, vor jedem Fenster einer. Da niemand erschien, um mir einen Platz zuzuweisen, setzte ich mich an einen kleinen Tisch an einem Fenster, das auf eine Gasse hinausging, auf deren anderer Seite sich eine hohe, fast vollständig mit Efeu überwucherte Steinmauer erhob.

Die Mittagskarte war nicht umfangreich; ich bestellte das Tagesmenü und einen Krug einheimischen Rosé. Zusammen mit meinem Wein brachte mir der Kellner den *La Plata Herald*, die englischsprachige Zeitung. Anscheinend hatte ich auf ihn den Eindruck eines Menschen gemacht, der Zerstreuung braucht. Ein beunruhigender Artikel berichtete davon, daß man am Morgen im Hafenbecken die Leiche eines offenbar ermordeten jungen Mannes gefunden hatte. Die Bürger wurden angehalten, sich vorzusehen, wenn sie nachts allein spazierengingen. Ein weiterer Artikel auf der Titelseite handelte davon, daß der Intendant der Oper nach Auseinandersetzungen über eine umstrittene Inszenierung des *Nabucco* entweder entlassen worden oder zurückgetreten sei.

Plötzlich erschien neben meiner Zeitung das breite Gesicht eines Hundes, und im Aufblicken sah ich eine hochgewachsene blonde Frau, die von dem Tier begleitet wurde. Der Hund setzte sich neben meinen Stuhl und glotzte mich an.

Es war der größte Hund, den ich je gesehen hatte – sein Gesicht befand sich auf der gleichen Höhe wie meines.

»Entschuldigung«, sagte die Frau, während sie ohne Erfolg an der Leine zerrte. »Dino ist ein ziemliches Gewohnheitstier. Das ist normalerweise unser Tisch.«

»Oh, Verzeihung«, sagte ich. »Ich setze mich woanders hin.«

»Nicht doch«, sagte die Frau. »Auf gar keinen Fall.« Sie warf einen Blick in die Runde, und obwohl es viele freie Tische gab, schien ihr keiner recht zu sein. »Aber vielleicht könnten wir uns zu Ihnen setzen, wenn es Sie nicht stört? Sonst muß ich Ihnen Dino ständig vom Gesicht wegzerren.«

»Gern«, sagte ich. »Aber es macht mir wirklich nichts aus, den Tisch zu wechseln.«

»Ach so«, sagte die Frau. »Entschuldigung. Sie möchten keine Gesellschaft.«

»Nicht doch. Das habe ich nicht gemeint.«

»Gut«, sagte sie und lächelte mich an. »Platz«, sagte sie zu Dino, der seufzte und seinen Körper ganz langsam auf den Boden senkte. Ich faltete die Zeitung zusammen und stand auf, als die Frau sich mir gegenübersetzte. »Huch«, machte sie und griff hinter sich, »was ist denn das?« Sie hielt mir mein Päckchen aus der Schreibwarenhandlung hin, das der Verkäufer in Goldpapier eingewickelt und mit einem scharlachroten Band verschnürt hatte. »Was für ein hübsches Päckchen!«

Ich nahm es ihr ab und legte es auf die Fensterbank. Die Frau setzte sich, reichte mir, als auch ich mich setzte, die Hand und sagte: »Ich heiße Ricky Dent. Es ist sehr nett von Ihnen, Ihren Tisch mit mir zu teilen.«

Ich schüttelte ihr die Hand und nannte ihr meinen Namen. »Sie sind es, die Ihren Tisch mit mir teilt«, sagte ich und nahm meinen Platz wieder ein.

»Aber Sie sind zuerst dagewesen«, meinte sie. »Wie heißt es doch so schön? Sei im Besitz und du bist im Recht.«

»Zu neun Zehnteln.«

»Na, das reicht auf jeden Fall.« Sie lachte. Ihr Lachen war ungezwungen und freundlich, und sie hatte etwas leicht Ungelenkes an sich, das ich gewinnend fand. Ihr merkwürdig eckiges Gesicht konnte je nachdem, welchen Ausdruck es trug oder aus welchem Blickwinkel man es betrachtete, alltäglich oder attraktiv wirken.

»Demnach essen Sie oft hier zu Mittag?«

»Jeden Tag«, sagte sie. »Zumindest jeden Werktag. Außer es regnet, aber das passiert natürlich nie. Es ist Dinos und mein Spaziergang. Ich glaube nicht, daß ich Sie hier schon mal gesehen habe.«

»Ich bin auch erst heute morgen in Andorra angekommen.«

»So? Von woher denn? Und für wie lange?«

»Zuletzt von Paris. Und davor aus den Vereinigten Staaten. Ich bin dabei, nach Andorra zu ziehen. Ich habe vor, hier zu leben.«

»Fein«, sagte sie, als wäre ich ein Kind, das etwas nicht besonders Schwieriges gut gemeistert hat.

»Ich nehme an, Sie leben auch hier?«

»Ja«, sagte sie. »Jedenfalls bis jetzt, und anscheinend wohl auch weiterhin. Und das schon eine ganze Weile. Mein Mann und ich haben uns hier zur Ruhe gesetzt. Wir sind aus Australien.«

»Für den Ruhestand kommen Sie mir aber furchtbar jung vor«, sagte ich.

»Wir haben Glück gehabt und einen Riesenhaufen Geld verdient – das heißt Ricky; mein Mann heißt auch Ricky – und dann beschlossen, alles hinzuschmeißen und hierher zu kommen.«

»Und sind Sie hier glücklich?« fragte ich.

Ehe sie antworten konnte, erschien der Kellner. »Das übliche«, sagte Mrs. Dent zu ihm. Sie sah einen Moment auf ihre leeren Hände und blickte dann zu mir auf. »Ehrlich gesagt«, meinte sie, »bin ich im Moment nicht sehr glücklich.«

»Entschuldigung. Das war eine unhöfliche Frage.«

Sie bedachte mich mit einem raschen, traurigen Lächeln und zuckte die Achseln. »Für wen ist das hübsche Päckchen?« fragte sie.

»Für mich selbst.«

»Und was kauft ein Mann wie Sie für sich selbst?«

»Ich habe mir ein Journal gekauft. Ich dachte, ich führe Buch über mein ...«

»Über Ihr neues Leben?« warf sie ein.

»Ja. So kommt es mir nämlich vor.«

»Mir ist es damals bei meiner Ankunft auch so vorgekommen. Wie schnell so ein neues Leben zum alten Leben wird! Als Mädchen habe ich Tagebuch geführt. Lauter Unsinn hineingeschrieben. Was werden Sie in Ihres schreiben?«

»Ach, so genau weiß ich das noch gar nicht. Es war ein spontaner Kauf. Ich dachte, ich führe Buch über meinen Tagesablauf. Ich will versuchen, bewußter zu leben, überlegter. Ich dachte, ein Journal zu führen hilft mir vielleicht dabei.«

»Wenn Sie Ihre Zeit nur damit verbringen, über Ihr Leben Buch zu führen, bleibt Ihnen keine Zeit mehr, es zu leben«, meinte sie.

»Soweit wird es hoffentlich nicht kommen.«

Unser Essen wurde serviert: gedünstete Forelle für mich und ein Hähnchen-Avocado-Salat für Mrs. Dent. »Wo wohnen Sie denn?« fragte sie, während wir zu essen begannen.

»Im Excelsior«, sagte ich.

»Wie vornehm.«

»Ja, es ist recht schön. Ich habe mir überlegt, eine Weile dort zu bleiben, obwohl ich mir über kurz oder lang etwas Eigenes suchen will.«

»Es ist nicht leicht, etwas zu finden. Besonders um diese Jahreszeit.« Sie spießte mit ihrer Gabel ein Stück Hähnchen auf und hielt es dem Hund hin, der es mit einem einzigen Biß verschlang. »Für wie lange möchten Sie eine Wohnung?«

»Für immer«, sagte ich.

»Das ist sehr lange.«

»Na ja, vielleicht nicht für immer. Aber ich möchte mich hier niederlassen. Ich möchte nicht wieder umziehen.«

»Was hat Sie denn nach Andorra verschlagen?« fragte Mrs. Dent. Dino hatte sich aufgesetzt und wartete geduldig auf den nächsten Happen seines Mittagessens. Ich beantwortete die Frage nicht, und Mrs. Dent sah mich an. Sie versuchte mit schmalen Augen, meinen Gesichtsausdruck zu deuten, und legte die Gabel aus der Hand. »Verzeihung. Jetzt stelle ich ungeschickte Fragen. Es geht mich selbstverständlich nichts an, was Sie nach Andorra verschlagen hat. Sagen wir, es war der Wind oder das Schicksal oder irgend so etwas Albernes, aber Sie sollten eine Antwort parat haben, denn die Leute fragen ganz bestimmt, das kann ich Ihnen garantieren.«

»Es war wohl das Schicksal«, sagte ich.

»Zweifelsohne«, meinte sie. »Das war es bei uns allen.« Wir aßen eine ganze Weile schweigend, dann sagte Mrs. Dent: »Früher ist Ricky jeden Tag zum Mittagessen mitgekommen, aber mittlerweile ist ihm der Aufwand zu groß. Das meine ich, wenn ich sage, daß ein neues Leben leicht zum alten wird. Warum essen Sie nicht im Hotel?«

»Ich hatte Lust, die Stadt zu erkunden.«

»Wenn Sie mögen, könnte ich Sie ein bißchen herumführen, wenn wir mit dem Essen fertig sind.« Sie machte das Angebot ohne rechte Begeisterung, als erwartete sie eine Ablehnung.

Ich wollte mir ihr Angebot nicht zunutze machen. Zwar wirkte sie charmant, aber irgend etwas an ihr war mir nicht ganz geheuer, und solange ich das gesellschaftliche Terrain nicht kannte, war es nach meinem Dafürhalten möglicherweise ein Fehler, noch weiter auf sie zuzugehen. Manchmal liegt es nicht im ureigenen Interesse, allzu rasch Freundschaften zu schließen – man schließt dann leicht die falschen. »Ich bin von der Reise noch recht müde«, sagte ich. »Ich denke, eine Siesta würde mir guttun.«

»Natürlich«, sagte sie. Sie beförderte das letzte Stückchen Fleisch in Dinos erwartungsvolles Maul. »Aber ich lasse mich nicht so leicht abschrecken. Möchten Sie nicht einmal zum Abendessen zu uns kommen? Ich fände es schön, wenn Sie meinen Mann kennenlernen. Ricky hat nicht oft ... Die meisten Männer, die wir kennen, sind ziemlich alt und spießig. Und er fände Sie ganz bestimmt sympathisch. Sie sind doch nicht spießig, oder?«

»Nicht bewußt«, sagte ich.

»Sie sind es überhaupt nicht«, sagte sie und berührte mich an der Hand. »Sie sind ausgesprochen nett und charmant, und ich empfinde es als großes Glück, daß ich Sie entdeckt habe, ehe es jemand anders getan hat.« Sie stand auf. »Komm, mein Schatz«, sagte sie zu Dino, der neben ihr stand. »Ich lasse Ihnen ein, zwei Tage Zeit zum Eingewöhnen und schicke Ihnen dann eine richtige Einladung zum Abendessen. Und vielleicht können wir auch wieder einmal zusammen zu Mittag essen. Das fände ich schön. Ich habe es sehr genossen.« Sie streckte die Hand aus.

Ich stand auf und ergriff sie. »Ich auch«, sagte ich. »Danke für das Vergnügen.«

Sie lächelte mich an und tätschelte Dinos Flanke. »Keine Ursache«, sagte sie.

Wir verabschiedeten uns voneinander, und ich wartete, bis sie zur Tür hinausging, ehe ich mich wieder setzte. Der Kellner kam, räumte das Geschirr ab und brachte mir dann meine Torte. Nach Mrs. Dents Aufdringlichkeit genoß ich das Alleinsein und bestellte mir, um die Mahlzeit auszudehnen, noch ein Glas Wein. Der Raum hatte sich geleert, und die Kellner lungerten an der Theke herum. Durch die Fenster konnte ich sehen, daß die Tische vor dem Lokal ebenso wie wie Plaza weitgehend geräumt waren. Es war Zeit für eine Siesta, ich konnte spüren, wie sich die Stadt hinter geschlossene Türen, Fensterläden und zwischen Laken zurückzog.

Ich nahm mein goldenes Päckchen von der Fensterbank

und hielt es einen Moment in den Händen, als kennte ich seinen Inhalt nicht und versuchte ihn zu erraten. Und dann zupfte ich an dem scharlachroten Band und sah zu, wie es sich aus einer Blüte in einen schmalen Stoffstreifen verwandelte. Das Papier fiel, ein raschelndes, goldenes Rauschen, zu Boden, und ich berührte die stoffbezogenen Deckel, zeichnete mit dem Finger ihr wirbelndes Muster nach. Und dann schlug ich das Buch auf der ersten, unwirklich leeren, schönen Seite auf, zog meinen neuen Füllfederhalter aus der Jackettasche, schraubte die Kappe ab und schrieb mit Tinte, die glänzte und so dick und undurchlässig wirkte wie Blut: *Vor vielen Jahren habe ich ein Buch gelesen …*

## 3

Ich hatte mich darauf gefreut, meine Erforschung der Stadt am Nachmittag wiederaufzunehmen, aber nachdem ich Mrs. Dent gesagt hatte, ich wolle eine Siesta halten, ertappte ich mich dabei, daß ich geradewegs zum Hotel zurückging, um ebendas zu tun. Ich änderte meine Pläne aus zwei, nein drei Gründen: ich wollte nicht zulassen, daß eine Unwahrheit den ersten Tag meines neuen Lebens trübte; ich hatte ein wenig Angst davor, peinlicherweise vielleicht Ricky Dent und Dino zu begegnen, falls ich meine Streifzüge fortsetzte; und ich war müde.

Und ich hatte reichlich Zeit, La Plata zu erforschen: am Anfang hat man es niemals eilig.

Die Fenster und die Balkontüren meines Hotelzimmers waren alle offen, und eine frische Meeresbrise kühlte das Zimmer. Ich zog mich aus, und als ich auf das Bett zutrat, fiel mir auf, daß seine Füße mit kleinen Messingrädchen versehen waren; ich konnte es mühelos durchs Zimmer schieben. Ein breiter Strang Sonnenlicht fiel durch die Balkontüren, und ich schob das Bett in die warme Spur der Sonne und hievte mich dann auf die hohe, weich gefederte Matratze, so daß ich direkt beschienen wurde. So lag ich eine Zeitlang und schaute zum Hafen hinunter, von dem in hektischen Signalen gebrochenes Licht zum Himmel aufzuckte.

Als ich aufwachte, war die Sonne gesunken, das Licht hatte sich verändert, und die zur Tür hereinwehende Brise war beinahe kalt. Einen Moment lang war ich verwirrt und desorientiert, dann kamen mir mein Aufenthaltsort und die jüngsten Ereignisse langsam wieder zum Bewußtsein: die nächtliche Zugfahrt von Paris, das Hotel, das Journal, das Mittagessen mit Mrs. Dent …

Ich sah an meinem Körper hinab, den die mein Bett überflutende Sonne ein wenig verbrannt hatte: ein stechendes Rot auf Bauch und Beinen. Als ich die rote Haut berührte, lief sie weiß an und wurde, als ich den Finger wegnahm, wieder rot. Mein Körper war einmal schön gewesen: geschmeidig, kräftig und wohlgeformt, doch nun war er nichts mehr von alledem; ich hatte ihn verkommen lassen, im Stich gelassen, ignoriert. Ihn beinahe vergessen.

Ich stand vom Bett auf, stellte mich mit gespreizten Beinen auf den Steinfußboden, die Arme so hoch ich konnte über den Kopf erhoben, so daß die gestreckten Finger an die Turmdecke zeigten, hob mich dann auf die Zehen und verharrte in dieser Haltung, während ich bis zehn zählte. Diese Übung wiederholte ich mehrmals und absolvierte dann einige Dehn- und Streckbewegungen, gefolgt von einer Reihe Liegestützen und Kniebeugen. Als ich mit dieser Gymnastik fertig war, tat mir alles weh und ich war außer Atem, dennoch fühlte ich mich nicht erschöpft, sondern gekräftigt. Das würde ich nun jeden Tag machen, gelobte ich, ausnahmslos jeden Tag, und mein Körper würde bald wieder so schön wie früher sein.

Auf dem Nachttisch (der sich nicht mehr neben dem Bett befand) stand eine Flasche Mineralwasser: eine smaragdgrüne Flasche. Ich machte sie auf und goß mir etwas Wasser, das zischte und perlte, in ein Glas. Es schmeckte und roch sumpfig, aber es stillte meinen Durst, und ich goß mir noch ein Glas ein. Beim Trinken fiel mein Blick auf mein Journal, das ich auf einem seltsamen Möbelstück in einem Alkoven unmittelbar neben der Tür abgelegt hatte. Ich nahm an, daß es sich um einen Betstuhl handelte: eine niedrige, mit Samt bezogene Fläche knapp über dem Boden, und auf einer kunstvoll geschnitzten Holzsäule ein kleiner Ständer mit Perlmuttintarsien und einer Leiste als Buchstütze. Mein Journal war etwas zu groß für den Ständer, wirkte ansonsten aber sehr dekorativ, wie es da lag: der gebatikte Stoff seines Einbandes paßte zum verblichenen Samt des Kniekissens. Ich überlegte, ob ich auf den Seiten des Journals über mein Mittagessen mit Mrs. Dent schreiben sollte, kam dann aber zu dem Schluß, daß sie recht hatte: ich mußte ebensoviel leben wie Leben aufzeichnen, also zog ich mich an und ging aus dem Haus, um meine Erforschung der Stadt fortzusetzen.

Bei meiner Rückkehr ins Hotel am Abend teilte mir der Portier mit, daß in zwei Belegungen zu Abend gegessen wurde, wie auf einem Schiff: die erste um sieben, die zweite um neun Uhr. Ich bat ihn, mir für die erste einen Tisch zu reservieren. Normalerweise hätte ich mich für die zweite entschieden, da erste Belegungen bekanntermaßen der Tummelplatz von Kindern und Alten sind, aber es war ein langer Tag gewesen, und ich war trotz – oder vielleicht gerade wegen – meines Nickerchens müde; von einer Mütze voll Schlaf am Nachmittag bekomme ich abends häufig die richtige Bettschwere.

Ich hatte schon beim Durchqueren der Lobby einen flüchtigen Blick in den Speisesaal getan. Es war ein großer, festlicher Raum mit hoher Decke, dessen Fenster teils auf die Straße, teils auf den kleinen Privatpark direkt hinter dem Hotel hinausgingen; die Wände waren mit Fresken geschmückt, die Decke vergoldet. Er sah sehr schön aus, als ich ihn kurz nach sieben betrat: Kerzen und Blumen schmückten jeden Tisch, drei Lüster verbreiteten ein gedämpftes Licht, das sich in den Prismen brach, die sie zierten, und der goldenen Decke einen warmen Schimmer verlieh. Man wies mir am anderen Ende des Raums einen kleinen Wandtisch mit nur einem Stuhl zu, der offenbar für einen Alleinesser gedacht war, und darüber war ich erleichtert, denn mir wurde mit einem Mal klar, daß mich beim Gedanken an einen weiteren Überfall im Stil von Ricky Dent leise Panik ergriff, obwohl ich, wenn ich es recht bedachte, mein Essen mit ihr genossen hatte: sie war ein merkwürdiger Mensch, zugleich abstoßend und gewinnend, offen und rätselhaft. Mir wurde klar, daß ich nichts dagegen hätte, sie wiederzusehen, und daß ich hoffte, sie würde, wie versprochen, bald mit einer Einladung zum Essen auftauchen.

Ich habe oft genug allein gegessen und müßte es eigentlich ganz gelassen sehen, aber das gelingt mir selten. Ich bin mir des Alleinseins zu sehr bewußt; und weil niemand da ist, dem ich meine Aufmerksamkeit zuwenden kann, habe ich das Gefühl, die Mitspeisenden glauben allesamt, ich beobachtete und belauschte sie, und halten mich ganz allgemein für unhöflich. Manchmal sehen sie mich mitleidig an und lächeln, und das kann ich nicht ertragen. Oft nehme ich ein Buch mit, um meine Aufmerksamkeit abzulenken, und ich hatte auf dem Weg zum Essen in der Hotelbibliothek haltgemacht. Nach rascher Durchsicht der Regale (die mit ledergebundenen Klassikern der englischen, französischen, russischen und altgriechischen Literatur bestückt waren) hatte ich mich für einen Band Trollope entschieden, den ich zum Tisch mitgenommen hatte, jedoch zugeklappt neben meinem Teller liegenließ. Ich bin recht firm in Etikette, aber es scheint im Hinblick auf das Lesen, wenn man allein in Restaurants ißt, keine verbindlichen Regeln zu geben: Ich denke, es kommt auf das Lokal an und auf die Gesellschaft, in der man ißt. Im Speisesaal des Hotels Excelsior zu lesen, das spürte ich, würde nicht zur Atmosphäre des Raums passen. Also widmete ich mich meinem Essen, das ausgezeichnet war (Consommé, gebratener Fasan, frischer Blattsalat, etwas einheimischer Schafskäse, Birnentorte, eine halbe Flasche Médoc), und studierte zwischen den Gängen die Fresken, die im spätabendlichen Licht verblassende Ansicht der Plaza und – heimlich – die anderen Speisenden.

Nach dem Essen hielt das Hotel eine ganze Anzahlvon Zerstreuungen bereit: es gab eine Lounge, in der Cocktails serviert wurden, ein Billard- und Rauchzimmer, eine Lounge, in der keine Cocktails serviert wurden, und die Bibliothek. Da ich mir den Trollope in Eile ausgesucht hatte, beschloß ich, ihn zurückzustellen und nachzusehen, ob ich nicht eine andere Bettlektüre finden konnte.

Die Bibliothek war ein beengter, eigenartig geformter Raum – seine Gestalt erinnerte mich an ein Puzzleteil –, dessen Wände vollständig mit Bücherregalen bedeckt waren, wunderschönen Mahagoniregalen, die über den ganzen Raum verteilt mehrere intime Alkoven bildeten. An jedem Regal war oben ein kleines Lämpchen befestigt, das man, wie ich feststellte, mit einem altertümlich wirkenden, auf Augenhöhe in das Regal eingebauten Schalter anknipsen konnte. Das Lämpchen brannte ein paar Minuten und ging dann von selbst aus. Ich hatte schon drei Lichtintervalle lang in einer abgesonderten, der modernen britischen Literatur gewidmeten Nische verweilt, als ich auf eine Ausgabe von *Crewe Train* von Rose Macaulay stieß, eben jenes Buch, das mich bewogen hatte, nach Andorra zu ziehen. Ich hatte es vor sehr langer Zeit gelesen. Wenn ich es nun wieder läse, was würde ich dann denken? Sollte ich meine Erinnerung daran in Frieden lassen? Manchmal ist es gefährlich, sich nochmals auf ein geliebtes Buch einzulassen, besonders nach einer tiefgreifenden Veränderung im eigenen Leben: das Buch erscheint einem nicht mehr vollkommen; man könnte schwören, es sei bearbeitet oder redigiert worden, dabei wurde natürlich nur man selbst einer Revision unterzogen. Ich nahm das Buch vom Regal, und während ich es in der Hand hielt, ging abermals das Licht aus; ausnahmsweise einmal faßte ich ein Dunkelwerden als Bestätigung auf: Ja, nimm das Buch. Geh zu Bett.

Beim Verlassen meines Alkovens bemerkte ich, daß ich nicht allein in der Bibliothek war. Mitten im Raum stand ein runder Tisch, auf dem ordentlich gestapelte Zeitungen und Zeitschriften eine riesige Keramikvase mit Hortensien umgaben, und an diesem Tisch saß eine schlicht und elegant in Schwarz gekleidete, ältere Dame. Ihr blauweißes Haar hatte genau die gleiche Farbe wie die Hortensien. Sie trug Perlen in den Ohrläppchen und Diamanten um den Hals. »Guten Abend«, sagte sie, und mir wurde klar, daß sie dort gesessen und darauf gewartet hatte, daß ich wiederauftauchte.

»Guten Abend«, sagte ich.

»Haben Sie etwas gefunden, was Ihnen zusagt?«

»Ja.« Ich hielt ihr *Crewe Train* hin.

Sie blinzelte übertrieben und sagte: »Meine Augen sind nicht mehr das, was sie einmal waren.«

»Ach so«, sagte ich. »Es ist *Crewe Train.* Von Rose Macaulay.«

»Aber ja doch. Wie passend.«

»Ich habe es vor langer Zeit einmal gelesen«, sagte ich, »und weiß noch, daß es von Andorra handelt. Und jetzt, wo ich hier bin, dachte ich, ich schaue noch einmal hinein.«

»Rose hat völlig danebengegriffen«, sagte die Frau. »Sie ist nie in Andorra gewesen – überall sonst ja, jedenfalls hat sie sich das eingebildet, aber nie in Andorra. Sie hat ein sehr ungenaues Bild unseres Landes gezeichnet.«

»Haben Sie sie gekannt?« fragte ich.

»Recht gut sogar«, antwortete die Frau. »Sie hat mir immer ein bißchen angst gemacht. Ich bin mir jedesmal ganz klein und häßlich vorgekommen.« Sie streckte die Hand aus und sagte: »Ich bin Lucille Reinhardt.«

Ich ergriff ihre Hand, die sich – weil nur Haut und Knochen – auf gespenstische Weise so gar nicht wie eine Hand anfühlte, und stellte mich vor.

»Setzen Sie sich einen Moment zu mir?« fragte sie. »Oder möchten Sie unbedingt gleich mit Rose schlafen gehen?«

Ich setzte mich.

»Ich werde immer ganz neugierig, wenn sich jemand in die Bibliothek wagt«, sagte sie. »Ich halte die Augen offen, so gut es eben geht. Es passiert weniger oft, als man glauben möchte. Mögen Sie Bücher?«

»Ja«, sagte ich. »Sehr. Ich hatte einmal einen Buchladen.«

»So? Was für ein löblicher Beruf. Mein Vater war Verleger. Lord Houck, von Houck & Dean. Über ihn habe ich Rose Macauley kennengelernt. Mein Vater hat Bücher über alles geliebt. Die meisten hier sind von ihm.« Sie machte eine Kopfbewegung zu den Regalen hin.

»Ach ja? Es ist eine wundervolle Bibliothek.«

»Sie stammt aus meinem Elternhaus in Baretshire. Als meine Eltern gestorben sind und wir das Haus aufgegeben haben, habe ich die Bibliothek hierher schicken lassen. Samt den Regalen und sogar diesem Tisch hier«, sagte sie und berührte mit ihrer welken Hand das glatte Holz. »Es hat ein Vermögen gekostet, aber es war jeden Penny wert.«

»Sie haben die Bücher dem Hotel geschenkt?«

»In gewisser Weise«, sagte sie. »Das Hotel hat mir einmal gehört. Ich habe 1922 Hervé Reinhardt, den Besitzer des Hotels Excelsior, geheiratet. Und als er 1943 gestorben ist – er ruhe in Frieden –, habe ich das Hotel verkauft: für einen Spottpreis, allerdings unter der Bedingung, daß ich für den Rest meines Lebens darin wohnen kann – in einer Suite, wohlgemerkt – und meine Mahlzeiten bekomme. Die Käufer hielten das für ein sehr gutes Geschäft, aber ich bin mittlerweile vierundneunzig und habe noch lange nicht die Absicht zu sterben. Das Leben ist leicht, wenn es nichts kostet. Ich bin sehr gut dabei gefahren. Das Hotel gehört mir also nicht mehr, die Bücher allerdings schon. Vielleicht freut es mich deshalb so sehr, wenn jemand hierher kommt und sie sich ansieht. Wirklich ansieht – nicht bloß beschnuppert. Ich habe Sie beobachtet. Und Sie sagen, Sie hatten einen Buchladen?«

»Ja, früher einmal. Zusammen mit meiner Frau.«

»Mit Ihrer Frau? Ist sie auch hier?«

Ich war völlig durcheinander, denn ich hatte nicht vorgehabt, je wieder von meiner Frau oder meinem früheren Leben zu sprechen. »Nein«, sagte ich. »Sie ist vor mir gestorben.«

»Das tut mir sehr leid, aber was für eine eigenartige Formulierung«, sagte Mrs. Reinhardt.

Ich schwieg.

»Buchläden eignen sich nicht als Besitz«, sagte sie. »Hotels allerdings schon, glauben Sie mir. Aber ich halte Sie von Ihrem Buch ab. Ich wollte Ihnen nur guten Abend sagen und Sie willkommen heißen. Wie lange bleiben Sie denn bei uns?«

»Ich habe vor, in La Plata zu leben. Ich bleibe im Hotel, bis ich eine Wohnung gefunden habe.«

»Was für eine Wohnung brauchen Sie denn?«

Ich zuckte die Achseln. »Ich weiß nicht. Ich habe ja gerade erst angefangen zu suchen.«

»Ich frage, weil ich von einer Wohnung weiß, die vielleicht verfügbar wäre. Meine Freundin Mrs. Quay sucht einen Mieter für das kleine Haus ihres Schwagers, das oben auf der dritten Terrasse liegt. Er mußte irgendwohin verreisen – sie hat mir gesagt wohin, Argentinien oder Ceylon oder irgend so etwas, aber ich habe es vergessen. Und sie will nicht irgendeinen x-beliebigen, wenn Sie verstehen, was ich meine, und annoncieren mag sie auch nicht, und deswegen hat sie mir davon erzählt, weil sie dachte, daß vielleicht im Hotel jemand Passendes auftaucht. Ich kenne das Haus nicht, aber wenn es den Quays gehört, ist es schön, das kann ich Ihnen garantieren. Er ist ein eingefleischter Junggeselle, unser Mr. Quay, ein feiner Mensch mit gutem Geschmack, also wird sich in dem Haus schon wohnen lassen.«

»Ist es denn schwierig, etwas zu finden?« fragte ich.

»Es ist ganz furchtbar«, sagte sie. »Deswegen wohne ich immer noch im Hotel, deswegen habe ich diesen Handel überhaupt nur geschlossen. Damit ich niemals suchen und mir Sorgen machen muß. Von Andorra geht nämlich niemand gern weg, und es kommen immer neue Leute, Leute wie Sie, und auch weniger nette. Es ist ganz furchtbar.«

»Tja, dann scheint Mr. Quays Haus ja eine echte Gelegenheit zu sein. Ich wäre Ihnen sehr dankbar, wenn Sie in meinem Namen mit Ihrer Freundin sprächen.«

»Ich werde mich gleich morgen früh mit ihr in Verbindung setzen. Ich bezweifle, daß sie schon jemanden gefunden hat, weil sie furchtbar anspruchsvoll ist. Er hat nämlich alle seine Sachen hiergelassen, und sie will nicht, daß jemand x-beliebiger sie nutzt. Sie suchen ja wohl nach einer möblierten Wohnung.«

»Ich habe einige Sachen eingelagert, aber ich habe es nicht besonders eilig damit, sie wiederzusehen, deshalb wäre mir das sehr recht.«

»Ich habe gleich gewußt, daß es einen Grund hat, warum ich Ihnen hierher gefolgt bin«, sagte Mrs. Reinhardt. »In meinem Alter geschieht fast nichts ohne Grund. Wahrscheinlich ist das in jedem Alter so, aber mit den Jahren merkt man es immer deutlicher. Ich schreibe Mrs. Quay gleich morgen früh. Bestimmt wird alles klappen.«

»Sie sind sehr freundlich.«

»Wie nett von Ihnen, daß Sie das denken«, sagte sie. »Freundlichkeit wird immer am ehesten wahrgenommen, habe ich festgestellt. Ich will damit sagen, daß freundliche Menschen Freundlichkeit am meisten zu schätzen wissen. Das heißt, Sie sind freundlich.«

»Danke«, sagte ich.

»Wären Sie so freundlich, mir einen Gefallen zu tun?« fragte sie. »Wenn ich so unverschämt sein darf, Sie darum zu bitten?«

»Gewiß«, sagte ich. »Es wäre mir ein Vergnügen.«

»Es wäre sehr freundlich von Ihnen, mir ein, zwei Seiten von Miss Macaulay vorzulesen. Meine Augen sind nicht mehr gut genug zum Lesen, und die Kleine von den Pfadfinderinnen, die mir mittwochs vorliest, hat eine ziemlich eintönige Stimme. Und das ist noch freundlich ausgedrückt.«

»Ich fürchte, ich bin kein allzu guter Vorleser«, sagte ich.

»Bestimmt sind Sie besser als meine Pfadfinderin, die Gute«, antwortete Mrs. Reinhardt.

»Soll ich den Anfang vorlesen?« fragte ich und nahm das Buch zur Hand.

»Ja, fangen Sie vorne an. Womit ich nicht andeuten will, daß Sie mehr als den Anfang lesen sollen.«

## 4

Als ich im Morgengrauen aufwachte, regnete es stark, und das Wasser wurde durch die offene Balkontür auf den Boden und das Bett geweht. Ich schloß die Tür, wischte mit einem Handtuch den Boden auf und sah dann zu, wie der Regen gegen das Glas prasselte. Er rann in kleinen Bächen über die Plaza; das Becken des Springbrunnens war übergelaufen, so daß sich mitten auf der Plaza ein kleiner See gebildet hatte. Ich zog die Vorhänge vor der Balkontür zu und schlief wieder ein.

Das Frühstück brachte mir derselbe Hausdiener, der am Vortag meinen Koffer ausgepackt hatte. Ein silbernes Tablett in der Hand, stand er mitten im Zimmer und fragte: »Möchten Sie es im Bett oder am Tisch, Sir?«

»Am Tisch.«

»Soll ich die Vorhänge aufziehen?«

»Nein danke.«

»Sehr wohl. Brauchen Sie sonst noch etwas?«

»Nein«, sagte ich. »Danke.«

Ich blieb den ganzen Vormittag auf meinem Zimmer, schrieb in mein Journal und las *Crewe Train*. Ich hatte Mrs. Reinhardt das erste Kapitel vorgelesen, und das darin geschilderte Andorra entsprach überhaupt nicht dem Land, in dem ich mich befand. Ich erwähnte das gegenüber Mrs. Reinhardt, die mir versicherte, die Autorin sei nie in Andorra gewesen und außerdem für ihre lebhafte Phantasie und ihren sehr unbekümmerten Umgang mit der Geographie bekannt.

Zur Mittagszeit regnete es immer noch, ein gemächlicher, ausdauernder Regen, obwohl der Himmel sich aufgehellt hatte. Ich schaute längere Zeit auf die Welt hinab und sah Mrs. Dent und ihren großen Hund, beide in hellgelben Regenjacken, über die Plaza hasten, zweifellos unterwegs zum Mittagessen in der Cantina. Ich hatte selbst erwogen, dort zu essen, dann aber beschlossen, mir mein Mittagessen auf dem Zimmer servieren zu lassen, und als es kam, lag ein unter der Anschrift des Hotels an mich adressierter Umschlag auf dem Tablett.

Der dicke Bogen Papier, den ich dem Umschlag entnahm, trug oben in diskreter Prägung das Wort QUAYSIDE. Darunter stand in großer, eleganter Handschrift das Datum; eine Anrede gab es nicht, bloß eine Art Schnörkel quer über die Seite und darunter folgende Mitteilung:

*Mrs. Reinhardt war so freundlich, mich heute morgen davon zu unterrichten, daß Sie in unserer schönen Stadt eine Wohnung suchen. Ich glaube, sie hat Ihnen gesagt, daß das Haus meines Schwagers verfügbar ist. Es handelt sich um ein kleines, aber bezauberndes Haus auf der dritten Terrasse – hoch, aber nicht zu hoch gelegen – mit schönen Zimmern und einer herrlichen Aussicht. Einen Garten gibt es leider nicht. Ich bin bereit, es zu einem sehr vernünftigen Preis für einen Zeitraum von einem Jahr zu vermieten (allerdings nur an den Richtigen). Falls Sie Interesse haben, kommen Sie doch einfach heute zum Tee, damit wir uns kennenlernen und alles weitere besprechen können. Vermutlich liegt Ihnen sehr daran, möglichst rasch unterzukommen. Es wäre mir eine Freude, Ihnen das Haus heute oder, wenn Sie es wünschen, zu einem späteren Zeitpunkt zu zeigen. Kommen Sie auch, wenn Sie nicht interessiert sind – Mrs. Reinhardt schreibt, Sie seien ein reizender Mensch (und Mrs. Reinhardt irrt sich nie!), deshalb würden wir gern Ihre Bekanntschaft machen. Wir trinken um halb fünf Tee. Jeder kann Ihnen beschreiben, wie Sie Quayside finden; vom Hotel aus ist es ein kurzer Fußweg an der Cantina vorbei die Halbinselstraße entlang.*

*Ist der Regen nicht furchtbar? Es geht das Gerücht, Sie hätten ihn mitgebracht, aber wenn Sie zum Tee kommen, wird Ihnen alles verziehen.*

Unterschrieben war das Ganze mit Sophonsobia Doyle Quay (Mrs.).

Beim Essen dachte ich über diesen Brief nach. Die fehlende Anrede war eigenartig, und beim Wiederlesen stellte ich fest, daß er mich in die unangenehme Lage brachte, entweder in Quayside Tee zu trinken oder unhöflich zu erscheinen; eine Möglichkeit, die Einladung auszuschlagen, ließ er mir nicht. Ich konnte vermutlich so tun, als hätte mich der Brief gar nicht erreicht, aber das kam mir unehrlich vor und könnte mich womöglich kompromittieren. Auch die Eile, mit der alles vonstatten ging, erschien mir eigenartig: Mrs. Reinhardt mußte schon im Morgengrauen auf den Beinen gewesen, und den ganzen verregneten Vormittag lang mußten Boten zwischen dem Hotel und Quayside hin- und hergewechselt sein.

Vom Hotel aus machte ich mich auf in den kühlen, feuchten Nachmittag. Es regnete nicht mehr, und das Sonnenlicht fiel in langen, schrägen Strömen durch die zerfasernden Wolken; die Plaza dampfte; die Luft roch nach sauberer Erde und feuchtem Flieder. Um mich nach dem Weg nach Quayside zu erkundigen und mir etwas Mut anzutrinken, kehrte ich in der Cantina ein, die einen verlassenen Eindruck machte. Sie war tatsächlich verlassen, bis auf Mrs. Dent und Dino, die den Tisch mit Beschlag belegten, den wir uns tags zuvor geteilt hatten. Mrs. Dent war offenbar mit einem Kreuzworträtsel beschäftigt; Dino schlief zu ihren Füßen. Sie blickte auf, als ich auf den Tresen zutrat, hinter dem der Barkeeper Gläser abtrocknete.

»Komisch, Sie hier zu treffen«, sagte sie und tippte sich mit dem Bleistift gegen ihre ziemlich großen Zähne.

»Ja«, sagte ich.

»Ich dachte, Sie kämen vielleicht zum Mittagessen.«

»Ich habe auf meinem Zimmer gegessen. Ich hatte keine große Lust, vor die Tür zu gehen.«

»Ich weiß. Das Wetter ist gräßlich. Ich warte nur noch, bis es zu regnen aufhört, dann verschwinde ich auch nach Hause.«

»Es hat aufgehört«, sagte ich.

»So?« Sie blickte auf die Gasse hinaus, wo es erkennbar nicht regnete, und sagte: »Schwer zu sagen, von hier drinnen.« Dann sah sie mit schräggelegtem Kopf zu mir herüber und fragte: »Darf ich Ihnen einen Drink spendieren? Oder möchten Sie sich eine Kanne Tee mit mir teilen? Es ist ein schöner Tag für Tee, stimmt's?«

»Tut mir leid, aber ich wollte mich nur eben nach dem Weg erkundigen.«

»Ach so«, sagte sie, »wo wollen Sie denn hin?«

Ich sah sie an. Ich traute ihr immer noch nicht und wollte ihr deshalb nicht sagen, daß ich dabei war, den Quays in Quayside einen Besuch abzustatten. Ich gab keine Antwort.

»Verzeihung«, sagte sie. »Es geht mich nichts an, wo Sie hin wollen.« Sie wandte sich ziemlich angelegentlich wieder ihrem Kreuzworträtsel zu.

Der Barkeeper, der unseren kurzen Wortwechsel offensichtlich mitbekommen hatte, betrachtete mich. Ich wußte nicht, was ich tun sollte. Wenn ich ihn mit normaler Stimme nach dem Weg fragte, würde Mrs. Dent es bestimmt hören, und zu flüstern wäre peinlich. Die Fäuste in die Taschen meines Regenmantels geschoben, stand ich mitten im Raum. Ich wußte mir keinen anderen Rat, als mich umzudrehen und wieder auf die Straße hinauszugehen, und das tat ich dann auch in der Gewißheit, daß mein blamabler Abgang sowohl vom Barkeeper als auch von Mrs. Dent registriert wurde. Einen Moment lang verharrte ich auf dem oberen Absatz der Treppe, die von der Plaza heraufführte. Die Halbinselstraße verlief wohl unmittelbar hinter der Cantina, und das hieß, ich mußte die Gasse hinauf an Mrs. Dents Fenster vorbei. Während ich noch dahinterzukommen versuchte, ob ich auf der anderen Seite um das Gebäude herumgehen konnte, ging die Tür auf, und Mrs. Dent kam heraus, und zwar ohne Dino.

»Hallo«, sagte sie.

Ich sagte ebenfalls hallo.

»Das war verdammt peinlich, wie?« Sie machte eine Kopfbewegung zur Cantina hin. »Ich wollte nicht, daß Sie gehen und diese … diese Peinlichkeit zwischen uns steht. Ich beschreibe Ihnen gern den Weg, wenn Sie möchten. Sie wollen doch nach Quayside?«

»Ja. Woher wissen Sie das?«

»Sie waren heute vormittag praktisch Stadtgespräch. Sie würden sich wundern, was ich alles über Sie weiß.«

Mir fiel ein, daß ich Mrs. Reinhardt gegenüber von meiner Frau gesprochen hatte. »Was wissen Sie sonst noch?« fragte ich.

»Ich weiß, daß Sie Mrs. Reinhardt gestern abend in der Hotelbibliothek Rosamund Lehmann vorgelesen haben.«

»Genaugenommen war es Rose Macaulay. Und von jetzt an werde ich mich vorsehen. Ich habe nicht gewußt, daß ich unter ständiger Beobachtung stehe.«

»Was haben Sie denn zu verbergen?« fragte Mrs. Dent.

»Alles«, sagte ich.

»Vielleicht hätten Sie es leichter, wenn Sie sich ein klein wenig beschränken würden. Wenn man alles verbergen will, gibt man eine ziemlich große Zielscheibe ab.«

»Ich werde daran denken.«

»Bloß ein freundlicher Rat«, sagte sie und lächelte. Sie hatte wirklich ein sehr sympathisches Lächeln: ein bißchen schief, aber vollkommen aufrichtig. »Ich wäre so gern mit Ihnen befreundet«, sagte sie, den Blick nun zu Boden gerichtet. »Aber nur, wenn Sie das auch möchten.«

»Aber ja«, sagte ich, »sehr gern.«

Sie sah mich wieder an. »Das freut mich«, sagte sie. »Sie können sich gar nicht vorstellen, wie mich das freut. Ich mag Sie sehr, und ich habe so wenig Freunde.« Und dann, als sei ihr dieses Eingeständnis peinlich, sagte sie in ganz anderem Ton: »Sie wollen also nach Quayside?«

»Ja«, antwortete ich. »Zum Tee. Man weiß dort von einem Haus, daß ich vielleicht mieten kann.«

»Gehen Sie die Gasse hinauf bis zur Straße. Dort biegen Sie links ab und folgen der Straße auf die Halbinsel hinaus. Sie können das Anwesen der Quays gar nicht verfehlen. Es liegt einen knappen Kilometer weiter auf der rechten Seite. Das Tor ist mit ziemlich protzigen Qs verziert.« Sie zeichnete mit dem Finger ein Q in die Luft. »Vielleicht sehen wir uns ja morgen zum Mittagessen«, sagte sie.

»Vielleicht«, sagte ich. »Ich habe noch keine genauen Pläne.«

»Natürlich«, sagte sie, »mir geht es genauso. Pläne: davon könnte ich wohl auch einige gebrauchen. Ich gehe jetzt besser zu Dino zurück. Viel Glück bei den Quays.« Sie bot mir die Hand, und ich ergriff sie, dann ging sie in die Cantina zurück, und ich marschierte die Gasse hinauf und winkte ihr im Vorbeigehen durchs Fenster zu.

Die Halbinselstraße war ein gerades, schmales, verlassenes Sträßchen, das die Halbinsel an ihrer höchsten Stelle zu überqueren schien, obwohl man wegen der in regelmäßigen Abständen zu beiden Seiten gepflanzten Bäume das Wasser weder sah noch auch nur spürte. Da ich mir etwas zu trinken versagt hatte, traf ich früher und in weniger entspanntem Zustand als beabsichtigt vor dem wuchtigen Tor von Quayside ein. Der Eingang des Anwesens war, genau wie von Mrs. Dent geschildert, kaum zu verfehlen: die Straße entlang zog sich eine hohe Steinmauer, unterbrochen nur von einem riesigen, kunstvollen Eisentor, dessen Geschnörkel aus zwei riesigen Qs bestand, die von kleineren umrankt waren. Das Tor war geschlossen, doch dahinter konnte ich eine sauber mit Kies bestreute, von einer manikürten Ligusterhecke gesäumte Einfahrt erkennen. Diese wand sich hangabwärts und verschwand außer Sicht. Ich war etwa eine Viertelstunde zu früh dran und beschloß, die vereinbarte Zeit abzuwarten und erst dann zu versuchen, mir Einlaß zu verschaffen, da ich das Gefühl hatte, von Besuchern in Quayside wurde Pünktlichkeit erwartet. Ein kurzes Stück neben dem Tor war im Schatten eines Baumes eine steinerne Bank aufgestellt. Ich entfaltete mein Taschentuch, breitete es auf der Sitzfläche aus, um meine Hose vor Feuchtigkeit und Flechten zu schützen, und setzte mich. Während ich wartete, gelang es dem Himmel aufzuklaren. Genau um halb fünf kehrte ich ans Tor zurück und öffnete es so weit, daß ich hindurchschlüpfen konnte. Ich ging die makellos geharkte Einfahrt entlang und bog um eine Kurve, wo die Ligusterhecke aufhörte, der Blick sich weitete und ich auf dem Kliff überm Meer ein Haus balancieren sah.

Es war nicht so grandios, wie das Tor und die Einfahrt hätten vermuten lassen. Ich hatte mit einem riesigen Prachtbau gerechnet, und dieses Haus war weder das eine noch das andere: vom Äußeren her glich es einem Château, und seine Schönheit und seine gefälligen Proportionen begeisterten mich. Von meinem erhöhten Blickpunkt aus wirkte es mit seinen klassischen, efeuüberwucherten Fassaden aus grauem Stein etwa so hoch wie breit. Das kupferne Mansardendach mit seiner herrlich lindgrünen Patina war vom Regen reingewaschen worden und leuchtete in der frisch hervorgekommenen Sonne. In einer der oberen Etagen ging ein Hausmädchen von Zimmer zu Zimmer und öffnete weit die Flügelfenster, so daß die Glasscheiben sich wie Schwingen in die sonnenerleuchtete Luft breiteten. Das Haus war viereckig, aufgelockert nur von einem hohen, ebenfalls kupfergedeckten Spitzturm an der dem Meer nächstgelegenen Ecke. An der Vorderfront ragte ein großes Schutzdach über die Auffahrt. Der Rasen, der in breiter Fläche zum Haus hin abfiel, war mit großen Inseln magentaroter Rhododendren und himmelblauer Hortensien übersät.

Nachdem ich das Haus einen Moment lang bewundert hatte, ging ich weiter die Einfahrt entlang, trat unter das Schutzdach, erstieg zwei, drei Steinstufen und benutzte den Q-förmigen Klopfer, der in der Mitte der großen Holztür hing.

Sie wurde umgehend von einer Frau geöffnet, die ein Leinenkleid von blassestem Lila trug. Sie schien ebenso groß zu sein wie ich, so daß ich die ungewöhnliche Erfahrung machte, ihr direkt ins Gesicht anstatt darauf herab zu blicken. Sie hatte ein eigenartiges Gesicht: fast hübsch, mit feinen Zügen und sehr großen, graugrünen Augen, doch es war, wie alles andere an ihr, irgendwie ein wenig zu groß, und sein Ausdruck schien trotz des einladenden Lächelns von Trauer und Mühsal erfüllt. Sie machte den Eindruck einer Frau, die immerzu etwas bedrückt, die sich jedoch große Mühe gibt, sich das nicht anmerken zu lassen, und aus diesem Grund war es schwer, ihr Alter zu schätzen. Sie streckte mir die Hand entgegen und sagte: »Ich bin Miss Quay. Sie müssen Mr. Fox sein. Wir freuen uns sehr, daß Sie gekommen sind. Sie müssen verzeihen, daß ich Ihnen öffne. Unser Keller steht unter Wasser, und der Butler ist unten und räumt um.«

»Vielleicht komme ich ungelegen«, sagte ich und gab ihr die Hand.

»Aber nein.« Sie trat zur Seite und ließ mich in die Halle ein. »Von solchen Vorfällen lassen wir uns nicht aus der Fassung bringen.« Die Halle war ein großer Raum mit Schieferboden und einer Holztreppe, die sich, mit ihren Stufenreihen von Wand zu Wand wechselnd, immer höher wand und auf diese Weise bis ins oberste Geschoß reichte.

»Seit die Sonne wieder da ist, trinken wir den Tee in der Loggia, obwohl es dort ein bißchen windet. Mutter erwartet uns. Wenn Sie mir bitte folgen wollen?«

Sie durchquerte die Halle, öffnete eine getäfelte Holztür, die sich in die Wand schieben ließ, und ich folgte ihr in einen großen Salon mit zahlreichen, auf vergoldeten Beinen stehenden Sofas und Stühlen, die, hatte man den Eindruck, allesamt so weit wie möglich voneinander entfernt aufgestellt waren. Wir brauchten ein Weilchen, um die Weite dieses Raums zu durchmessen; Miss Quay, die vor mir herging, drehte sich, wie um nachzusehen, ob ich auch Schritt hielt, ein-, zweimal um, als könnte ich mich verirren oder ermüden, und schenkte mir jedesmal ihr trauriges Lächeln. Am anderen Ende dieses Raums, das wir endlich erreichten, befanden sich mehrere palladianische Glastüren, durch deren eine, die schon geöffnet war, wir hinausgingen. Die Loggia war voller Pflanzen und viktorianischer Korbmöbel und ebenso gemütlich, wie der Salon prächtig war. Miss Quay deutete mit ihrer großen Hand auf den Platz, den sie mir zugedacht hatte, und setzte sich dann mir gegenüber. Auf dem niedrigen Rattantisch zwischen uns schimmerte ein silbernes Teegeschirr.

»Ich weiß nicht, wo Mutter abgeblieben ist«, sagte sie. »Vielleicht sieht sie nach ihrem Kajak. Die Flut war heute morgen ungewöhnlich hoch, und sie hatte Angst, daß er vielleicht aufs Meer hinausgetrieben wird. Das ist schon zweimal passiert.«

»Ihre Mutter fährt Kajak?« fragte ich.

»Ja«, sagte Miss Quay. »Sie ist ein sehr sportlicher Typ. Sie ist jeden Tag geritten, bis sie sich den Hüftknochen gebrochen hat, aber mittlerweile bevorzugt sie das Kanufahren. Und das Bogenschießen.« Sie deutete auf eine Zielscheibe, die nahe dem Rand des Kliffs auf dem Rasen aufgestellt war. Dieser Rasen wurde durch einen mit weißen, zermahlenen Muschelschalen bestreuten Pfad zweigeteilt, und während wir uns unterhielten, tauchte über der Abbruchkante eine Frauengestalt auf. Sie wirkte schon von weitem groß und wurde, je näher sie kam, immer größer. Sie hatte einen Stock, schien ihn aber nicht zu benutzen. Sie schwenkte ihn ein wenig ungestüm über dem Kopf und rief: »Hallo! Hallo! Grüß Sie schön!«

»Das ist Mutter«, sagte Miss Quay.

Ich stand auf, als Mrs. Quay sich der Loggia näherte. »Grüß Sie schön«, sagte sie noch einmal. »Wie ich sehe, haben Sie meine Tochter bereits kennengelernt. Ich bin Mrs. Quay. Willkommen in Andorra und ganz besonders in Quayside.« Sie setzte sich auf ein kleines Tête-à-tête zwischen ihrer Tochter und mir. »Meinem Kajak ist nichts passiert«, verkündete sie. »Bitsys Strandspielzeug ist perdu, aber die Flut war schlau genug, meinen Kajak zufrieden zu lassen.« Sie wandte sich mir zu. »Und das ist auch gut so«, meinte sie. »Es ist nämlich furchtbar umständlich, einen neuen zu bekommen. Wissen Sie, wo ich meine Kajaks herbekomme?«

»Nein«, antwortete ich.

»Aus Lappland. Das ist der einzige Ort, wo man noch Kajaks bauen kann. Meine werden eigens für mich von einer Arktis-Fischerin gebaut, und es täte mir sehr leid, einen zu verlieren.«

»Aha«, sagte ich.

»Soll ich den Tee eingießen, Mutter?« fragte Miss Quay. »Assam oder Oolong, Mr. Fox?«

»Oolong«, sagte ich.

Das Eingießen des Tees, das Miss Quay sehr gekonnt verrichtete, nahm ein, zwei Minuten lang unsere Aufmerksamkeit in Anspruch. Mrs. Quay bot mir von einer Platte delikat aussehender Sandwiches an. »Leider nur Gurke«, sagte sie. »Wir sind sehr konventionell, was das Teetrinken angeht. Wenn Sie einmal eine andere Mahlzeit mit uns einnehmen, werden Sie interessanter essen, das versichere ich Ihnen.«

»Die Sandwiches sehen köstlich aus«, sagte ich und nahm mir eins.

»Sie sind es auch«, sagte Mrs. Quay. »Und zum Tee schmeckt nichts besser. Wie ich höre, sind Sie erst kürzlich nach Andorra gekommen?«

»Ja«, antwortete ich, »ich habe mein Leben im Exil gestern angetreten.«

»Das ist ein Leben, das Sie anderswo werden antreten müssen«, sagte Mrs. Quay und stellte die Platte mit den Sandwiches wieder auf den Teetisch. »In Andorra gibt es keine Exilanten.«

»So?« sagte ich. »Ich hatte den Eindruck, daß es viele gibt.«

»Nein, wir sind Patrioten, einer wie der andere«, sagte Mrs. Quay. »Jeder, der in Andorra lebt, gilt als Staatsbürger. Das steht in unserer Verfassung. Sie haben recht – die Mehrheit unserer Bevölkerung ist nicht einheimisch, aber sie wird in keiner Weise diskriminiert oder ausgegrenzt. Die andorranische Gesellschaft kennt nämlich kein Draußen. Das ist einer der vielen Vorteile des Lebens in einem so kleinen Land. Wissen Sie etwas von der Geschichte Ihrer neuen Heimat?«

»Um ganz ehrlich zu sein, nein«, antwortete ich. »Und ich schäme mich ziemlich deswegen. Ich habe nie sehr viel über Andorra im weltgeschichtlichen Kontext gelesen. Oder auch nur im europäischen.«

»Wir gehören nur im streng geographischen Sinne zu Europa«, sagte Mrs. Quay.

»Mutter«, sagte Miss Quay, »du verfällst ins Dozieren.«

»Entschuldigung«, sagte Mrs. Quay. »Du hast natürlich recht, Jean. Verzeihen Sie, Mr. Fox.«

»Aber ich bitte Sie«, sagte ich. »Ich würde sehr gern etwas über die Geschichte Andorras erfahren.«

Mrs. Quay nippte an ihrem Tee und überlegte. »Tja«, begann sie, »bis zu einem gewissen Grad haben Sie recht. In puncto Konflikt, Krieg oder Elend haben wir nicht viel Geschichte vorzuweisen, und das ist ja normalerweise die Geschichte, die aufgezeichnet und über die geredet wird. Andorra wurde ursprünglich von den Römern besiedelt. Der Hafen war damals viel größer und tiefer – er hat sich im Laufe der Jahrhunderte mit Schwemmsand gefüllt – und diente als eine Art Zwischenstation für den Güterverkehr zwischen dem Osten und dem Westen. Die Parkmauer im Hotel Excelsior ist römisch, desgleichen viele Straßen der Altstadt. Katharina von Medici hat Andorra besucht und war so angetan, daß sie unter der Regentschaft Heinrichs II. versucht hat, hier einen Hof zu begründen; das Schloß, angeblich eines der schönsten in ganz Europa, wurde im achtzehnten Jahrhundert restlos ausgeplündert. Aber sie hat einen Plan für unsere Stadt entwickelt, der bis auf den heutigen Tag befolgt wird und dem sich das einheitliche Aussehen aller Gebäude verdankt. Sie hat verfügt, daß nur Stein aus den einheimischen Steinbrüchen verwendet werden darf; das ist eine Sorte roter Granit, den es nirgendwo sonst auf der Welt gibt. Er verleiht der Stadt ihr einzigartiges Aussehen, denn die Farbe wird mit dem Alter intensiver. Die Stadt hat sich in Terrassen hangaufwärts ausgebreitet, und jede Terrasse weist einen etwas anderen, aber zum Ganzen passenden Farbton auf.

Politisch gibt es nicht viel Erwähnenswertes. 1780 hat eine degenerierte Monarchie einem kleinen, gewählten Regierungsgremium Platz gemacht; wir haben Mirabeaus Modellverfassung für eine neuzeitliche Demokratie übernommen, und sie mußte nie geändert oder erweitert werden.

Danach gab es nur noch einmal, nämlich in den sechziger Jahren, Unruhen. Topographisch gesehen zerfällt das Land, wie Sie zweifellos bemerkt haben, sozusagen in das untere und das obere Bett: das untere umfaßt den Hafen und die Halbinsel, und natürlich La Plata; das obere, das nur mit Berg- und Zahnradbahn erreichbar ist, besteht aus der Vega und den Bergen. Der beträchtliche Reichtum des Landes war zwischen diesen beiden Teilen ungleich verteilt – den Dörfern der Vega, die hauptsächlich von fleißigen Bauern bewohnt werden, standen weder die Gesundheitsversorgung noch die Bildungsmöglichkeiten der Stadt zur Verfügung. Sie rebellierten, wenn man es so nennen will – es war eine sehr zahme Angelegenheit: Transparente, Aufmärsche, ein paar Drohungen –, und die Ungerechtigkeit wurde rasch eingesehen und abgestellt. Mein verstorbener Mann, Reginald Quay, war seinerzeit Innenminister und der Schöpfer der Hochlandinitiative. Haben Sie davon schon gehört?«

»Nein«, antwortete ich.

»Es war eines der erfolgreichsten wirtschaftlichen Umverteilungs- und Wiederaufbauprogramme seiner Zeit. Sogar Ihr Präsident Johnson hat es gelobt. Aber ein Land von der Größe Andorras hat natürlich auch den Vorteil, daß solche Initiativen möglich sind; Veränderungen können stattfinden. Und dank meinem Mann haben sie das auch.«

»Sie müssen sehr stolz auf ihn sein«, sagte ich.

»Das bin ich auch«, sagte Mrs. Quay. »Er war ein mitfühlender, fortschrittlich denkender Mensch.«

»Das war eine sehr hübsche Rede, Mutter«, sagte Miss Quay. »Noch Tee, Mr. Fox?«

»Ja, bitte«, sagte ich und reichte ihr meine Tasse.

»Tja, nun wissen Sie ein wenig von Andorras Vergangenheit«, sagte Miss Quay. »Und ich denke, das ist gar nicht das schlechteste. Es wird Ihnen helfen, in seiner Gegenwart zu leben. Aber wie ich höre, suchen Sie ja einen Platz zum Leben, und das hat Sie zu uns geführt.«

»Ja«, sagte ich. »So hübsch es auch ist, ich kann nicht ewig im Hotel Excelsior wohnen.«

»Ganz gewiß nicht«, meinte Mrs. Quay. »Die Preise dort sind wirklich unverschämt. Als das Hotel noch den Reinhardts gehörte, hat es die Leute nicht so schamlos ausgebeutet wie heute. Es treibt mich um, daß Sie dort festsitzen.«

Nach meinem Empfinden waren die Preise im Excelsior sehr vernünftig, aber ich sah davon ab, Mrs. Quay das mitzuteilen. »Es wäre schön, etwas Festes zu haben«, sagte ich.

»Natürlich«, sagte sie. »Womit wir bei Roddys Haus wären. Mein Schwager Roderick ist in Ceylon. Die Behörden dort machen große Schwierigkeiten, was das Einschlagen unseres Teakholzes angeht, und es wird einige Zeit dauern, das alles zu klären. Er ist vor einer Woche ganz plötzlich abgereist. Ich kann mir nicht helfen, aber ich glaube, Ihre fast gleichzeitige Ankunft war eine Fügung des Schicksals. Ich glaube nämlich fest an das Schicksal.«

»Mutter, es gibt nichts, woran du nur halbherzig glaubst«, sagte Miss Quay.

»Das stimmt wohl. Möchten Sie das Haus heute abend besichtigen, Mr. Fox? Oder haben Sie schon andere Verpflichtungen?«

»Heute abend wäre mir recht«, sagte ich.

Miss Quay war auf den Rasen hinuntergegangen. Wie sie so auf dem Pfad stand und aufs Meer hinaussah, gab sie eine eindrucksvolle Gestalt ab: der Wind drückte ihr das Leinenkleid gegen den kräftigen, hochgewachsenen Körper. Mir wurde klar, daß mir die Aussicht, einzig und allein von Mrs. Quay begleitet zu werden, nicht behagte: ich hatte das Gefühl, daß ihr Vortrag noch nicht zu Ende war – und es niemals sein würde. »Kommen Sie auch mit, Miss Quay?« fragte ich.

Sie drehte sich zu mir um, und für einen Augenblick schien der Schleier von Seelenqual gelüftet, und ich erkannte, daß sie sehr schön war: hochgewachsen und kräftig, mit herrlichem braunem Haar, das nach hinten gekämmt und schlicht im Nacken zusammengefaßt war. »Ich glaube nicht ...«, begann sie, wurde jedoch von ihrer Mutter unterbrochen, die mit ihrem Stock auf den gefliesten Boden klopfte und sagte: »Unsinn. Warum geht ihr beide nicht allein? Ihr braucht mich doch gar nicht. Und ich bin sowieso ein bißchen müde von meinem Marsch zum Strand hinunter. Oder genauer gesagt, von meinem Rückmarsch hier herauf.«

## 5

Miss Quay und ich machten, wie man das herkömmlicherweise nennt, höfliche Konversation, während wir die Halbinselstraße entlangspazierten. Als wir uns dem Hafen näherten, wurde mir bewußt, daß ich eine gewisse Bangigkeit empfand: Ich befürchtete, wir würden vor der Cantina Mrs. Dent begegnen. Bestimmt hatte sie ihren Posten am Gassenfenster beibehalten, um mich bei der Rückkehr abzupassen, und die Aussicht, zusammen mit Miss Quay von ihr gesehen zu werden, beunruhigte mich. Aber Miss Quay führte mich an der Einmündung der Gasse vorbei und erklärte, die Halbinselstraße sei der direktere Weg zur dritten Terrasse und damit zum Haus ihres Onkels. Sofort schämte ich mich meiner Furcht und fragte mich, ohne es an der gebührenden Aufmerksamkeit für Miss Quays anspruchslose Konversation fehlen zu lassen, warum ich eigentlich so empfand, wo ich doch Mrs. Dents Gesellschaft die wenigen Male, die ich mich darin befunden, durchaus genossen hatte. Es lag wohl daran, daß sie etwas Zudringliches und Verzweifeltes hatte, obwohl zu erkennen war, daß sie sich große Mühe gab, ihre Notlage zu kaschieren. Doch Freunde zu wollen und Freundschaften anzuknüpfen war vollkommen legitim, und Mrs. Dent und ich waren befreundet.

Plötzlich wurde ich gewahr, daß Miss Quay mich etwas gefragt und ich sie nicht richtig verstanden hatte. »Verzeihung«, sagte ich. »Wie war das?«

»Ich habe nur gefragt, ob Sie Kaffee mögen.«

Angesichts der Tageszeit fand ich die Frage eigenartig. »Ja«, sagte ich, »nach diesem feinen Tee allerdings ...«

»Nein«, sagte Miss Quay und lachte. »Ich wollte nicht vorschlagen, daß wir welchen trinken. Ich habe nur gefragt, weil Onkel Roddys Haus über einem Kaffeegeschäft liegt und es dort ziemlich stark nach Kaffee riecht, und wenn Sie keinen Kaffee mögen würden, hätten Sie keine Chance, das Haus zu mögen.«

»Ich mag den Geruch von Kaffee sogar noch mehr als den Geschmack«, sagte ich.

»Tja, Sie werden ihn bald überhaben, da bin ich ganz sicher. Falls Sie das Haus nehmen«, fügte sie leise hinzu, als sei ihre Spekulation taktlos.

Wir näherten uns dem Marktplatz, auf dem noch immer ziemlicher Betrieb herrschte. Wir überquerten ihn diagonal, verließen ihn an der gegenüberliegenden Ecke und gingen eine schmale, steile gepflasterte Straße hinauf, die offensichtlich nur für Fußgänger gedacht war. Miss Quay blieb vor einem kleinen Laden stehen, aus dem Kaffeegeruch drang. »Das ist der Laden«, sagte sie. »Der Eigentümer, Ali, ist ein reizender Mensch. Er ist Ägypter. Sie werden ihn bestimmt mögen. Seine Frau heißt Doris und sagt nie etwas.«

Ich warf einen Blick in den Laden, eine dunkle, duftende, menschenleere Höhle. Den vorderen Teil nahm eine kleine Kaffeebar ein, dahinter befand sich ein Verkaufsraum mit Kaffeesäcken, von denen die meisten auf den Steinfußboden überquollen. »Zu Onkel Roddy geht es hier durch«, sagte Miss Quay und deutete auf eine Tür in der Mauer. Durch diese Tür folgte ich ihr eine schmale Gasse entlang, in der es stark nach Kaffee und schwach nach Urin roch, und von dort in einen kleinen Innenhof, der mehrere Abfallhaufen und weitere Kaffeesäcke enthielt. »Ali soll das hier eigentlich freihalten, aber er nimmt es wohl nicht so genau, seit Onkel Roddy ihn nicht mehr anbrüllt. Steigen Sie ihm ruhig aufs Dach, wenn es Sie stört. Wir gehen hier hinauf«, sagte sie und deutete auf eine Steintreppe, die an der Rückseite des Gebäudes nach oben führte. Die Treppe war steil, und einen Handlauf gab es nicht; ich folgte Miss Quay bis auf einen kleinen Absatz vor einer Tür. Sie kniete nieder, fuhr mit der Hand unter einen mit vertrockneten Geranien bepflanzten Topf und zog einen großen Schlüssel hervor, mit dem sie die Tür aufschloß. Sie hielt sie mir auf, aber ich sagte: »Nein. Nach Ihnen.« Sie trat ein, und ich folgte.

Wir befanden uns in einem großen, dunklen Raum mit gefliestem Boden, auf dem Dhurries verstreut lagen. Miss Quay zog einen schweren Vorhang zur Seite, so daß das Licht der untergehenden Sonne ins Zimmer fiel und seine Geräumigkeit erkennen ließ. Wände und Balkendecke waren mit irgendeinem rauhen, weißgetünchten Material verputzt. Das Sofa und die Sessel bestanden aus Holz und waren mit einem gewebten Stoff bezogen, der zu den Läufern auf dem Boden paßte. Mit Büchern vollgestopfte Regale nahmen eine ganze Wand, vom Boden bis zur Decke, ein, und davor waren Bücher gestapelt, die noch ihrer Unterbringung harrten. Vor dem Fenster, das Miss Quay durch Öffnen des Vorhangs zum Vorschein gebracht hatte, lag eine große Terrasse mit einem Springbrunnen in der Mitte; nach den neben dem Springbrunnen aufgestellten Stühlen und dem Tisch mit der Mosaikplatte zu urteilen, fungierte sie anscheinend auch als Freiluft-Speisezimmer. Die Aussicht von dieser Terrasse war spektakulär: über die Dächer der Stadt hinweg – am Fuße des Hügels konnte ich meinen Eckturm aufragen sehen – auf den Hafen.

»Die Küche ist ziemlich schäbig und beengt«, sagte Miss Quay und öffnete die Tür zu einem Raum, der ihrer Beschreibung vollkommen entsprach. »Onkel Roddy geht furchtbar gern zum Essen aus.« Sie schloß die Tür und deutete dann auf ein schmales Treppenhaus, das von einem Torbogen im hinteren Teil des Raums steil nach oben führte. »Oben sind Schlafzimmer und Bad«, sagte sie. »Die lasse ich Sie allein erkunden. Mein Onkel hat sich das Bett aus Indien liefern lassen. Er behauptet, es sei das Hochzeitsbett eines Maharadschas, das nur zum Vollzug der Ehen benutzt worden sei. Maharadschas haben wohl mit einer gewissen Häufigkeit geheiratet.«

Ich entschuldigte mich und wagte mich die Treppe hinauf. Das Schlafzimmer war so groß wie das Wohnzimmer. Ein riesiges, aus Teakholz geschnitztes und mit Perlmuttintarsien verziertes Himmelbett nahm die Mitte des Zimmers ein. Anstatt senkrecht aufzusteigen, waren die Pfosten nach innen gekrümmt und hoch über dem Bett ineinander verschlungen, vier geschnitzte Hände, die einander an den Handgelenken festhielten und an denen in dieser beträchtlichen Höhe ein Moskitonetz aufgehängt war.

Eine Tür führte in einen begehbaren Wandschrank voller ordentlich aufgereihter Anzüge und Schuhe; eine zweite in ein ziemlich luxuriöses Badezimmer, das sowohl eine Granitbadewanne als auch eine metallene Duschkabine aufwies. Die Fensterwand war die gleiche wie die des unteren Raums und ging auf einen kleinen, schmalen, nur eben einer Chaiselongue und einem Cocktailtisch Platz bietenden Balkon hinaus, von dem man auf die Terrasse und, dahinter, auf die Weite der Stadt und des Hafens hinabsah. Ich trat auf den Balkon hinaus, lehnte mich ans Geländer und bemerkte dabei, daß Miss Quay auf der Terrasse unter mir auf einem an die Brüstung gezogenen Stuhl saß und die Aussicht betrachtete. Sie hatte den Ellbogen auf das niedrige Mäuerchen gestützt, ihr Kinn ruhte in ihrer Hand, und irgend etwas an ihrem Gebaren und ihrer Haltung gab mir die Gewißheit, daß abermals Traurigkeit ihr Gesicht verschleierte. Ich beobachtete sie einen Moment lang, wie sie da saß, fast reglos in die Betrachtung der Aussicht versunken, die mittlerweile vollständig vom sanftgoldenen Dämmerlicht poliert war, und ich wollte ihr etwas zurufen, damit sie sich umdrehte und mich ansah, so wie sie sich auf meine Worte hin auf dem Rasen von Quayside umgedreht und mich angesehen hatte; ich wollte zusehen, wie sich in ihrem Gesicht jene wundersame Verwandlung vollzog, die ich vorhin miterlebt hatte, aber ich wußte nicht, was ich sagen sollte. »Miss Quay« in die bernsteingesättigte Abendluft zu rufen schien mir nicht zu dem Augenblick zu passen, und obwohl ihre Mutter sie Jean genannt hatte, war sie mir noch nicht unter diesem Namen vorgestellt worden, so daß er als Anrede nicht in Frage kam. Schließlich nahm ich zu einem ziemlich dümmlichen und verzweifelten »Hallo, da unten« Zuflucht.

Sie drehte sich um und blickte zu mir auf. Ihr Gesicht war tränenüberströmt. Sie hob eine Hand und wischte sich die Augen. Ich war auf angedeutetes, nicht auf demonstriertes Unglücklichsein gefaßt gewesen: ich wußte nicht, was ich sagen oder tun sollte. Ich hatte das Empfinden, jemanden bei etwas sehr Privatem gestört zu haben, denn in meinem Leben waren Gefühle immer etwas gewesen, was man allein und nur im schlechten gemeinsam erlebte. Ich wußte nicht recht, ob ich sie zufrieden lassen oder zu ihr hinuntergehen sollte. Glücklicherweise fing sie sich vor mir.

»Verzeihen Sie«, sagte sie.

»Fehlt Ihnen etwas?« fragte ich dümmlicherweise, als hätte sie sich verletzt und bräuchte erste Hilfe.

»Nein«, sagte sie und wiederholte dann entschiedener, wie um sich selbst zu überzeugen: »Nein. Ich weine nur einfach ab und zu. Ich bin – ich kann das nicht erklären, deshalb versuche ich es erst gar nicht. Aber wie peinlich für uns beide. Sie müssen mir verzeihen.«

»Es gibt nichts zu verzeihen«, sagte ich. »Moment, ich komme hinunter.« Ich blickte ein letztes Mal auf den Hafen hinaus und zog mich dann ins Zimmer zurück. Ich eilte die Treppe hinunter, aber Miss Quay war nirgendwo zu sehen;

Wohnzimmer und Terrasse waren leer. Ich fand sie in der Küche, wo sie vor dem offenen Kühlschrank stand. Ihre Augen waren trocken, und sie zeigte einen Ausdruck von leicht gezwungener Ausgelassenheit. Sie griff in den Kühlschrank, holte eine Flasche Champagner daraus hervor und hielt sie mir zur Begutachtung hin. »Sehen Sie mal, was Onkel Roddy dagelassen hat«, sagte sie. »Mögen Sie Champagner?«

Ich wußte noch, wie sie mich gefragt hatte, ob ich Kaffee mochte, und hoffte, daß diese Frage weniger spekulativ war. »Sehr«, sagte ich. »Besonders so guten wie den hier.«

Sie betrachtete das Etikett. »Ist er gut? Dann sollten wir ihn wohl trinken, denn Champagner hält sich nicht, oder?«

»Jedenfalls nicht ewig«, sagte ich.

»Und ich brauche etwas zu trinken, und Onkel Roddy hätte bestimmt gern, daß wir den Champagner trinken. Als eine Art Taufe oder Willkommenstrunk. Um den Hausgeist gewogen zu stimmen.« Sie öffnete ein Schränkchen und entnahm ihm zwei Champagnerflöten. »Sie sind ein bißchen staubig«, sagte sie. »Ich spüle sie aus. Sie machen die Flasche auf.« Sie reichte mir die Champagnerflasche. Ich riß die Folienmanschette ab, lockerte das Drahtgeschirr und löste behutsam den Korken aus der Flaschenöffnung, und als er mit jenem überaus zufriedenstellenden Laut freikam, ließ etwas in mir los, öffnete sich, ereignete sich aufs neue, und ich war wie befreit und ließ mir den Schaumwein schwelgerisch über die Hände perlen, während ich spürte, wie dieses Etwas in mir sich ausdehnte und von meinem Herzen aus in alle Richtungen zu den entlegenen, undurchlässigen Grenzen meines Körpers schoß. Es war die Freude, die aus dem Gefühl erwächst, daß man dort ist, wo man hingehört.

# 6

Am nächsten Tag aß ich mit Mrs. Dent in der Cantina zu Mittag. Diesmal aßen wir im Freien, an einem der von Schirmen beschatteten Tische mit Blick auf den Hafen. Mrs. Dent trug ein fröhlich gemustertes leichtes Sommerkleid, das mehr Haut zeigte, als ich zu sehen gewohnt war, und einen Hut mit breiter, abfallender Krempe, der ihr Haar und in bestimmten Momenten auch ihr Gesicht verbarg. Dino lag hechelnd zu unseren Füßen und versuchte, seinen großen Körper unter unseren kleinen Tisch zu krümmen.

»Erzählen Sie mir von den Quays«, sagte ich, nachdem wir bestellt hatten (ich Seebarsch, sie »das übliche«).

»Zuerst erzählen Sie mir von Ihrem Besuch.«

»Ich habe ihn genossen. Ich glaube, ich werde das Haus mieten, das die Quays anbieten. Ich habe es nach dem Tee mit Miss Quay besichtigt.«

»Jean oder Nancy?«

»Es gibt zwei Miss Quays?«

»Ja, und einen Bruder, glaube ich, der irgendwo dubiose, aber einträgliche Geschäfte macht – Instant-Babynahrung an Eingeborene verkaufen oder so was in der Art. Im Augenblick wohnen beide Schwestern in Quayside. Jean ist die gehorsame, anständige Tochter und Nancy die wilde: zwei- oder dreimal geschieden, ein wenig dem Alkohol zugetan, ein bißchen verrückt. Aber charmant. Und beliebt.«

»Ich fand Jean auch charmant.«

Ich erkannte, daß Mrs. Dent die Augenbrauen hochgezogen hatte; sie verschwanden unter ihrer Hutkrempe. »So?« sagte sie. »Das ist ja interessant. Sie gilt normalerweise als ziemlich fad.«

»Nein«, sagte ich. »Ich fand sie sehr sympathisch. Sie ist zwar still, aber nicht fad.« Der Kellner brachte unseren Weinkrug und goß etwas in beide Gläser. »Was können Sie mir sonst noch sagen?«

»Über die Quays?« fragte Mrs. Dent. Sie sah zu, wie der Wein das Glas ausfüllte. Er schien leicht zu moussieren. »Eigentlich gar nichts. Sie sind genau das, was sie zu sein scheinen. Eine vornehme alte Familie mit massenhaft Geld. Wie ich höre, war Colonel Quay ein vielbewunderter Staatsmann, aber das war um einiges vor meiner Zeit.« Sie hielt einen Moment inne und wirkte, als sie mich ansah, sehr schön unter der breiten Krempe ihres Hutes, der ihr Gesicht hervorhob, es darbot wie ein Geschenk. »Hören Sie«, sagte sie, »lassen Sie sich nicht ...«

»Was?«

»Nichts. Ich bin lieber still.«

»Was wollten Sie gerade sagen? Sagen Sie es, bitte.«

Mrs. Dent nahm eine Gabel zur Hand und musterte deren Zinken. Es schien, als ob sie sie zählte. »Es ist nur – es klingt wahrscheinlich dumm, aber was soll's?« Sie legte die Gabel auf den Tisch zurück und sah mich an. »Lassen Sie sich nicht allzusehr mit ihnen ein, das ist alles. Sonst werden Sie vereinnahmt.«

»Was heißt das: vereinnahmt?«

»Die Quays sind in gesellschaftlicher Hinsicht sehr beherrschend. Ich spreche natürlich von Mrs. Quay. Sie wird anfangen, Ihr Privatleben zu organisieren. Bestimmt hat sie Sie schon für Jean ins Auge gefaßt.«

»Ach ja? Tatsächlich?«

»Stellen Sie sich doch nicht dumm oder naiv. Bestimmt will sie, daß Sie Jean heiraten.«

»Absurd. Sie weiß doch gar nichts von mir. Woher will sie überhaupt wissen, ob ich zu haben bin?«

»Man nimmt selbstverständlich an, daß ein gutaussehender junger Mann, der allein reist, unverheiratet ist. Das ist eine allgemein anerkannte Tatsache.«

»So? Wirklich? Diese Annahme ist dumm. Und außerdem bin ich kein gutaussehender junger Mann.«

»Das ist Ansichtssache«, sagte Mrs. Dent. Ihre kleine spitze

Zunge berührte für einen Moment ihre Lippen, dann fragte sie: »Sind Sie's denn?«

»Was bin ich?«

»Tun Sie nicht so verschämt. Zu haben.«

»Nein«, sagte ich. »Ich bin nicht zu haben.«

»Sie sind also schon verheiratet?«

»Ja. In gewisser Weise.«

»Darf ich fragen, in welcher Weise Sie verheiratet sind?«

»Ich lebe von meiner Frau getrennt.«

»Aha«, sagte Mrs. Dent. »Und sie ist zu Hause geblieben? Oder ist sie vielleicht selbst auf Reisen?«

Es wäre mir nicht in den Sinn gekommen, eine Ehefrau auf Reisen zu erfinden, aber Mrs. Dents entsprechende Anregung erschien mir nützlich.

»Ja«, sagte ich.

»Und wo ist sie auf Reisen?«

»In der Südsee.«

»Aha«, wiederholte Mrs. Dent, und zwar mit einer Gelassenheit, die ich ärgerlich fand – als ob nichts, was ich sagte, sie überraschen konnte.

»Sie interessiert sich für Anthropologie«, fügte ich dümmlich hinzu.

»Gewiß doch«, sagte Mrs. Dent. »Wie heißt sie denn?«

»Hören Sie«, sagte ich. »Sie werden gewiß verstehen, daß ich nicht von meiner Frau reden möchte. Das ist schmerzlich für mich. Es geht einfach nur darum, daß Mrs. Quay mich nicht gut genug kennt, um mich als künftigen Schwiegersohn in Erwägung zu ziehen. Ich bin für sie ein Fremder.«

»Manchmal geben Fremde die besten Verwandten ab«, sagte Mrs. Dent. »Besonders in Andorra.«

»Was soll das heißen?«

»Daß in einem so kleinen Land Fremde – Neuankömmlinge – schlicht deshalb anziehend wirken, weil sie unbekannt sind. Bestimmt haben Sie inzwischen mitbekommen, daß hier jeder vom anderen weiß, was der so treibt, und wenn man zuviel über Leute weiß, dann kann das – na ja, dann ist eben der Lack ab. Von Ihnen ist relativ wenig bekannt, und das ist ungeheuer reizvoll, weil die Leute sich alle möglichen wunderbaren Sachen vorstellen können.«

»Sie könnten sich genausogut weniger wunderbare Sachen von mir vorstellen.«

»Ja, natürlich, aber das liegt nicht in ihrem Interesse. Und die Leute tun immer das, was in ihrem Interesse liegt.«

»Ich glaube, Sie liegen da völlig falsch«, sagte ich. »Mrs. Quay ist eine sehr anspruchsvolle Frau, wir haben uns nur kurz beim Tee kennengelernt. Sie würde ihre Tochter niemals zu einer Ehe mit einem Unbekannten wie mir drängen. Und Jean macht mir einen ausgesprochen selbständigen Eindruck. Sie würde sich von ihrer Mutter nie in irgend etwas hineindrängen lassen, da bin ich sicher.«

»Tja, es scheint, als wären Sie der Experte, was die Quays angeht. Wenn Sie sie so gut kennen, warum haben Sie mich dann überhaupt nach ihnen gefragt?« Mrs. Dent drehte sich zur Seite, schlug die Beine übereinander, wandte den Blick ab.

In Wahrheit hatte ich Miss Quay am Vorabend vor dem mit Qs überladenen Tor von Quayside geküßt.

Während wir auf der Terrasse die Flasche Champagner tranken, kühlte die Luft um uns herum ab. Von der Straße wehte eine nach Kaffee duftende Brise herauf, und der Himmel färbte sich lila. Wir unterhielten uns leise und hauptsächlich über sie; ich stellte ihr Fragen, und sie beantwortete sie zögernd, doch mit viel Überlegung. Ihre Antworten waren weder vorgefertigt noch glatt, und mir wurde klar, daß sie es nicht gewohnt war, über sich selbst zu sprechen, und daß ihr viele dieser ganz alltäglichen Fragen noch nie gestellt worden waren.

Es war mir gelungen, über Miss Quay folgendes in Erfahrung zu bringen: Sie war in Quayside geboren und aufgewachsen, war mit sechzehn in ein Schweizer Mädchenpensionat eingetreten, hatte zwei Jahre an der Universität Lyon studiert und war mit zwanzig nach Andorra zurückgekehrt, wo sie – abgesehen von ein, zwei Jahren in Ceylon bei ihrem (mittlerweile verstorbenen) Onkel Demerest – seither lebte. Sie war ihrer Mutter und ihrer vierjährigen Nichte Barbara, die Bitsy genannt wurde, sehr zugetan. Sie mochte das Ballett, nicht aber die Oper; ihre Lieblingsschriftstellerinnen waren Jane Austen und Daphne du Maurier.

Als wir den Champagner ausgetrunken hatten, verließen wir das kleine Haus und schlossen hinter uns ab. Sie legte den Schlüssel wieder unter den Blumentopf, und wir gingen durch die Stadt, diesmal am Hotel vorbei und über die Plaza. Der Springbrunnen war von innen her beleuchtet, so daß das Wasser strahlend in den sich verdunkelnden Himmel pulsierte. Die Cantina füllte sich für den Abend, und ich schlug vor, dort noch etwas zu trinken, aber Miss Quay sagte nein, sie habe für einen Abend mehr als genug getrunken und außerdem mache sich ihre Mutter bestimmt schon Sorgen. Und so gingen wir die Gasse hinauf zur dunklen Halbinselstraße. Zu beiden Seiten ragten die alten Bäume auf und verdeckten den Himmel bis auf einen schmalen, dicht mit Sternen übersäten Streifen direkt über uns. Im Gehen schaute ich mit leichtem Schwindelgefühl zu diesem Sternenpfad auf, der die Straße unter unseren Füßen spiegelte. Bei Quayside angekommen, blieben wir vor dem Tor stehen, das geschlossen war, und verharrten einen Moment in verlegenem Schweigen. Wir hatten auf dem Rückweg kaum geredet, aber in Verbindung mit der Tätigkeit des Gehens war dieses Schweigen angenehm gewesen. Jetzt war es alles, was wir hatten: Schweigen. Und Wind und Sterne. Miss Quay streckte die Hand aus und ergriff das Tor, und um ihr Verschwinden hinauszuschieben, fragte ich sie, ob sie die Sternbilder bestimmen könne. Sie verneinte, blickte aber gleichwohl zum Himmel auf, als ob ihr dieses Wissen ganz plötzlich zufließen könnte. Indem sie den Kopf hob, bot sie ihren langen Hals dem Sternenlicht dar, und ich streckte, fast ohne nachzudenken (ich dachte natürlich schon, allerdings nicht auf eine Weise, die mein Handeln kontrollierte oder auch nur beeinflußte), die Hand aus und berührte sanft die kühle Haut ihres Halses. Sie sah mich einen Moment lang an – nicht, wie ich erwartete, angstvoll oder überrascht, sondern mit einer seltsamen Ruhe – und schloß dann die Augen. Meine Hand lag noch an ihrem Hals, ich wurde gewahr, daß ihr Gesicht sich auf meines zubewegte, ich dachte: Gleich küsse ich Miss Quay, und ich verspürte so etwas wie ein wunderbares Erschrecken, das verschwand, als unsere Lippen sich berührten.

Jemanden zum erstenmal zu küssen ist immer eine Art Wunder, eine berauschende Fahrt einen seltsamen Fluß hinauf über Stromschnellen.

Als die Fahrt beendet war, blieben wir, unserem anfänglichen verlegenen Schweigen zurückgegeben, einen Moment lang stehen. Schließlich streckte Miss Quay die Hand aus und sagte auf Wiedersehen.

Ich gab ihr die Hand und sah dann zu, wie sie das Tor öffnete und schloß und sich hinter dem Schleier aus Nacht und Qs verbarg.

»Reden wir nicht mehr von den Quays«, sagte Mrs. Dent. »Das ist dumm. Bestimmt werden sie sich zwischen uns stellen und Unfrieden stiften.«

»Warum sollen sie sich denn zwischen uns stellen?« fragte ich.

»Na, darum«, sagte sie mit verärgerter Stimme, »weil sie das immer so machen, und ich will nicht mehr davon reden. Das ist öde. Tut mir leid, daß ich überhaupt davon angefangen habe. Wie ist Ihr Fisch?«

»Köstlich. Und Ihr ›Übliches‹?«

»Wie üblich«, antwortete Mrs. Dent. »Sagen Sie, wann wollen Sie eigentlich umziehen?«

»Erst in ein paar Tagen. Ich habe mein Hotelzimmer für die ganze Woche genommen.«

»Ich möchte es einmal sehen. Ich kenne im Hotel Excelsior nur die öffentlichen Räume, aber ich habe gehört, die Gästezimmer seien ganz außergewöhnlich. Stimmt das? Haben Sie eine Suite? Wenn es nach mir ginge, würde ich in Hotels wohnen. Ich liebe Hotels über alles.«

»Ich habe ein hübsches Zimmer ganz oben im Eckturm, mit einem kleinen Balkon außenherum. Die Aussicht ist phantastisch.«

»Können wir hingehen? Nach dem Essen?«

»Ich weiß nicht«, sagte ich. »Das Hotel kommt mir sehr konservativ vor. Ich habe noch keine Besucher gehabt, und ich glaube, man sähe es nicht gern, wenn ich Damen mit aufs Zimmer nehme.«

»Andorra ist nicht so verschroben, wie Sie anscheinend glauben. Die Leute im Excelsior kann so schnell nichts erschüttern. Außerdem ist es hellichter Tag! Gegen Freundschaftsbesuche am Nachmittag ist überhaupt nichts einzuwenden.«

Die Aussicht, mit Mrs. Dent allein in meinem Hotelzimmer zu sein, erschreckte und erregte mich zugleich. Leider weigerte sich sowohl die eine als auch die andere Empfindung, die Oberhand zu gewinnen. »Und was ist mit Dino?« fragte ich lahm.

»Dino ist ein sehr wohlerzogener Hund. Er hat sogar schon in besseren Hotels als dem Excelsior gewohnt. Ich will es mir einfach rasch ansehen.«

»Eigentlich wollte ich nach dem Mittagessen ein bißchen die Stadt erkunden.«

»Nun hören Sie schon auf. Sie können für den Rest Ihres Lebens die Stadt erkunden. Falls Sie es noch nicht bemerkt haben, es ist eine sehr kleine Stadt in einem sehr kleinen Land. Nur keine Hektik. Heben Sie sich um Himmels willen auch etwas für später auf. Und jetzt essen Sie Ihren Fisch.«

Mrs. Dent behielt recht: daß ich sie mit auf mein Zimmer nahm, störte im Hotel Excelsior niemanden. Dinos gewaltige Größe hinderte ihn daran, die Wendeltreppe zu ersteigen, und so befahl ihm Mrs. Dent, sich niederzulegen, und knotete die Leine an der Spindel fest. Ich geleitete meinen Gast die Treppe hinauf und blieb oben kurz stehen, um die Tür aufzuschließen. »Wie aufregend«, hörte ich Mrs. Dent hinter mir flüstern, und ich wußte nicht recht, was genau sie aufregend fand: die Aussicht, das Hotelzimmer zu sehen, oder die Aussicht, mit mir darin allein zu sein.

Ich öffnete die Tür und trat auf dem schmalen Treppenabsatz zur Seite. Als sie an mir vorbeiging, roch ich ein berauschendes Gemisch aus warmer Haut, Puder, Wohlgeruch und einem Hauch Schweiß, und ich konnte ihre Körperwärme spüren.

Sie nahm ihren Hut ab, blieb in dem Alkoven knapp neben der Tür stehen und ließ den Blick durchs Zimmer schweifen. Es sah in etwa so aus, wie ich es an jenem ersten Tag erlebt hatte: sonnendurchflutet, jeder Gegenstand in Licht getaucht und darin schwebend, die hauchdünnen Vorhänge am Fenster säuselnd, ein paar Papiere auf dem Schreibtisch raschelnd. »Perfekt«, sagte Mrs. Dent nach einem kurzen Augenblick. »Es ist so herrlich, daß ich weinen könnte.« Sie ging zur Balkontür hinüber und warf einen Blick nach draußen. »Sie wohnen hier so hoch, und dann noch dieses herrliche Licht um Sie herum. Als hielten einen Gottes Hände hoch oder so was, stimmt's?« Sie sah zu mir herüber.

»So habe ich das noch gar nicht gesehen«, sagte ich. Ich blieb an der Tür stehen, als hätte ich Angst davor, im selben Zimmer mit ihr zu sein.

»Das sollten Sie aber«, sagte sie. »Es ist Gottes Zimmer. Ein Zimmer Gottes. Komisch, in Kirchen wird mir nie fromm zumute, und ich denke nicht einmal an Gott, aber in so einem Zimmer könnte ich ohne weiteres und mit Freuden an Gott glauben. Luxushotels sind die eigentlichen Gotteshäuser, finde ich. Hotels und Museen.« Sie ging im Zimmer umher, betrachtete und befühlte das Mobiliar, wog eines der Alabastereier in der Hand und studierte dann das Wandgemälde. »Sehen Sie«, sagte sie, »ich hatte recht: das Zimmer ist geweiht. Jeanne d'Arc ist meine Lieblingsheilige.« Sie küßte ihre Fingerspitzen, griff dann nach oben und berührte den Kleidersaum Johannas der Visionärin. »Und da«, sagte sie und deutete auf den Betstuhl, der neben mir in dem Alkoven stand. »Sie haben ja sogar etwas zum Beten.« Mein Journal lag an seinem Platz auf der alabasternen Mensa des kleinen Altars, und sie kam herüber und nahm es in die Hand. »Was ist das?« fragte sie.

»Nichts«, sagte ich und nahm es ihr weg.

»Was heißt hier nichts? Natürlich ist das etwas.«

»Das ist mein Journal.«

»Nein, wie entzückend! Das, das Sie neulich bei Kriegelstein gekauft haben?«

»Ja«, sagte ich.

»Und zu ihm beten Sie?«

»Nein, ich schreibe darin.«

»Lesen Sie mir ein bißchen daraus vor?«

»Nein«, sagte ich.

»Dann lassen Sie es mich wenigstens ansehen«, sagte sie, »bloß von außen.« Sie streckte die Hand aus, und ich gab es ihr. Sie strich über den Stoff des Einbands und sagte: »Es ist wunderschön.« Dann, mit einem kurzen Blick zu mir hin, schlug sie das Buch auf. »Ich lese es nicht«, sagte sie. »Das verspreche ich Ihnen. Ich will es bloß ansehen. Mein Gott, was für eine markante Handschrift Sie haben.« Sie klappte das Buch zu, legte es auf seinen Platz zurück und ging dann zur Balkontür hinüber. Diesmal trat sie ins Sonnenlicht hinaus. Kurz darauf schaute sie wieder ins Zimmer herein. »Kommen Sie heraus«, rief sie.

Ich ging zu ihr auf den Balkon. Es war ein strahlender Tag, und die Stadt wirkte wie mit Juwelen besetzt. Es tat beinahe weh, sie zu betrachten: den funkelnd aquamarinblauen Hafen, den diamantenhaltigen Springbrunnen – alles wurde von der Sonne unterschiedslos hell beleuchtet. Die Arme aufs Geländer gestützt, blinzelten wir einen Moment lang auf die Aussicht hinab. »Von hier oben gefällt mir Andorra«, sagte Ricky. »Zum Ansehen ist es schöner als zum Darin-Leben, finde ich.«

»Ich genieße beides«, sagte ich.

»Das ist das Privileg des Neuankömmlings. Genießen Sie es, solange Sie können.«

»Das habe ich auch vor«, sagte ich. »Aber meinen Sie denn, Sie wären anderswo glücklicher?«

»Wären wir das nicht alle?« gab sie mit einem Auflachen zurück. »Zumindest bilde ich mir das gerne ein. Aber das stimmt natürlich nicht. Eines habe ich gelernt, nämlich daß Glück – oder Unglück – etwas Innerliches ist, das man von Ort zu Ort mit sich herumträgt, wie eine Schildkröte ihren Panzer.«

»Eine Ortsveränderung verändert häufig auch die Stimmung«, sagte ich.

»Für kurze Zeit vielleicht, und oberflächlich, aber nicht grundlegend oder auf Dauer.« Das Kinn in den Händen, stützte sie sich aufs Geländer und blickte auf die Stadt hinab. Dann plötzlich richtete sie sich auf, klatschte in die Hände und sagte: »Tja, dann will ich mal meinen Hund holen und nach Hause gehen. Ich überlasse Sie Ihrer Siesta. Sie halten doch eine Siesta, oder? Das Zimmer ist einfach zu herrlich, um kein Nickerchen darin zu machen.«

»Manchmal lege ich mich nachmittags ein Weilchen hin.«

»Amerikanischen Männern ist das so peinlich«, sagte sie. »Sie halten das Nickerchenmachen für so etwas wie ein weibliches Laster. Ich hasse Männer, die kein Nickerchen machen können.«

Ich begleitete sie bis zur Zimmertür. Sie verhielt einen Moment in dem kleinen Alkoven, strich mit dem Finger über den Deckel meines Journals und zeichnete das Batikmuster des Stoffes nach. »Kann ich Sie etwas fragen?« sagte sie.

»Was denn?«

»Warum haben Sie mich vorhin belogen?«

»Wann denn?«

»In der Cantina«, sagte sie. »Ich weiß, daß das mit Ihrer Frau nicht stimmt.«

Ich hatte die Tür schon aufgemacht, doch nun schloß ich sie wieder. »Ja«, sagte ich. »Ich habe Sie tatsächlich belogen.«

»Warum?«

Ich zuckte die Achseln. »Ich habe Sie belogen, weil ich Ihnen nicht die Wahrheit sagen wollte.«

»Ja«, sagte sie. »Natürlich.«

Wir schwiegen einen Moment lang. »Sie sollten lernen, die Wahrheit zu sagen«, sagte sie dann, »oder sich bessere Lügen ausdenken.«

»Mir gefallen meine Lügen.«

»Wieso? Sie sind außerordentlich wenig überzeugend.«

»Woher wollen Sie das wissen?«

Sie sah mich an. Ihr Gesichtsausdruck beunruhigte mich: sie wirkte ernsthaft verstört. »Ach so«, sagte sie. »Das heißt, Sie haben mir noch andere erzählt, ja?«

»Vielleicht.«

»Ich soll also nichts glauben, was Sie sagen.«

»Sie können alles glauben, was ich sage. Wenn Sie möchten.«

»Tut mir leid«, sagte sie. »Aber diese Last akzeptiere ich nicht. Es ist mir lieber, Sie sagen gar nichts, als daß Sie mich belügen.« Sie setzte ihren Hut auf und machte Anstalten, die Tür zu öffnen, aber ich hielt sie mit der Hand zu.

Einen Moment lang standen wir im Alkoven. Sie ließ die Türklinke los und senkte den Blick. Der Boden des Alkovens war ein Mosaik aus kleinen Fliesen: in einem Kranz hielten zwei knopfäugige Tauben eine Girlande in den Schnäbeln, und auf der Girlande stand das Motto IN LIMINE.

»Meine Frau ist tot«, sagte ich. »Meine Frau und meine Tochter sind beide tot. Sie sind bei einem Unfall ums Leben gekommen.«

Sie blickte zu mir auf. »Das tut mir so leid«, sagte sie.

»Deshalb bin ich hierher gekommen«, sagte ich. »Wo ich war, konnte ich nicht mehr bleiben. Irgendwie gab es dort kein Leben mehr für mich.«

»Ja«, sagte sie. »Das kann ich verstehen. Sie haben gut daran getan, wegzugehen.«

»Es tut mir leid, daß ich vorhin gelogen habe. Ich hoffe, Sie verzeihen mir.«

»Natürlich«, sagte sie. »Jetzt sind Sie aber in Ordnung, oder?« Sie streckte die Hand aus und berührte mich am Arm.

»Natürlich«, sagte ich.

»Dann lasse ich Sie jetzt Ihr Nickerchen machen. Und ich hoffe, wir unterhalten uns bald wieder.«

Ich stand auf dem oberen Treppenabsatz und sah zu, wie sie hinabstieg. Dino setzte sich auf und sah ihr ebenfalls zu, und die Symmetrie des Vorgangs hatte etwas Eigenartiges: ich, wie ich von oben hinuntersah, Dino, wie er von unten heraufsah, und zwischen uns Mrs. Dent in spiraliger Abwärtsbewegung.

Ich schloß die Tür, stellte mich mitten in mein Zimmer und schaute mich um, wie Ricky Dent es getan hatte. Die Vorhänge am Fenster flatterten noch, aber das Licht hatte sich verändert, sich leicht getrübt, denn der Höhepunkt des Nachmittags lag schon hinter uns, und ich spürte in diesem Zurückliegen einen größeren, dauerhafteren Verlust. Ich empfand sehr deutlich die dem Spätnachmittag eigene Traurigkeit.

# 7

Ich weiß nicht, wie lange ich nach Mrs. Dents Weggang in meinem Zimmer stand. Vermutlich befand ich mich in einer Art Betäubungszustand, in dem ich unentwegt dachte: Ob das wohl funktioniert? Ich hatte Angst, noch einmal einen Fehler zu machen, denn ich wußte, wie leicht Fehler zu Tragödien führen können, und wollte das alles vermeiden, wollte mich klug und unmißverständlich verhalten und ein heiteres, sauberes, gutes, schönes Leben führen. In Andorra.

Ein Klopfen an der Tür unterbrach – nein beendete – diese Träumerei. Ich fühlte mich wie in der Falle und beschloß, Abwesenheit vorzutäuschen, denn ein Klopfen an der Tür führt unvermeidlich zu Weitreichenderem und Komplizierterem als einem Klopfen an der Tür, und ich wußte nicht recht, ob ich mich irgend etwas Weitreichendem und Kompliziertem gewachsen fühlte.

Manchmal ist es nötig, im Leben auch einmal stillzuhalten.

Das Klopfen wiederholte sich, und eine Männerstimme – sie hörte sich an wie die des Hausdieners – sagte tonlos und gleichgültig meinen Namen, als läse er ihn von einer Liste ab. Ich gab keine Antwort. Schwitzend stand ich vollkommen still und starrte die Tür an, als könnte sie explodieren, als würde sie gleich von einem Rollkommando eingeschlagen. Während ich die Tür fixierte, erschien darunter ein Stück Papier: zunächst langsam, fast bedrohlich, glitt es plötzlich, offenbar von einem leichten Stups, ein paar Zentimeter in den Alkoven. Ich hörte jemanden die Treppe hinuntergehen, dann war wieder alles still.

Ich fühlte mich erleichtert, denn ich hatte die von dem Klopfen angekündigte Interaktion vermieden, aber das knapp vor der Tür liegende Stück Papier beunruhigte mich. Es war zwar kein Mensch, wofür ich dankbar war, aber es beunruhigte mich fast ebensosehr wie das Klopfen, denn natürlich implizierte es einen Menschen.

Ich beschloß, ein Nickerchen zu machen, ehe ich las, was auf dem Stück Papier stand. Und kaum daß ich auf dem Bett lag, ging es mir prompt besser. Manchmal ist es nicht gut, zu lange zu stehen und nachzudenken, jedenfalls für mich. Es war, als hätte ich im Stehen sämtliche Probleme um mich herum sehen können und mit dem Hinlegen hätte sich die Perspektive verändert und diese Probleme seien verschwunden. Ich konnte nur noch die kegelförmige Decke des Turms sehen, die wunderbar schlichte Symmetrie, mit der sie in einem einzigen Punkt zusammenlief. Ein einziger Punkt: das Haus Gottes.

Aus meinem Nickerchen erwacht, warf ich einen Blick zur Tür hinüber. Das Stück Papier lag immer noch da, und als ich *immer noch da* dachte, ging mir auf, daß ich halb gehofft oder damit gerechnet hatte, es würde vielleicht verschwinden.

Ich stand vom Bett auf, ging hinüber und hob es auf, ein einmal gefaltetes Blatt Hotelbriefpapier, auf dessen Außenseite hastig mein Name gekritzelt war.

Ich entfaltete es und las folgende Mitteilung:

*Heute Abendessen? Ich hoffe, Sie kommen. Ich weiß, die Einladung erfolgt ein bißchen kurzfristig, aber ich vermute, Sie haben noch nichts vor, und ich finde, es wird Zeit, daß Sie meinen Mann kennenlernen. Nichts Förmliches oder Spießiges – bloß ein schönes Essen (ich werde es jedenfalls versuchen!) mit mir und Ricky. Wenn Sie zu den Amerikanern gehören, die sich verpflichtet fühlen, Wein oder Blumen mitzubringen, dann lassen Sie es. Kommen Sie einfach so gegen acht – oder früher, wenn Sie Lust haben. Wir wohnen Auguste Beernaert 14 (auf der vierten Terrasse); fragen Sie am Empfang nach dem Weg.*

Unterschrieben war das Ganze mit Alles Liebe, Ricky. Ich sprach die Worte laut vor mich hin: Alles Liebe. Es klang eigenartig.

Das Haus der Dents lag am Ende einer ruhigen Sackgasse. Ich traf kurz nach acht Uhr dort ein; das Licht begann gerade zu verblassen, und in diesem Dämmer wirkte das Haus unbelebt, wie ein geliebtes und leicht kitschiges Bild seiner selbst. Es war klein und gemütlich, mit nur zwei Stockwerken, unverblaßt roten Granitmauern und einem moosigen Schieferdach. Es schien leer zu sein, obwohl mehrere Fenster offen standen und ich von irgendwoher ganz in der Nähe Musik hörte. Ich ging den mit Ziegelsteinen in Fischgrätenmuster gepflasterten Weg hinauf und klopfte an die Tür, die mit einer kleinen, von papayafarbenen Bougainvilleen überwucherten Veranda mit Gitterwerk umbaut war. Auf mein Klopfen reagierte niemand. Ich wartete ein Weilchen, trat dann unter der Veranda hervor und folgte dem gepflasterten Weg um die Hausecke herum bis zu einer niedrigen Steinmauer mit einem Holztor. Von hier aus konnte ich in den winzigen Garten hineinsehen, der vollständig ummauert war. Blühende Sträucher säumten einen manikürten Rasen. Mitten auf dem Rasen stand eine Vogeltränke aus Stein mit drei Zentimeter silbrigem Wasser im Becken, und in der gegenüberliegenden Ecke befand sich eine Gartenlaube mit Spitzdach und Fliegengittern an den Seiten. Von dort erklang die Musik, und während ich am Tor stand, hörte ich auch Reden und Lachen. Ich entriegelte das Tor, öffnete es und trat auf den Rasen, und dabei bimmelte ein am Tor angebrachtes kleines Glöckchen. Aus dem Gesträuch tauchte Dino auf und bellte zu mir herüber. Die Fliegentür des kleinen Häuschens ging auf, und Ricky Dent – Mrs. Ricky Dent – kam heraus. Sie klatschte in die Hände und rief Dinos Namen; er bellte noch ein-, zweimal und setzte sich dann hin.

»Sie sind gekommen!« rief Mrs. Dent, die Hände im letzten Klatschen gefaltet. »Wie mich das freut.« Sie überquerte den Rasen und küßte mich auf die Wange. »Wir trinken gerade etwas im Gartenhaus. Kommen Sie und setzen Sie sich zu uns.«

Ich folgte ihr über den Rasen. Sie hielt die Tür des Häuschens auf, und ich trat vor ihr eine Stufe höher auf die hölzerne Plattform. Eine schmiedeeiserne Bank faßte den kleinen Raum ein. In der Mitte stand ein runder, in weißes Leinen gehüllter Tisch, auf dem ein mit Eiswasser und einer Flasche Wein gefüllter, silberner Weinkübel und mehrere flackernde Kerzen standen, dazu ein altes Grammophon, das etwas spielte, was sich nach Mozart anhörte. Als ich eintrat, erhob sich ein Mann von der Bank und hielt mir die Hand hin. Er war sehr groß und blond, mit glänzenden Augen und Zähnen. Er hatte einen warmen, kräftigen Händedruck. »Freut mich sehr, Sie kennenzulernen«, sagte er. »Ich bin Ricky Dent.«

Ich sagte ihm, daß auch ich mich freute, ihn kennenzulernen.

»Möchten Sie ein Glas Wein?« fragte er.

»Danke, gern«, sagte ich. Ich setzte mich auf die Bank. Mrs. Dent setzte sich mir gegenüber, und wir sahen beide zu, wie Mr. Dent mir Wein eingoß. »Zum Wohl«, sagte er, als er mir das Glas reichte. »Willkommen in Andorra.«

»Danke«, sagte ich. Mir wurde klar, daß ich mir wegen der Begegnung mit Mr. Dent Sorgen gemacht hatte – aus irgendeinem Grunde hatte ich einen Widerling in ihm vermutet –, aber meine Sorgen waren unbegründet. Ich mochte den Mann instinktiv und auf Anhieb. Er hatte etwas Herzliches und Unbedrohliches.

»Schwärmen die Mücken?« fragte Mrs. Dent.

»Ich habe keine bemerkt«, sagte ich.

»Vielleicht sollten wir uns dann auf die Terrasse setzen. Finden Sie es hier drin zu düster?«

»Überhaupt nicht«, sagte ich.

»Ricky hat mir schon viel von Ihnen erzählt«, sagte Mr. Dent, als er sich neben seine Frau setzte. Er legte ihr in einer Geste, die ein wenig gezwungen und gewollt demonstrativ wirkte, den Arm um die Schultern. »Ich bin froh, daß sie jemanden gefunden hat, mit dem sie zu Mittag essen kann.

Mich hat die Cantina nämlich irgendwann gelangweilt. Und ich habe festgestellt, daß es meinen Tag auseinanderreißt, wenn ich essen gehe. Ich kann hinterher einfach nicht mehr arbeiten. Ich will dann immer schlafen oder spazierengehen oder – am allerschlimmsten – einfach weitertrinken. Und das ist nicht gut.«

»Nein«, sagte ich.

»Ricky schreibt an einer Oper«, sagte Mrs. Dent. »Deswegen habe ich auch kein schlechtes Gewissen, wenn ich ihn den ganzen Nachmittag allein lasse. Ich glaube sogar, das ist ihm ganz recht. Stimmt's, Liebling?«

»Ich habe nichts gegen das Alleinsein. Aber ich freue mich dann jedesmal auf deine Rückkehr.«

»Sind Sie Komponist?« fragte ich.

»Nur hobbymäßig«, antwortete er. »Ich liebe Musik und habe im New South Wales Chamber Orchestra halbprofessionell Englischhorn gespielt. Und als wir hierher gezogen sind, habe ich beschlossen, daß ich ein ehrgeiziges Projekt brauche, damit ich nicht auf dumme Gedanken komme. Eine Oper zu schreiben erschien mir verdammt ehrgeizig, und zu tun habe ich damit auch reichlich.«

»Erfinden Sie auch die Geschichte?« fragte ich.

»Um Himmels willen, nein. In der Hinsicht bin ich keine Spur kreativ. Ich adaptiere Gides *Der Immoralist*. Eine sehr freie Adaptation, sollte ich vielleicht sagen.«

»Sie ist ziemlich gut«, sagte Mrs. Dent. »Wir hoffen, daß die Andorranische Staatsoper sie aufführt, wenn Ricky damit fertig ist.«

»Nein, das tun wir nicht«, sagte Mr. Dent. »Und sie ist überhaupt nicht gut.«

»Also, *ich* hoffe es jedenfalls«, sagte Mrs. Dent. »Und sie ist sehr wohl gut.«

»Mögen Sie Musik?« fragte Mr. Dent.

»Ich bin leider hoffnungslos unmusikalisch«, sagte ich. »Und zwar auf schon fast tragische Weise.«

»Auf tragische Weise?« fragte Mr. Dent. »Das sind ja starke Worte. Wie das?«

»Ich habe deswegen aufgehört, an Gott zu glauben.«

»Tatsächlich? Wieso?«

»Ich singe schrecklich gern. Das heißt, früher war das so. Als Kind habe ich schrecklich gern gesungen. Aber ich bin ein miserabler Sänger. Ich weiß noch, daß der Musiklehrer in der Grundschule in mein Zeugnis schrieb, ich sei zwar ein begeisterter Sänger, aber ›unfähig, den Ton zu treffen‹. Ich habe meine Mutter fragen müssen, was das hieß, und meine Mutter sagte, es heiße, daß ich laut und schlecht sänge. Ich war am Boden zerstört.«

»Und das hat Sie davon abgebracht, an Gott zu glauben?«

»Irgendwie schon, glaube ich. Es war wohl das erste Mal, daß ich an Seiner Existenz gezweifelt habe. Es erschien mir plötzlich ganz klar: Wenn es Gott gäbe, hätte er mir die Fähigkeit verliehen, schön – oder wenigstens richtig – zu singen, weil ich so gerne sang.«

»Aber es gibt vieles, was wir gerne könnten und aus dem einen oder anderen Grund nicht können«, sagte Mrs. Dent. »Bestimmt hat Gott Ihnen andere Gaben geschenkt.«

»Ja, gewiß«, sagte ich. »Nur erschien es mir damals, als Kind, zutiefst grausam, daß ich nicht fähig war, den Ton zu treffen. Ich fühlte mich zum Schweigen gebracht, und das auf eine Weise, die ich als äußerst unbarmherzig empfand. Seither war mir nie mehr wohl dabei, wenn ich vor anderen sang. Es ist traurig, was passieren kann, wenn einem aufgeht, daß man nicht so wahrgenommen wird, wie man zu sein glaubt. Ich habe nämlich immer geglaubt, ich wäre ein wunderbarer Sänger. In meinem Kopf habe ich mich so gehört.«

»Dann können Sie ganz bestimmt singen«, sagte Mr. Dent. »Jeder ist in der Lage, Tonhöhen zu unterscheiden. Es geht bloß darum, die Musik anders hören zu lernen. Es spielt sich alles im Gehör ab. Und Sie singen bestimmt nicht halb so schlecht, wie Sie meinen.«

»Es wird überhaupt nicht mehr sehr viel gesungen, oder?« sagte Mrs. Dent. »Man singt, wenn man allein ist oder allein zu sein glaubt, aber haben die Leute früher nicht abends zusammengesessen und gesungen? Ehe Radio und Fernsehen zur Landplage wurden? Wie? Oder sehe ich das zu romantisch?«

»Ich glaube nicht«, sagte ihr Mann. »Das Singen war früher eine gesellschaftliche Betätigung. Junge Damen haben Klavierspielen und Singen gelernt. Und die Fähigkeit zu singen wurde auch bei Männern geschätzt.«

»Eigentlich ist es sehr traurig, wenn man darüber nachdenkt«, sagte Mrs. Dent. »Da versuche ich, auf ein Lied zu kommen, das ich von vorn bis hinten kann, ihr wißt schon, ein richtiges Lied, das ich hier und jetzt singen könnte, und mir fällt einfach keines ein. Wißt ihr was? Ich glaube, ich veranstalte einen Gesangsabend. Du kannst Klavier spielen, Ricky, und wir können alle singen. Ich kaufe Noten, damit wir auch mitkommen. Und Sie müssen unbedingt auch dabei sein, Mr. Fox, und mit uns singen. In einer Gruppe singen Sie bestimmt sehr gut.«

»Warum sollte ich in einer Gruppe besser singen?« fragte ich.

»Ich weiß auch nicht, ich habe eben einfach das Gefühl«, sagte Mrs. Dent. »Ricky, Lieber, zieh das Grammophon auf. Es wird langsamer.« Sie hatte recht; die Musik klang gedehnt und verlangsamt, als stiege das Orchester beim Spielen einen Berg hinauf.

Mr. Dent drehte die Kurbel des Grammophons, und die Musik klang plötzlich heiterer. Wir lauschten ihr alle drei, dankbar, glaube ich, für die Ablenkung. Ich schaute durch das Fliegengitter auf den Rasen. Ein Vogel schlug in der Tränke mit den Flügeln und spritzte silbriges Wasser aufs Gras.

Mrs. Dent stand auf und stellte ihr leeres Weinglas auf den Tisch. Der Kelch war mit Weinspuren benetzt und glomm im Kerzenlicht. »Ich sehe mal nach unserem Essen«, sagte sie. »Ich bin gleich wieder da.«

Sie öffnete die Tür und trat auf den Rasen hinaus. Der Vogel flog vom Becken in den dunkel werdenden Himmel auf. Im Gesträuch rappelte Dino sich hoch und folgte seiner Herrin ins Haus. Und so blieb ich mit Mr. Dent allein. Er saß mir gegenüber im Kerzenschimmer des Gartenhäuschens. Einen Moment lang sahen wir einander bloß an, dann stand er auf und nahm die Flasche Wein aus dem Kübel. Er durchquerte den Raum, setzte sich neben mich und goß mir nach. Die Flasche war feucht von ihrem eisigen Bad, und etwas Wasser tropfte mir aufs Hosenbein. Ich spürte die Kältetupfer auf meinem Oberschenkel, Nadelstiche, die eine Sekunde lang brannten, ehe sie vergingen. Ich zerbrach mir den Kopf darüber, was ich zu Mr. Dent sagen könnte, aber mir fiel nichts ein. Ich nippte an meinem Wein und fragte dann: »Wie weit sind Sie denn mit Ihrer Oper?«

»Ich habe den Entwurf des Librettos fertig«, antwortete er. »Und davon ist ungefähr ein Drittel grob in Noten gesetzt.«

»Was für ein interessantes Projekt.«

»Ricky hat mir erzählt, Sie schreiben ein Buch«, sagte er.

»Es ist eigentlich kein Buch. Ich führe bloß ein Journal.«

»Ach so. Ricky dachte, es wäre ein Buch. Ein Roman.«

»Ich würde mir nicht anmaßen, einen Roman zu schreiben«, sagte ich. Es klang so überheblich und selbstgefällig, und ich wollte nicht zur selben Kategorie wie Mr. Dent zählen, der seine Nachmittage damit zubrachte, eine Oper zu schreiben, die kein Mensch je zu hören bekommen würde. Ich versuchte, mich zu entsinnen, worum es in *Der Immoralist* ging, förderte jedoch nichts als eine vage Erinnerung an Hitze und Krankheit zutage. Afrika?

»Finden Sie, daß es Anmaßung erfordert, einen Roman zu schreiben?« fragte er.

»Bei mir schon, denke ich. Ich bin kein richtiger Schriftsteller.«

»Dann ist es wohl auch anmaßend von mir, eine Oper zu schreiben, denn ich bin ja kein richtiger Komponist«, sagte er. »Komisch, aber unter diesem Aspekt habe ich das nie gesehen. Und darüber bin ich auch froh, muß ich sagen, weil es mich wahrscheinlich davon abgehalten hätte, und das wäre schade gewesen, denn es macht mir großen Spaß.«

»Ja«, sagte ich. Seine Arglosigkeit war charmant, aber ich war auch ein bißchen wütend auf ihn, weil ich das Gefühl hatte, lächerlich gemacht worden zu sein.

Wir schwiegen einen Moment lang.

»Tut mir leid, daß ich Ihnen Wasser auf die Hose getropft habe«, sagte er mit plötzlicher Schroffheit. »Ich hätte ein Handtuch um die Flasche wickeln sollen.«

»Aber das macht doch nichts«, sagte ich. »Es ist schon wieder trocken.« Ich senkte kurz den Blick auf meine Hosenbeine und rieb an den wenigen feuchten Flecken.

»Ich könnte Ihnen eine trockene Hose leihen, wenn Sie möchten.«

»Sehr freundlich von Ihnen, aber es geht schon«, sagte ich.

»Sie sind mir nicht böse?« fragte er.

Ich fand dieses Gespräch ziemlich abwegig, aber Mr. Dent meinte es offenbar völlig ernst. »Natürlich nicht«, sagte ich. »Es war nicht der Rede wert.«

Er stand auf, stellte die Weinflasche in den Kübel zurück und rührte damit in dem Eiswasser, immer rundherum. »Sie sind ein sehr anständiger Mann«, sagte er, den Blick auf den Kübel gesenkt. »Ich weiß, eigentlich sind Sie mit Ricky befreundet, aber ich hoffe, wir können auch Freunde werden.«

Ich fragte mich, warum es in Andorra jedermann so verzweifelt nach Freundschaft verlangte. Aber vielleicht ging es ja nur den Dents so, den armen, einsamen, verrückten Dents.

»Vielleicht kann ich mit Ihnen an Ihrer Singstimme arbeiten«, sagte er. »Bestimmt könnte ich Ihnen helfen, den Ton zu treffen.«

Ich hatte eigentlich keine Lust auf Gesangsstunden bei Mr.

Dent, deshalb gab ich keine Antwort. Er hatte in dem Kübel einen kleinen Strudel erzeugt. Er hob die Flasche heraus und sah dem Wasserwirbel zu. Nach einer Weile legte sich die Strömung, und er stellte die Flasche zurück. »Ich singe einen Ton, und dann versuchen Sie, ihn nachzusingen«, sagte er, den Blick immer noch auf den Kübel gesenkt. Ohne auf meine Antwort zu warten, sang er: »Laaaa.« Er hatte eine schöne Singstimme: rein und sicher.

»Ich kann nicht singen«, sagte ich.

»Natürlich können Sie«, sagte er. »Versuchen Sie's. Laaaa.«

Ich schüttelte den Kopf. »Lieber nicht. Ich bin ein bißchen gehemmt, was meine Stimme angeht.«

»Aber das ist schade«, sagte er und sah mich endlich an. »Das ist wahrscheinlich Ihr Problem: Diese Gehemmtheit kommt Ihrer eigentlichen Stimme in die Quere und verzerrt sie.«

»Vielleicht«, sagte ich.

»Sie haben keinen Grund, meinetwegen verlegen zu sein«, sagte er.

Ich gab keine Antwort.

»Laaaaa«, sang er. Den gleichen Ton, aber leise.

Ich versuchte, den Laut zu wiederholen. Die Tonhöhe erschien mir richtig, aber das ist immer so. Meine Stimme selbst klang schwach und unsicher.

»Das war gar nicht schlecht«, sagte er. »Machen Sie die Augen zu. Doch, doch: machen Sie sie zu.«

Ich machte die Augen zu.

»Und jetzt hören Sie genau hin: Laaaa.«

Auf dem dunklen Bildschirm meiner Augenlider sah ich eine große Steppe vor einem mit blauem und orangerotem Licht gestreiften Himmel. »Laaaaa«, sang ich.

»Perfekt«, sagte er. »Lassen Sie die Augen geschlossen. Hören Sie zu.« Er sang: »›Durch Täler …‹«

Langsam walzte etwas über meine Steppe: ein Panzer oder ein Elefant.

»›Durch Täler …‹«, wiederholte er.

Ich sang die Worte, und dann sang er die nächste Phrase, die ich nachzuahmen versuchte, und auf diese Weise fuhren wir fort, bis er sagte: »Gut. Nicht die Augen aufmachen. Jetzt das Ganze: ›Durch Täler und Auen, wo Bächlein sich winden, in kühlenden Schatten, dort streif ich dahin.‹«

Ich kniff die Augen fester zusammen. Die Steppe verengte sich und verschwand. Jetzt war da nur noch Schwärze. Ich sang den Vers, allerdings langsamer als Mr. Dent. Als ich fertig war, hörte ich jemanden – nicht Mr. Dent – sagen: »Das war wunderschön.« Ich schlug die Augen auf. Mrs. Dent stand unmittelbar vor der Fliegentür. Die Dunkelheit und das Fliegengitter verdeckten ihr Gesicht, so daß ich sie einen Moment lang nicht erkannte. Einen Moment lang vergaß ich, wo ich mich befand. Es schien dunkler geworden zu sein, während ich die Augen geschlossen hatte: das Kerzenlicht war heller, sein Schatten übertanzte unsere Gesichter und die Decke.

Mrs. Dent öffnete die Tür und gab sich damit zu erkennen, blieb jedoch draußen stehen. Eine Motte kam hereingeflogen und schoß direkt auf die flackernde Kerze zu. »Sie können ja doch singen!« sagte Mrs. Dent. »Das war wunderschön.«

Wir aßen im Gartenhäuschen, ein liebenswert schauderhaftes Essen, bestehend aus einer matschigen Quiche lorraine, einem Salat mit roter Bete und Palmenherzen aus der Dose und einem dieser widerwärtigen gerollten Kuchen, die mit Marmelade gefüllt, mit gesüßten Kokosnußraspeln bestreut und mit Kirschwasser getränkt sind.

Hinterher saßen wir in dem kleinen, aber gemütlichen Wohnzimmer der Dents und tranken Brandy, als irgendwo jenseits des dunklen Flurs eine Uhr schlug und Mrs. Dent sagte: »Du meine Güte, ist das spät. Ich lasse euch beide jetzt allein. Ich muß mich morgen früh um meine Tiere kümmern.«

»Was für Tiere denn?« fragte ich.

»Ich leiste meinen Zivildienst im Tierheim. Ich bin ausgebildete Tierärztin.«

»Was für einen Zivildienst?«

»Ach, das haben Sie nicht gewußt? Alle Bürger Andorras müssen pro Woche sechs Stunden Zivildienst leisten. Sobald Sie ein Haus gemietet haben, wird man Ihnen bestimmt auch auf die Pelle rücken. Ich arbeite zwei Vormittage in der Woche im Tierheim.«

»Und Sie?« fragte ich Mr. Dent.

»Ich gebe in einer Dorfschule oben auf der Vega Musikunterricht«, sagte er.

»Ist das Pflicht?« fragte ich.

»Eigentlich nicht«, sagte Mrs. Dent. »Sie bekommen keine Geld- oder Gefängnisstrafe, wenn Sie sich nicht beteiligen. Aber die meisten Leute tun es. Es verbessert die Verhältnisse und hält die Steuern niedrig. Andorra hat nämlich von allen entwickelten Ländern die niedrigsten Steuern.«

»Das wußte ich nicht.«

»So? Deswegen ziehen die meisten Leute hierher.«

»Was kann man denn sonst noch so machen?«

»Im Zivildienst? So gut wie alles. Man denkt sich etwas aus, was einem in den Kram paßt. Clarissa Sanjuro zum Beispiel kümmert sich um die Blumen in der Stadthalle. Bringt zweimal die Woche aus ihrem Garten welche mit. Was haben Sie denn in den Staaten gemacht? Haben Sie einen Beruf ausgeübt?«

»Mehrere«, antwortete ich. »Zuletzt hatte ich einen Buchladen.«

»Dann könnten Sie in der Biblioteca arbeiten. Von den Büchermenschen machen das viele.«

»Die Biblioteca. Ist das eine Bücherei?«

»Eigentlich nicht. Es ist eher ein staatlich subventionierter Buchladen. Man kann dort Bücher kaufen oder tauschen. Es gibt da irgendein kompliziertes System, das ich nie begriffen habe. Wir kaufen unsere Bücher im Haus des Frohsinns. Dort gibt es die beste Auswahl an englischen Titeln.«

»Wo ist die Biblioteca?«

Sie befand sich, wie Mrs. Dent mir sagte, in dem Gebäude hinter der Stadthalle, gleich neben dem Heilbad, von dessen Existenz ich gar nichts gewußt hatte. Zu den öffentlichen Einrichtungen zählte außerdem ein Strandbad an der Spitze der Halbinsel. »Sie müssen einmal vormittags mit mir kommen«, sagte Mrs. Dent. »Schwimmen Sie gern?«

»Ja, sehr«, antwortete ich.

»Nachmittags wird es dort ein bißchen voll, aber vormittags ist es recht hübsch. Und das Wasser ist dann auch kühler. Ich gehe immer sehr früh hin. Manchmal schon vor dem Frühstück. Ich gehe gern morgens schwimmen und dann in der Cantina frühstücken.« Sie gähnte übertrieben, stand auf und sagte: »Tja, wie gesagt, ich gehe jetzt ins Bett. Morgen kommt Hillary, du kannst das Geschirr also stehen lassen, Liebling. Wir sehen uns bestimmt bald wieder, Mr. Fox. Danke für Ihren Besuch.«

Ich stand auf, und wir wünschten uns eine gute Nacht. Und dann verschwand sie den dunklen Flur entlang, in Richtung der Uhr mit dem Schlagwerk.

Einen Moment lang nippten Mr. Dent und ich an unserem Brandy und betrachteten mit vorgetäuschtem Interesse die bernsteinfarbene Flüssigkeit in unseren Gläsern. Ich wußte, es war schon spät, hatte es merkwürdigerweise aber nicht eilig, aufzubrechen. Es war schön, sich in einem Zuhause aufzuhalten: die kleinen warmen Räume, der dunkle Flur, die Uhr mit dem Schlagwerk, die offenen Fenster, die dichten, sommerlichen Bäume draußen, die Geborgenheit raunten. Das Gefühl, daß sich in einem anderen Teil des Hauses jemand zum Ins-Bett-Gehen anschickte. Es war lange her, daß ich mich spät in der Nacht in einem ruhigen Zuhause befunden hatte. Ich dachte an den dunklen, einsamen Rückweg zum Hotel und an mein hohes, abgeschiedenes Zimmer dort, das nicht einmal an ein anderes Zimmer angrenzte, und es erschien mir meinem Leben zu ähnlich.

Ich sagte zu Mr. Dent: »Ich bin Ihnen dankbar für das, was Sie vorhin getan haben. Vor dem Essen. Daß Sie mich zum Singen gebracht haben. Das war sehr – ich weiß nicht – angenehm für mich. Danke.«

Er stellte seinen Brandy auf den Tisch. »Keine Ursache«, sagte er.

»Ich möchte Sie nicht von Ihrer Frau fernhalten«, sagte ich. »Es ist schon spät. Ich sollte gehen.«

»Nein. Ich will nicht – ich meine, trinken Sie in Ruhe aus, und dann begleite ich Sie nach Hause. Ich muß ohnehin noch Dino ausführen.«

»Bestimmt?« fragte ich.

»Ja. Ich führe Dino immer aus, bevor ich zu Bett gehe.«

Wir tranken unseren Brandy aus, Mr. Dent leinte Dino an, und wir machten uns bergab auf den Weg zum Hotel. Die Nacht war warm, aber windig. Die Bäume schleuderten mit großer Geste ihre Äste in die Luft, wie ungestüme, unverbraucht schöne Jugendliche. Mr. Dent führte mich die schmalsten, steilsten Straßen hinab, und hinter den geschlossenen Fensterläden über uns konnte ich leise Musik, leises Lachen hervordringen hören.

»Wie ich höre, war meine Frau heute nachmittag in Ihrem Hotelzimmer«, sagte Mr. Dent plötzlich. Er ruckte an Dinos Leine. »Zieh nicht so, Dino«, sagte er.

Ich räumte es ein.

»Sie hat gesagt, es sei sehr schön.«

Für mich hörte sich das so an, als sei er selbst auf eine Einladung aus, aber ich hatte für heute genug von den Dents, deshalb gab ich keine Antwort.

»Ich weiß nicht, ob Sie mit ihr geschlafen haben oder nicht«, sagte Mr. Dent. »Ich nehme an, Sie haben.«

»Ihre Annahme ist falsch«, sagte ich.

Erneut sah er mich an. »Würden Sie gern?« fragte er.

Sein Ton war nicht anklagend, sondern lediglich neugierig.

»Warum stellen Sie mir diese peinlichen Fragen?«

»Ich finde, es wäre peinlich, wenn ich sie nicht stellte«, sagte Mr. Dent. »Falls wir Freunde werden sollen. Werden wir Freunde?«

»Das hoffe ich«, sagte ich und dachte: dieses absurde Buhlen um Freundschaft! Als müßten wir vor dem drohenden Weltuntergang noch rasch Pärchen bilden.

»Dann will ich folgendes sagen, und zwar ohne Peinlichkeit: Ricky und ich führen eine ungewöhnliche Ehe. Wahrscheinlich ist jede Ehe ungewöhnlich, deshalb will das nicht viel heißen. Aber Sie sollten wissen, daß es keinerlei Auswirkungen auf unsere Ehe hätte, wenn Sie mit Ricky schlafen würden. Und es würde unsere Freundschaft in keiner Weise gefährden.«

Wir stiegen eine weitere Treppe hinunter und gingen eine stille, verdunkelte Ladenstraße entlang. Jedes Schaufenster, an dem wir vorbeikamen, zeigte eine neue, kunstvoll arrangierte Obst-, Fisch- oder Stoffauslage: großartige Dioramen des Kommerzes. »Das da ist die Biblioteca«, sagte Mr. Dent mit einer Kopfbewegung zu einem großen Gebäude auf der anderen Straßenseite hin. Und dann kamen wir auf der Plaza heraus und überquerten sie. Beim Hotel angekommen, blieben wir vor der gläsernen Drehtür stehen, die sich der späten Stunde wegen nicht mehr drehte. Durch die Tür konnte ich in die fast menschenleere Eingangshalle sehen. Sie hatte eine stille Aura von Verlassenheit: gelassen wie Mannequins standen die Hausdiener darin herum.

Mr. Dent blickte durch die Palmenreihe auf den Hafen hinaus. Dann drehte er mir rasch den Kopf zu und sagte: »Ich glaube, meine Frau ist ein bißchen in Sie verliebt.« Sein Ton war vertraulich, nicht anklagend.

»Ich maße mir nicht an, die Gefühle Ihrer Frau zu kennen.«

»Meinen Sie, wir könnten auf Ihr Zimmer gehen?« fragte er mich. »Ein bißchen peinlich, hier so auf der Straße zu stehen, nicht?«

»Ich bin sehr müde«, sagte ich. »Und es ist furchtbar spät. Vielleicht – –«

Mr. Dent legte mir die Hand auf den Arm. Die plötzliche Wärme brachte mich zum Schweigen. »Bitte«, sagte er. »Bloß für einen Moment.«

In meinem Zimmer war es dunkel und ein wenig kühl. Ich ging darin umher, knipste Lampen an und schloß Fenster, froh um diese Beschäftigung, da mich das Alleinsein im Zimmer mit Mr. Dent leicht nervös machte. Dann war es mit einemmal gemütlich und hell, und ich bedeutete Mr. Dent, in einen Sessel Platz zu nehmen, und setzte mich ihm gegenüber auf ein kleines, verschossenes Plüschsofa. Wir hatten nichts zueinander gesagt, während ich mich im Zimmer betätigte, und nun saßen wir schweigend da und warteten auf den Brandy, den ich bestellt hatte. Er kam kurz darauf, wurde eingegossen, dann nahmen wir unsere Ausgangsposition wieder ein.

Allmählich wird es öde, dachte ich, während ich an meinem Brandy nippte, aber da Mr. Dent derjenige gewesen war, dem so viel an der Verlängerung unseres Beisammenseins gelegen hatte, war ich entschlossen, ihm die Initiative zu überlassen. Die Beine auseinandergestellt und die Ellbogen auf die Knie gestützt, beugte er sich vor und betrachtete den Fußboden.

»Wie ist der Brandy?« fragte ich.

»Wunderbar«, sagte er schroff und nahm dann einen Schluck, wie um sich zu vergewissern. »Sehr gut«, sagte er.

»Ich habe den Eindruck, Sie wollen mir etwas sagen«, sagte ich.

»So?«

»Ja.«

»Sie haben vermutlich recht«, sagte er.

Plötzlich war mir fröhlich zumute. Das hatte etwas mit der extremen Beeinflußbarkeit, der Gefügigkeit, der schrecklichen Verlorenheit von Mr. Dent zu tun. Mir ging auf, daß er noch verlorener war als ich. Und mein Vergnügen daran war ebenso groß wie gemein, denn es ist beunruhigenderweise nun einmal so, daß das Elend anderer Menschen häufig therapeutisch wirkt. Was immer ihn nach Andorra geführt hatte, hatte einen noch tieferen Bruch verursacht als in meinem Falle. Er war nicht auf den Füßen gelandet. Er glich, wie er da an seiner Oper schrieb, einer auf dem Rücken liegenden und mit den Beinchen zappelnden Schildkröte.

»Was wollen Sie mir denn sagen?« fragte ich ihn.

Er schaute in sein Brandyglas, und ich dachte: Männer trinken, weil sie es nicht ertragen können, einander beim Reden anzuschauen; sie brauchen etwas als Ablenkung. Ich schwenkte den Brandy in meinem Glas und nahm einen Schluck.

Schließlich blickte er zu mir auf. »Ich frage mich, ob Ricky ...«, begann er.

»Ob Ricky was? Nun reden Sie schon«, sagte ich.

»Ob Ricky Ihnen etwas darüber erzählt hat, warum wir Sydney verlassen haben. Warum wir hierher gekommen sind.«

»Ich glaube, sie hat gesagt, das Schicksal habe Sie hierher verschlagen. So wie es jeden hierher verschlagen hat. Mich eingeschlossen.«

Mit den Fingern rieb er sich heftig die Lippen und leckte sie dann, als wären sie zusammengeklebt gewesen und hätten ihn am Sprechen gehindert. Mit so gelockerten Lippen sagte er: »Ich liebe meine Frau.«

Ich stellte diese Feststellung weder in Frage, noch bestätigte ich sie.

Er blickte flüchtig zu mir herüber, wie um sich zu vergewissern, daß ich nicht eingeschlafen war. Ich hob die Augenbrauen, um anzuzeigen, daß ich zuhörte, dann wandte er seine Aufmerksamkeit wieder seinem Brandy zu. »Das Problem ist, falls Sie es noch nicht bemerkt haben, daß ich mich auch zu Männern hingezogen fühle.«

»So?«

»Ja.« Er sagte es noch einmal, leise: »Ja.«

»Ist das ein Problem?« fragte ich.

Er zuckte seltsam unvermittelt die Achseln, als wollte er ein Insekt verscheuchen, das sich ihm auf die Haut gesetzt hatte, und sagte: »Ja.«

»Das tut mir leid«, sagte ich. Und das stimmte. Armer Mr. Dent.

»Was tut Ihnen leid?«

»Daß das ein Problem ist.«

»Tut es Ihnen leid, daß ich mich zu Männern hingezogen fühle?«

»Nein«, sagte ich. »Warum sollte es?«

Er sah mich an. »Weil ich mich zu Ihnen hingezogen fühle.« Ich begriff, wie tapfer er war, und schämte mich ein wenig. Nun war es an mir, meinen Brandy anzustarren.

»Sie wissen nicht, wie das ist«, hörte ich ihn sagen. »Ich führe mein Leben weiter, ich versuche – na ja, das Richtige zu tun, so blöde es klingt, aber ich versuche, ein anständiges, sinnvolles Leben zu führen, und dann taucht jemand wie Sie auf, und auf einmal bröckelt alles ab, und mir bleibt nichts als der Gedanke, daß alles, was ich angefangen habe, falsch ist. Alles. Ohne Ausnahme.«

»Doch bestimmt nicht alles«, sagte ich.

»Was?«

»Ich habe gesagt, bestimmt nicht alles. Ich verstehe schon, wie es Ihnen geht. Jedenfalls in gewisser Weise. Bis zu einem gewissen Grade. Aber Sie haben doch bestimmt vieles mit Ihrem Leben angefangen, was richtig ist. Sie können nicht alles falsch gemacht haben. Was ist zum Beispiel mit Ihrer Oper?«

»Meine Oper ist grauenhaft«, stöhnte er. »Alles nur prätentioses Gejaule.«

»Also, das glaube ich Ihnen nicht. Das kann ich Ihnen einfach nicht glauben. Vorhin haben Sie mich zum Singen gebracht. Sie waren das. War das etwa falsch?«

»Nein«, sagte er. »Aber da ging es im wesentlichen um Sie, nicht um mich.«

»Es ging sehr wohl auch um Sie. Und ob es um Sie ging. Es ging nur um Sie.«

»O Gott«, sagte er. Er stellte sein Glas auf den Boden und schlug die Hände vors Gesicht. »Das ist doch wirklich erbärmlich, oder?«

»Nichts Menschliches ist erbärmlich«, sagte ich und fragte mich zugleich, woraus das war. Tennessee Williams?

Er nahm die Hände vom Gesicht und sah mich an. »Ich weiß nicht, warum ich Ihnen das alles erzählt habe. Ihnen das zugemutet habe. Es ist nur so, daß ich diese Einsamkeit verspüre, diese schreckliche, schreckliche Einsamkeit, und ich gewöhne mich daran, so daß sie mir gar nicht mehr wie Einsamkeit vorkommt. Monatelang kann sie auf mir lasten, ohne daß ich sie spüre, und dann passiert etwas – zum Beispiel lerne ich Sie kennen –, und plötzlich ist diese Last da, irgendeine schreckliche Alchimie, die diese Einsamkeit zur Last werden läßt, und ich denke, daß sie mich zermalmt. Daß ich sterbe. Oder etwas unsäglich Gewalttätiges tue.«

»Es ist nicht nötig, daß Sie so leiden«, sagte ich.

»Was wollen Sie damit sagen?«

»Daß es in unserer heutigen Zeit keinen Grund dafür gibt, daß Sie so leiden.«

»Aber was soll ich machen?«

»Das weiß ich nicht«, sagte ich. »Das müssen Sie selbst herausfinden. Treffen Sie irgendein Arrangement mit Ihrer Frau. Aber leiden sollten Sie nicht.«

Er stand auf und ging zur Balkontür, die ich einen Spalt offengelassen hatte. Entschlossen, als wollte sie sich den Zutritt nicht verwehren lassen, drang die Brise ins Zimmer. Sie zauste Mr. Dents blondes Haar. »Ich weiß, daß Sie recht haben«, sagte er. »Ich bin in gewisser Weise schwach, in fataler Weise, die mich daran hindert, mein Leben in die Hand zu nehmen.« Er schüttelte den Kopf. »Andere nehmen ihr Leben in die Hand. Sie zum Beispiel, das merke ich. Aber ich kann das nicht.«

»Da bin ich anderer Meinung«, sagte ich. »Was machen Sie denn jetzt? Jetzt in diesem Moment? Wo Sie das alles zu mir sagen? Damit nehmen Sie Ihr Leben doch in die Hand.«

»Aber es kommt nichts dabei heraus«, sagte Mr. Dent. Er wandte sich von der Glastür ab und sah mich an. »Oder doch?«

Ich stand auf und stellte mein Glas auf einen Tisch. Ich ging zu ihm hinüber und sah neben ihm zur Balkontür hinaus. Nur wenig war noch erleuchtet. Es war eigentlich gar keine Stadt, begriff ich: irgendwann ging alles schlafen. Dabei war es nicht einmal sonderlich spät. Ich legte ihm die Hand auf die Schulter. »Es ist sehr spät«, sagte ich. »Sie sollten nach Hause gehen.«

»Ja«, sagte er.

»Wir können Freunde sein«, sagte ich. Die Hand auf seiner Schulter, brachte ich ihn zur Tür und wünschte ihm eine gute Nacht.

Ehe ich mich zum Schlafengehen auszog, trat ich auf meinen Balkon hinaus. Die Cantina war geschlossen, die Plaza leer bis auf eine Person, die auf dem Rand des großen Brunnenbeckens saß und zu meinem Eckturm aufblickte. Ich konnte das zu ihren Füßen kauernde große Tier ausmachen. Ob Mr. Dent mich sehen konnte, wußte ich nicht, aber er blickte zu mir auf, als könnte er es. Er blickte sehr lange zu mir auf, als ob er erwartete, daß ich winkte oder meinen Schlüssel hinunterwarf. Oder sprang.

Während ich hinabsah, verwandelte sich der Brunnen. Die

Lichter erloschen, die Wasserkaskaden versiegten. Plötzlich war es ganz still, und mir fiel auf, was für einen Lärm der Brunnen sonst machte.

Ich erinnerte mich an das Schälchen versilberten Wassers in der Vogeltränke der Dents.

Ich sah auf meine Uhr: Mitternacht.

## 8

Ein Klopfen weckte mich früh am nächsten Morgen. Ich setzte mich im Bett auf und sah zur Tür. »Ja?« rief ich.

»Ich habe eine Nachricht für Sie«, sagte der Hausdiener.

»Schieben Sie sie unter der Tür durch.«

»Es wird um eine Antwort gebeten.«

Ich sah auf die Uhr auf dem Nachtschränkchen: es war kurz nach acht. Ich rappelte mich auf und öffnete die Tür. Vor mir stand, mit einem Blatt Papier auf einem Silbertablett, der Hausdiener in seinem absurden, mit Messingknöpfen und Epauletten überladenen Kostüm. Er sah albern aus, tat mir jedoch nicht leid. Ich grapschte das Blatt Papier vom Tablett und las es.

*Sehr geehrter Mr. Fox – Es tut mir leid, Sie zu stören, aber ich muß Sie umgehend in einer ernsten Angelegenheit sprechen. Würden Sie sich bitte so rasch wie möglich bei mir im Büro des Empfangschefs einfinden? Für Ihre Mitarbeit wäre ich Ihnen sehr verbunden.*

Unterschrieben war das Ganze mit *Hochachtungsvoll, Vladimir Afgroni*, und darunter stand in sorgfältiger Blockschrift: LEUTNANT, STADTPOLIZEI LA PLATA.

An der Art, wie der Hausdiener mich betrachtete, erkannte ich, daß er die Mitteilung gelesen hatte. »Sagen Sie Leutnant Afgroni, ich komme gleich.«

»Sehr wohl«, sagte der Hausdiener und ging.

Ich stand einen Moment lang in dem leeren Zimmer. Panik erfaßte mich. Was konnte da nur passiert sein? Vielleicht waren die Dents irgendwelche Kriminelle. Das würde ihre aggressive Anständigkeit und Freundlichkeit ein Stück weit erklären. Ich beschloß, daß es vorbei war mit den Dents. Ich würde mich aus der wie auch immer gearteten Patsche ziehen, in die sie mich gebracht hatten, und sie nie wiedersehen. Mit den Dents hatte ich einen falschen Anfang gemacht. Ich würde noch einmal ganz von vorn beginnen.

Ich zog mir hastig die Kleider an, die ich in der Nacht zuvor abgelegt hatte. Sie rochen auf eine nicht unangenehme Weise, die ich tröstlich fand, nach mir, dennoch betupfte ich mich ein wenig mit Cologne.

In der Eingangshalle spürte ich, daß mich alle hinter den ausgespreizten Flügeln ihrer Zeitungen hervor anstarrten, und wußte zugleich, daß ich mir das nur einbildete. Ruhig ging ich durch den großen Raum zum Empfang. »Guten Morgen«, sagte ich zu dem Angestellten, der dahinter stand und sich mit beiden Armen auf dem polierten Holz abstützte. »Ich möchte zu Leutnant Afgroni.«

»Jawohl, Mr. Fox«, sagte er. »Er wartet schon auf Sie. Hier entlang, bitte.« Er bedeutete mir, hinter den Empfang zu kommen, und ich folgte ihm einen Flur entlang in ein kleines, fensterloses Büro. Ein hochgewachsener Mann mittleren Alters in einem eleganten Anzug, mit sorgfältig frisiertem und pomadisiertem schwarzem Haar, saß am Schreibtisch und reinigte sich mit einem winzigen silbernen Federmesser die Fingernägel. Als die Tür aufging, stand er hastig auf und ließ das Federmesser rasch in der Hosentasche verschwinden. »Mr. Fox?« fragte er.

»Ja«, sagte ich.

»Sind Sie Mr. Alexander Fox?« fragte er.

»Ja.«

»Ich bin Leutnant Afgroni von der Polizei La Plata. Es tut mir leid, Sie so früh am Tag stören zu müssen, aber ich muß unbedingt mit Ihnen reden. Sehr freundlich von Ihnen, daß Sie so rasch gekommen sind.«

»Wozu eigentlich?« fragte ich. »Worum geht es denn?«

Er blickte über meine Schulter auf den Angestellten, der in der offenen Tür stand. »Danke«, sagte er zu ihm. »Wenn Sie so nett wären, uns allein zu lassen.« Der Angestellte zog sich zurück und schloß die Tür hinter sich. Leutnant Afgroni deutete auf einen Platz gegenüber dem Schreibtisch, aber ich blieb stehen.

»Ich glaube, Sie sind mit einem Mr. Richard Dent bekannt?« fragte er. Er sprach Richard französisch aus.

»Ja«, antwortete ich. Ich hatte ja gewußt, daß es um die Dents ging. »Ich habe ihn gestern abend kennengelernt.«

»Sie wurden gestern spät in der Nacht mit ihm auf der Plaza gesehen. Ist das richtig?«

»Ja«, sagte ich. »Aber worum geht es denn eigentlich?«

»Mr. Dent ist tot. Seine Leiche wurde im Hafen gefunden. Ich brauche Sie, um ihn zu identifizieren.«

Ich setzte mich. »Wie ist das passiert?« fragte ich.

»Er ist offenbar ertrunken. Vermutlich war es ein Unfall. Aber wir brauchen eine positive Identifizierung, ehe wir eine Autopsie vornehmen können. Da wir im Moment nicht in der Lage sind, Mrs. Dent ausfindig zu machen, haben wir uns an Sie gewandt. Die Leichenhalle ist gleich auf der anderen Seite der Plaza, in der Stadtverwaltung. Würden Sie mich bitte begleiten?«

»Ich kenne ihn eigentlich kaum«, sagte ich. »Ich habe ihn nur gestern abend kurz kennengelernt. Sollten wir nicht lieber auf seine Frau warten?«

»Das geht leider nicht. Die Sache hat für uns eine gewisse Dringlichkeit.« Er machte die Tür auf. »Es wird nicht lange dauern, das versichere ich Ihnen, Mr. Fox. Kommen Sie?«

Ich stand auf und folgte ihm zurück durch die Eingangshalle, über die Plaza und in die Stadtverwaltung. Eine Marmortreppe führte auf eine die Eingangshalle umlaufende Galerie. Leutnant Afgroni trat hinter diese Treppe und öffnete eine kleine, ungekennzeichnete Tür. »Eine Abkürzung«, verkündete er. Ich folgte ihm eine steile Steintreppe hinab in den Keller. »Hier entlang«, sagte Leutnant Afgroni, und wir gingen einen langen, hell erleuchteten Korridor entlang. Er blieb vor einer Tür mit der Aufschrift MORTUAIRE stehen. »Haben Sie schon einmal einen Ertrunkenen gesehen?« fragte er.

»Nein, das kann ich nicht behaupten.«

»Es sieht nicht sehr hübsch aus«, sagte er. »Der Körper hat eine seltsame Farbe und ist etwas aufgedunsen. In diesem Fall weist er außerdem noch ein paar häßliche Verletzungen auf. Ich möchte nicht, daß Sie einen Schock bekommen.«

»Ich verstehe nicht, warum Sie nicht auf Mrs. Dent warten können. Brauchen Sie denn keinen Angehörigen, um einen Toten zu identifizieren?«

»Nein«, sagte er und machte die Tür auf. Es war ein kleiner, kühler Raum mit zwei Fenstern knapp unter der Decke, auf Höhe der Straße. Über das Milchglas tappelten die Schatten von Tauben. Mitten im Zimmer stand ein hoher, schmaler Tisch, auf dem ein mit einem Laken bedeckter Körper lag. Das Laken war hellgelb, was mich überraschte.

Leutnant Afgroni trat an diesen Tisch. »Sind Sie bereit?« fragte er.

»Ja«, sagte ich. Ich stellte mich neben ihn.

Er zog das Laken zurück, und das Gesicht des Leichnams kam zum Vorschein. Ich lachte. Ich lachte, weil es nicht Mr. Dent war. Obwohl auch unter Berücksichtigung der Verfärbung und der Aufgedunsenheit eine gewisse Ähnlichkeit bestand – eine gewisse grobknochige Blondheit –, erkannte ich, daß das obszöne Gesicht auf dem albernen kleinen Kissen nicht das Gesicht von Richard Dent war.

»Sie lachen«, sagte Leutnant Afgroni.

»Ich lache, weil ich erleichtert bin. Es ist nicht Mr. Dent. Es besteht eine gewisse Ähnlichkeit, aber es ist nicht Mr. Dent.«

Er bedeckte das Gesicht mit dem Laken und zog es dann abermals zurück, so daß wir erneut einen Blick auf den Ertrunkenen werfen konnten. Diesmal legte er auch den Hals bloß und brachte einen tiefen Schnitt zum Vorschein, der senkrecht von einem Punkt unter dem Ohr bis knapp über das Schlüsselbein verlief. Er sah mich an. »Sie sind sicher, daß das nicht Mr. Dent ist?« fragte er.

»Ja.«

»Sie sind sich offenbar sehr sicher.«

»Ja.«

»Dabei haben Sie mir gesagt, Sie hätten ihn erst gestern abend kennengelernt.«

»Das stimmt.«

»Dann frage ich mich, wie Sie so sicher sein können. Der Ertrinkungstod verändert das Gesicht eines Menschen erheblich. Vielleicht hatte Mr. Dent irgendwelche besonderen Kennzeichen – ein Muttermal, eine Tätowierung. Sind Ihnen irgendwelche derartige Kennzeichen an Mr. Dents Körper bekannt?«

»Ich weiß von keinen derartigen Kennzeichen. Das ist ein anderer Mann. Ich bin mir ganz sicher.«

Leutnant Afgroni bedeckte das Gesicht wieder. »Danke«, sagte er. »Wenn Sie jetzt bitte mit mir kommen würden, ich möchte Ihnen gern ein paar Fragen stellen.«

»Muß das wirklich sein? Ich habe getan, worum Sie mich gebeten haben. Ich wüßte nicht, wie ich Ihnen groß helfen kann.«

»Mr. Fox, angenommen, Sie haben recht und das ist nicht Mr. Dent, so bleibt doch die Tatsache bestehen, daß Mr. Dent als vermißt, und zwar unter verdächtigen Umständen vermißt, gemeldet wurde, und soviel wir wissen, ist es durchaus möglich, daß Sie der letzte sind, der ihn gesehen hat. Wir hoffen, daß Sie uns eine große Hilfe sind. Würden Sie jetzt bitte mitkommen?«

Ich nickte.

»Danke«, sagte er.

Ich folgte ihm den Flur entlang in ein kleines, karges Büro, ganz ähnlich wie das Büro im Hotel. Mir war zumute, als sähe ich hinter die Kulissen von Andorra, in die kleinen, grauen, fensterlosen Räume hinter der prächtigen Bühnendekoration. »Bitte setzen Sie sich«, sagte er. »Möchten Sie einen Kaffee? Oder einen Brandy?«

»Kann ich einen Brandy haben?«

»Selbstverständlich. Aber setzen Sie sich doch.«

Ich setzte mich, und Leutnant Afgroni nahm den Hörer des Telefons auf dem Schreibtisch ab. »Hier ist Afgroni«, sagte er. »Ich bin in B4. Bitte bringen Sie uns zwei Brandy.« Er legte den Hörer auf und setzte sich hinter den Schreibtisch. »Danke für Ihre Hilfe eben. Ich hoffe, es hat Sie nicht zu sehr mitgenommen.«

Ich hatte Mühe, ruhig zu bleiben. Ich brauchte Zeit, um innezuhalten und nachzudenken, darüber nachzudenken, was ich tun und sagen sollte. Ich wollte in meinem Hotelzimmer sein, im Bett, oder an einem sicheren Ort in der Sonne.

Es klopfte an der Tür. »*Entrez*«, sagte Leutnant Afgroni. Die Tür ging auf, und es erschien ein junger Mann in knapp sitzender Polizeiuniform, die eine Unmenge von Messingknöpfen zierte. Einen Moment lang verwechselte ich ihn mit dem Hausdiener des Hotels, so ähnlich waren sich die Uniformen. Er hatte ein kleines Tablett in den Händen, auf dem zwei Gläser und eine Flasche Brandy standen. »Auf den Schreibtisch, bitte, Edward«, sagte Leutnant Afgroni.

Der junge Mann stellte das Tablett vorsichtig auf dem Schreibtisch ab. »Würden Sie mich bitte einen Moment entschuldigen, Mr. Fox?« fragte Leutnant Afgroni.

»Ja«, sagte ich.

Die beiden Männer traten auf den Flur hinaus und schlossen die Tür. Ich konnte sie reden hören, jedoch nicht verstehen, was sie sagten. Ich sah auf meine Uhr: es war erst neun. Ich goß etwas Brandy in ein Glas und trank. Die Tür ging auf, und Leutnant Afgroni setzte sich wieder hinter den Schreibtisch. Er griff nach der Brandyflasche und sagte, als er den bernsteinfarbenen Schimmer in meinem Glas sah: »Wie ich sehe, haben Sie sich schon bedient.«

»Ja.«

»Möchten Sie noch einen?«

»Ja, bitte«, sagte ich.

Er goß zwei Brandy ein und reichte mir ein Glas. Das andere nahm er selbst in die Hand. »Bitte entspannen Sie sich, Mr. Fox, wenn es geht. Es tut mir leid, Sie so festhalten zu müssen, aber da Sie einer der letzten Menschen waren, die Mr. Dent gesehen haben, werden Sie gewiß verstehen, warum es unumgänglich ist, daß wir mit Ihnen sprechen.«

»Ja«, sagte ich. »Das verstehe ich.«

»Gut«, sagte er. »Sie haben gestern abend mit den Dents gegessen?«

»Ja.«

»Wo?«

»Bei ihnen zu Hause.«

»Aha, verstehe. Und dann hat Mr. Dent Sie zum Hotel zurückbegleitet?«

»Ja.«

»Um welche Zeit war das?«

»So genau weiß ich das nicht. Spät.«

»Geht es nicht etwas genauer?«

Ich dachte kurz nach, und mir fiel ein, wie die Lichter des Springbrunnens erloschen waren und ich auf die Uhr gesehen hatte. »Es war Mitternacht«, sagte ich. »Ich erinnere mich, weil der Springbrunnen abgestellt wurde.«

»Natürlich«, sagte er. »Mitternacht.« Er notierte sich das. »War Mr. Dent … hatte er getrunken?«

»Etwas. Aber er wirkte nicht betrunken.«

»Und Sie hatten vermutlich auch getrunken.«

»Nicht mehr als Mr. Dent. Etwas Wein zum Essen, und dann noch etwas Brandy.«

»Genau«, sagte Leutnant Afgroni. »Mr. Dent hat Sie auf Ihr Zimmer begleitet, nicht wahr?«

»Richtig.«

»Und welchem Zweck diente sein Besuch?«

»Ich habe ihn auf einen Schlummertrunk eingeladen.«

»Aha«, sagte Leutnant Afgroni. »Und wie ging es dann weiter?«

»Wir haben etwas getrunken und uns eine Weile unterhalten, und dann ist er gegangen.«

»Sind Sie davon ausgegangen, daß er nach Hause zurückkehrt?«

»Ja, das habe ich angenommen. Er hatte seinen Hund dabei.«

»Einen Hund?«

»Ja. Einen sehr großen Hund. Mit Namen Dino.«

»Dino?«

»Ja.«

Auch das notierte sich Leutnant Afgroni: MITTERNACHT, DINO. »Und Sie sagen, Sie seien dann zu Bett gegangen und hätten Mr. Dent nicht wiedergesehen.«

»Ja. Das heißt, einmal habe ich ihn noch gesehen.«

»So? Wo denn?«

»Vor dem Zubettgehen bin ich auf meinen Balkon gegangen. Ich habe Mr. Dent auf dem Brunnen sitzen sehen. Auf dem Rand des Brunnens.«

»Und danach haben Sie ihn nicht mehr gesehen?«

»Nein. Danach habe ich ihn nicht mehr gesehen.«

»Schön«, sagte Leutnant Afgroni. »Darf ich fragen, wie lange Sie die Dents schon kennen?«

»Mr. Dent habe ich gestern abend kennengelernt. Mrs. Dent kenne ich erst seit ein paar Tagen. Seit meiner Ankunft in Andorra.«

»Und wann war das?«

»Ich bin am Montag angekommen.«

»Am Montag, dem siebzehnten März?«

»Richtig.«

»Darf ich fragen, um welche Zeit?«

»Morgens. Ich habe den Nachtzug von Paris genommen.«

»Natürlich«, sagte Leutnant Afgroni. »Ich kenne ihn gut. Und Sie sagen, Sie haben Mrs. Dent noch am gleichen Tag kennengelernt?«

»Richtig.«

»Sie haben sie vor Ihrer Ankunft hier nicht gekannt?«

»Ich habe Ihnen doch gesagt, ich habe sie am Montag kennengelernt.«

»Ja, das haben Sie. Es tut mir leid, wenn ich unhöflich erscheine. Aber wo ich gerade dabei bin, Ihre beachtliche Geduld zu mißbrauchen, möchte ich Ihnen noch eine weitere Frage stellen, wenn Sie erlauben. Es geht noch einmal um die Identifizierung der Leiche. Ich versichere Ihnen, daß die Frage nichts unterstellt. Wissen Sie zufällig, ob Mr. Dent beschnitten war?«

»Ich habe nicht die leiseste Ahnung.«

»Das habe ich mir schon gedacht. Wie ich sehe, habe ich Sie gekränkt. Verzeihen Sie mir. Ich habe Ihnen für einen Tag genug Ungelegenheiten gemacht, Mr. Fox. Die Stadtpolizei von La Plata hat Ihnen zu danken, genau wie ich.« Er stand auf. »Ich danke Ihnen sehr. Ich begleite Sie noch hinaus.« Er machte die Tür auf, und ich folgte ihm den Flur entlang und die Treppe hinauf in die Eingangshalle. Ich war sehr froh, die Welt vor ihren Türen zu sehen. »Ich nehme an, Ihr Paß befindet sich im Hotel?« fragte Leutnant Afgroni.

»Ja.«

»Und Sie sind amerikanischer Staatsbürger?«

»Ja.«

»Wir müssen ihn vielleicht ein, zwei Tage hierbehalten. Würde Ihnen das Ungelegenheiten machen?«

»Wieso brauchen Sie meinen Paß?«

»Bloß eine Formalität. Hatten Sie vor, das Land in nächster Zeit zu verlassen?«

»Nein«, sagte ich. »Ich hatte vor, eine ganze Weile in Andorra zu bleiben.«

»Gut. Dann würde es Ihnen also keine Ungelegenheiten machen, uns Ihren Paß zu überlassen?«

»Nein.«

»Schön. Ich werde ihn von Edward abholen lassen. Vielleicht sagen Sie im Hotel Bescheid, daß er kommt. Ich kann Ihnen gar nicht genug danken, Mr. Fox. Sie waren außerordentlich geduldig und hilfsbereit.« Er streckte die manikürte Hand aus. Ich ergriff sie und ging dann auf die sonnenerleuchtete Plaza hinaus.

## 9

Ich blieb einen Moment lang auf der Plaza stehen und versuchte, mir schlüssig zu werden, wohin ich gehen sollte, ohne dabei unschlüssig zu wirken. Ich hatte das Gefühl, Leutnant Afgroni beobachtete mich aus dem Inneren des Gebäudes heraus, aber ich wollte mich nicht umdrehen und nachsehen. Ich wünschte, ich wäre Raucher, damit ich mir eine Zigarette anzünden könnte. Ich klopfte mir die Taschen ab, als suchte ich nach einer. Und dann steuerte ich den Tabakladen an und ging hinein, einen der wenigen Läden an der Plaza, die ich noch nicht erforscht hatte. Es war ein kühler, dunkler Laden, angefüllt mit durchdringendem Geruch von Tabak. Er hing in Strängen von der Decke, und auf dem Boden zerkrümelten getrocknete Stücke zu Staub. Auf einer Theke standen große Glas- und Keramikgefäße mit verschiedenen Tabaksorten.

»Kann ich Ihnen helfen?« fragte eine junge Frau, die hinter der Theke stand. Sie hatte einen weißen Laborkittel an, als wäre sie Wissenschaftlerin. Ich habe diese Art von schamloser Hochstapelei in der äußeren Aufmachung stets verabscheut: Hinter Ladentischen von Drogerien herumlungernde Kosmetikerinnen, die sich als Atomphysiker verkleiden. Das verwischt die scharfen Konturen der Welt.

»Nein, danke«, sagte ich. Ich drehte mich um und ging hinaus. Ich spürte, wie eine Art sonderbarer Ärger und Zorn in mir zum Kurzschluß kamen; ich versuchte, mir einzureden, daß es an meinem Zusammentreffen mit der verkleideten Tabakhändlerin lag, aber ich wußte, daß das nicht stimmte. Ich mußte mich irgendwo hinsetzen, mich beruhigen und nachdenken. Ich wollte nicht in die Cantina gehen, und ins Hotel zurückkehren wollte ich auch nicht. Ich wollte an einen ruhigen, abgelegenen, dunklen Ort flüchten. Ich ging eine schmale Straße hinauf, die von der Plaza auf die zweite Terrasse führte, und erstieg dann eine Treppe zur dritten Terrasse. Auf der Suche nach einem Café, in das ich verschwinden könnte, bog ich in eine belebte Ladenstraße ein und befand mich plötzlich vor dem Kaffeegeschäft unter Onkel Rodericks Wohnung. Ich sah hinein. Das kleine Café vor dem eigentlichen Laden war voller Männer, die rauchten, Zeitung lasen und aus kleinen Tassen Espresso tranken. Ihr Zusammensein hatte etwas Bodenständiges und Kameradschaftliches, das Fremde auszuschließen schien. Und ich war immerhin ein Fremder. Ich blieb einen Moment lang auf der Straße stehen und fragte mich, was ich tun sollte. Ich kam mir ohnmächtig, ausgestoßen vor, und dann fiel mir der kleine eiserne Schlüssel unter dem Topf mit den vertrockneten Geranien ein und die leere, ruhige Wohnung gleich über mir. Rasch und zielstrebig bog ich in die überdachte Gasse ein und hoffte dabei, daß mich niemand gesehen hatte. Der kleine Hof war verlassen, der Abfall entfernt; wahrscheinlich hatte Miss Quay mit Ali darüber gesprochen. Ich eilte die Stufen hinauf, ging vor der Tür in die Hocke, griff unter den Topf und tastete nach dem Schlüssel. Er war da. Ich schloß die Tür auf und zog sie im Eintreten hinter mir zu.

Erst da wurde mir bewußt, daß ich keuchte und schwitzte. Ich blieb eine Zeitlang gleich hinter der geschlossenen Tür stehen und versuchte, ein Gefühl von Ruhe wiederzugewinnen. Mit geschlossenen Augen lehnte ich mich gegen die

Tür und ließ, was immer meinen Körper da durchströmte, sich erschöpfen. Dann machte ich die Augen auf.

In der Wohnung war es dunkel und still. Die Vorhänge waren vor die großen Fenster gezogen, und ich versuchte, mich zu erinnern, ob wir sie vor unserem Weggang geschlossen hatten. Oder war seither jemand in der Wohnung gewesen? Jetzt jedenfalls war offensichtlich niemand hier: es herrschte völlige Ruhe und Stille. Ich legte den Schlüssel auf einen Tisch neben der Tür und ging in die Mitte des dunklen Zimmers. Dort streckte ich mich auf dem Boden aus und schaute zur Balkendecke auf. Wo war Mrs. Dent? Wenn sie ihren Mann als vermißt gemeldet hatte, warum stand sie dann der Polizei nicht zur Verfügung? Mir erschien das äußerst seltsam. Vielleicht war sie Mr. Dent suchen gegangen. Als wäre er eine Katze oder ein Hund. Mit »Ricky! Ricky!«-Rufen durch die Straßen. Für welchen Frauennamen ist Ricky die Kurzform? War sie schon vor ihrer Heirat mit Mr. Dent Ricky, oder wurde sie es erst dann? Ich weiß nicht. Es wäre peinlich, sie das jetzt zu fragen. Ich schloß die Augen, damit es völlig dunkel wurde. Die zwei Brandys zeigten allmählich Wirkung, und ich sah abermals die Steppe, meine dunkle Steppe mit dem phosphoreszierenden Himmel darüber.

Als ich mich durch die Drehtür des Hotel Excelsior schob, sah ich Mrs. Dent mitten in der Eingangshalle stehen. Der Teppich hatte ein intrikates Dessin, das in einem sich ständig erweiternden und komplizierter werdenden Girlandenmuster von einem Medaillon in der Mitte ausging, und auf diesem Medaillon stand wie angewurzelt Mrs. Dent, als hätte ein Lehrer ihr einen Verweis erteilt und ihr verboten, sich von der Stelle zu rühren. Sie sah mir zu, wie ich die Eingangshalle durchquerte. »Haben Sie schon gehört«, fragte sie mich mit seltsamer, leiser Stimme, »daß Ricky verschwunden ist?«

»Ja, das habe ich gehört. Ich bin sogar beinahe verhaftet

worden. Man hat meinen Paß eingezogen, und ich habe den ganzen Vormittag Ertrunkene identifiziert.«

»Ist das nicht schrecklich?« sagte sie. »Ich habe ihn gerade gesehen. Aber Gott sei Dank ist es nicht Ricky.«

»Was geht hier überhaupt vor?« fragte ich. »Wo haben Sie gesteckt?«

»Ich war draußen in Crowespoint.«

»Crowespoint?«

»Der Strandklub. Ich dachte, er hätte es sich vielleicht in den Kopf gesetzt, gestern nacht, nach unserem Gespräch, noch schwimmen zu gehen.«

»Warum haben Sie die Polizei benachrichtigt? Und warum haben Sie sie mir auf den Hals gehetzt? Es ist doch erst ein paar Stunden her.«

»Ich habe gehört, man hätte noch eine Leiche gefunden. Natürlich habe ich mich aufgeregt. Es tut mir leid. Er ist also nicht bei Ihnen?«

»Nein. Warum sollte er denn bei mir sein?«

»Ich wollte damit nicht – ich dachte nur – o Gott! Hat er gesagt, er wolle nach Hause gehen? Um welche Zeit sind Sie denn gegangen?«

»Er ist gegangen«, sagte ich, »und zwar so gegen Mitternacht.« Ich merkte ihr an, daß sie ernstlich beunruhigt war. Ihr Gesicht war blaß, und sie hatte etwas Verkrampftes und Verzweifeltes an sich.

»So setzen Sie sich doch«, sagte ich zu ihr, und wir setzten uns nebeneinander auf einen Diwan.

»Wieso ist er gegangen?« fragte sie.

»Er ist noch auf einen Drink auf mein Zimmer mitgekommen. Wir haben uns eine Weile unterhalten, und dann ist er gegangen.«

»Ich weiß nicht, wo er sein könnte«, sagte sie. »Dino ist gegen drei zurückgekommen, mit nachschleifender Leine und bellend. Er hat mich geweckt. Seither bin ich auf den Beinen und warte.«

»Wahrscheinlich ist er mittlerweile zu Hause«, sagte ich. »Vielleicht sollten Sie dorthin gehen.«

»Nein. Wenn alles in Ordnung wäre, hätte er Dino bei sich behalten. Ich weiß, daß irgend etwas nicht stimmt.«

»Ist das schon einmal passiert?«

»Nein«, sagte sie. »Jedenfalls nicht, seit – seit wir hierher gezogen sind. In Sydney ja. Aber hier noch nicht.«

»Bestimmt wandert er bloß irgendwo herum oder so etwas.«

»Hat er sich über Sie aufgeregt?«

Mir wurde bewußt, daß ich ein wenig Angst vor ihr hatte. Sie klammerte sich an den Rand des Polsters und starrte mich an, das Gesicht weiß und vor Sorge fast häßlich.

»Nein«, sagte ich, »er hat sich nicht über mich aufgeregt.«

»Worüber haben Sie mit ihm geredet?«

»Das weiß ich nicht mehr. Nichts besonders Denkwürdiges oder Aufregendes. Jedenfalls bin ich sicher, er ist nach Hause gekommen, während Sie fort waren. Wahrscheinlich macht er sich schon Sorgen um Sie.«

Ich stand auf, aber Mrs. Dent blieb sitzen. »Ich brauche unbedingt Kaffee und ein Frühstück«, sagte ich. »Ich habe den ganzen Vormittag noch nichts gegessen. Ich würde Sie bitten, sich mir anzuschließen, aber ich finde wirklich, Sie sollten nach Hause gehen.«

Sie sah mich nicht an. Sie hatte den Blick auf ihren Schoß gesenkt, und plötzlich kippte sie vornüber und begann mit vors Gesicht geschlagenen Händen zu weinen. Ich lehnte mich neben ihr zurück. Ich wußte nicht, was ich sagen oder tun sollte. Sie weinte heftig und doch still, und das – die angestrengte Stille – machte es irgendwie noch schlimmer. Ich legte ihr die Hand auf die Schulter und ließ sie dort, bis Mrs. Dent zu weinen aufhörte. Sie hob leicht den Kopf und wischte sich mit den Händen die nassen Augen. »Könnten wir irgendwohin gehen, wo es etwas privater ist?« fragte sie.

Da ich sie nicht auf mein Zimmer mitnehmen wollte, dachte ich sofort an die Bibliothek, die zu dieser Tageszeit bestimmt verlassen war. Ich stand auf, und Mrs. Dent tat es mir nach. Ein, zwei Leute senkten ihre auseinandergefalteten Zeitungen und starrten uns neugierig und strafend an. Ich hätte sie am liebsten angespuckt. Wir gingen durch die Lobby, die Treppe in den ersten Stock hinauf und den Flur entlang. Die Glastür der Bibliothek war geschlossen, der Raum dunkel; daß er keine Fenster hatte, war mir zuvor nicht aufgefallen. Ich machte die Tür auf und sah mich nach dem Schalter für den Kronleuchter um, der über dem großen Lesetisch mitten im Raum hing. Aber ich konnte keinen Schalter finden. Da fielen mir die kleinen Lampen an den Regalen ein, die auf Knopfdruck kurze Zeit brannten, und ich ging durch den Raum in eine der Nischen und tastete nach dem Knopf. Das Licht ging an. Ich befand mich in der Europäischen Literatur. Mrs. Dent war auf dem Flur stehengeblieben. »Kommen Sie«, sagte ich. »Machen Sie die Tür zu.«

Sie trat ein, schloß die Tür hinter sich, ging durch die Dunkelheit und stellte sich neben mich in den kleinen Lichtkreis. »Tut mir leid, das da unten«, sagte sie. »Ich hoffe, ich habe Sie nicht in Verlegenheit gebracht.«

»Keineswegs«, sagte ich, obwohl es nicht der Wahrheit entsprach.

»Manchmal ist das Verheiratetsein die reinste Hölle«, sagte sie. Sie kippte ein Buch heraus und schubste es wieder zurück, ohne es richtig anzusehen. »In Sydney ist das öfter passiert: daß Ricky verschwunden ist, meine ich. Aber in den Jahren, die wir jetzt hier sind, nicht ein einziges Mal. Ich kann es nicht ertragen, wenn das alles wieder anfängt.«

»Wo geht er denn hin?« fragte ich.

»Das sagt er nicht. Ich weiß natürlich, daß er mit Männern zusammen ist, aber das würde er nie zugeben. Er schämt sich fürchterlich deswegen.«

»Und Sie haben gedacht, er wäre gestern nacht mit mir zusammengewesen?«

»Ja. Das war doch naheliegend. Immerhin sind Sie mit ihm zusammen weggegangen.«

»Ich bin nicht homosexuell«, sagte ich.

Sie sah mich an. »Das ist Ricky auch nicht«, sagte sie.

Vermutlich wollte sie damit sagen, er sei bisexuell oder sonst etwas Unsinniges. »Bis zu einem gewissen Grade haben Sie recht«, sagte ich. »Er hat tatsächlich versucht, mich zu verführen. Aber es ist nichts daraus geworden. Er hat etwas getrunken und ist dann gegangen, wie ich Ihnen gesagt habe. Vielleicht ist er mittlerweile zu Hause. Mit eingeklemmtem Schwanz.«

»Reden Sie nicht so herablassend von ihm.«

»Verzeihung«, sagte ich. »Das wollte ich nicht.«

»O doch. Das ist schäbig von Ihnen. Und gemein. Das hätte ich nicht von Ihnen gedacht.«

»Ich werde eben wütend auf ihn, wenn ich Sie so sehe – so außer sich.«

»Waren Sie grausam zu ihm?«

»Was soll denn das heißen?«

»Gestern abend. Waren Sie da grausam zu ihm?«

»Nein, natürlich nicht.«

»Gut«, sagte sie. »Dafür danke ich Ihnen. Ich weiß, Sie halten unsere Ehe bestimmt für eine jämmerliche Farce, aber das ist sie nicht. Es ist eine richtige, funktionierende Ehe, und ich liebe Ricky von ganzem Herzen. Trotz alledem. Sie können das wahrscheinlich nicht verstehen, aber es stimmt.«

Ich sagte nichts. Das Licht ging aus, und wir standen bis auf einen diffusen, vom Flur hereindringenden Schimmer im Dunkeln.

»Ich gehe jetzt besser nach Hause«, sagte Mrs. Dent, »damit ich da bin, wenn Ricky zurückkommt.«

»Ja«, sagte ich.

»Tut mir leid, wenn Sie sich in unseren Kuddelmuddel hineingezogen fühlen«, sagte sie. »Wahrscheinlich wollen Sie von jetzt an nichts mehr mit uns zu tun haben.«

»Aber nicht doch«, sagte ich, obwohl ich froh war, daß sie ging.

Sie lächelte mir zu, und wir setzten uns Richtung Tür in Bewegung. Sie sagte: »Es ist nicht nötig, daß Sie mit mir nach unten kommen. Ich habe Ihnen den Tag schon zur Genüge verdorben.«

»Aber keineswegs«, sagte ich. Wir gingen den Flur entlang und blieben am oberen Treppenabsatz stehen. »Hören Sie: geben Sie mir Bescheid, daß Ricky nichts passiert ist?« fragte ich.

»Ja.« Sie streckte die Hand aus, berührte mich damit an der Wange und verharrte einen Moment lang so, bevor sie die Treppe hinunter, durch die Lobby und zur Drehtür hinauseilte.

Ich ging auf mein Zimmer und legte meine Kleider ab, die nach Schweiß und Eau de Cologne stanken. Ich duschte und zog mich an. Ich hatte Hunger und erwog, mir in der Geborgenheit meines Zimmers ein spätes Frühstück zu gönnen, doch dann dachte ich: Nein, du mußt wieder dort hinunter gehen. Und das tat ich dann auch. Ich nahm in einer sonnigen Ecke des Hofes eine angenehme Mahlzeit zu mir. Ich saß dort genau an der richtigen Stelle, das Silber warm in meinem Griff, die Butter weich in ihrem Schälchen und als einziges Geräusch das gelegentliche Platschen eines Fisches, der die Oberfläche seiner Brunnenwelt durchstieß. Hier bin ich, dachte ich, und frühstücke im Garten des Hotels Excelsior!

Ich schnitt den Dotter meines pochierten Eis an, das sein geschmolzenes Gold über den Toast regnen ließ.

Am Spätnachmittag des gleichen Tages traf ich mich mit Edward Darlingham, dem Anwalt der Quays, und mietete Roderick Wynstan Quays Wohnung in San Julián de Loria Nr. 16 für sechs Monate, mit einer Option auf Verlängerung um den gleichen Zeitraum. Ich konnte einziehen, sobald ich wollte.

An diesem Abend kam ein Brief von Mrs. Dent. Er beschließt diese Episode.

*Ende gut, alles gut? Viel Lärm um nichts? Wir wollen es hoffen. Sie hatten recht: Ricky war schon zurück und hat auf mich gewartet, nachdem er die ganze Nacht durch die Straßen geirrt war. Der Ärmste! Wir fahren für ein paar Tage nach Ibiza, um uns gemeinsam zu erholen, aber wir werden Sie nach unserer Rückkehr wiedersehen. Ich kann Ihnen gar nicht genug dafür danken, daß Sie mir in meinen verzweifeltsten und neurotischsten Momenten buchstäblich und im übertragenen Sinne die Hand gehalten haben. Sie sind ein echter Freund. Ganz liebe Grüße von uns beiden –*

## Teil II

# San Julián de Loria Nr. 16

Selten, sehr selten ist irgendeiner menschlichen Enthüllung vollständige Wahrheit eigen; selten nur kommt es vor, daß etwas ganz und gar unverschleiert und unmißverständlich ist.

*JANE AUSTEN, Emma*

## 10

Mrs. Dent hatte recht gehabt: Mein Zimmer im Excelsior war ein Ort Gottes, und es tat mir leid, ihn zu verlassen. Nachdem der Hausdiener meinen Schrankkoffer gepackt und die Wendeltreppe hinuntergeschafft hatte (für den Transport zu Onkel Rodericks Haus sorgte das Hotel), blieb ich ein paar Minuten lang allein und dachte darüber nach, was mir in der Woche, die ich hier gewohnt hatte, alles passiert war. Ich trat auf den Balkon hinaus und betrachtete ein letztes Mal die Aussicht, die für kurze Zeit die meine gewesen war und mir nie wieder gehören würde. Tausende von Menschen hatten diese Aussicht besessen, doch deswegen gehörte sie nicht weniger mir.

Wann immer ich an Andorra denke, werde ich es zuerst so sehen, wie ich es zum ersten Mal wirklich sah: unter mir ausgebreitet, sonnenbeglänzt, wunderbar.

Ich ließ alle Türen und Fenster offen. Es war ein schöner Tag, und ein warmer Wind wehte durchs Zimmer und trug die letzten Spuren von mir daraus fort.

Man hatte meinen Schrankkoffer im Wohnzimmer abgestellt, und ich schaffte es, ihn die Innentreppe hinauf ins Schlafzimmer zu wuchten. Der Schrank beherbergte noch ein paar von Onkel Rodericks Anzügen, die in regelmäßigen Abständen auf der Stange hingen, so daß sie einander nicht berührten. Nach ihrem Aussehen zu urteilen, war er ein korpulenter Mann – ein korpulenter Mann mit einer Schwäche für Tweed und für Westen. Mit steifgehaltenem Arm schob ich sie alle auf eine Seite und hängte in dem freigewordenen

Raum meine eigenen Sachen auf, wobei ich zwischen ihnen und seinen eine Lücke ließ.

Und so ähnlich verfuhr ich dann im ganzen Haus: ich zwängte mein Leben, meine spärlichen Habseligkeiten neben die vielen von Onkel Roderick und machte mich dann daran, mir zu überlegen, wie mein alltägliches Leben in Andorra zu gestalten wäre. In den ersten paar Tagen ergab sich folgender Ablauf: Ich erwachte zu dem fast übermächtigen Kaffeegeruch, der von Alis Laden zwei Stockwerke tiefer aufstieg. Nach einer kurzen Dusche ging ich nach unten und trank unter all den Männern, die sich im Café vor dem Laden drängten, ein, zwei Tassen Espresso. Von dort war es nur ein kurzer Gang bis zum Markt, wo ich mir einen mit frisch zubereitetem Joghurt gefüllten Pappbecher kaufte, und was an Obst gerade besonders appetitlich aussah. Das aß ich dann auf meiner Terrasse, wo ich – lesend oder in meinem Journal schreibend – den größten Teil des Vormittags zubrachte. Wenn es gegen Mittag zu heiß wurde, um draußen zu bleiben, ging ich ins Haus, las noch ein Weilchen und trank dann etwas Kaltes, ehe ich mich zum Mittagessen zur Cantina hinunterwagte. Je nachdem, wie das Wetter und wo ein Tisch frei war, aß ich drinnen oder draußen. Nach dem Mittagessen ging ich nach Hause zurück und machte ein Nickerchen, von dem ich ein, zwei Stunden später im dahinschwindenden Nachmittag aufstand, dessen letzte Stunden ich damit zubrachte, irgendeinen mir noch unbekannten Stadtteil zu erforschen.

Eines Nachmittags entdeckte ich den Strandklub: ein Quayside sehr ähnliches Haus mit Namen Crowespoint, an der Spitze der Halbinsel. Das Erdgeschoß beherbergte ein vornehmes, wenn auch angestaubtes Restaurant nebst Gesellschaftsraum, doch den Rest des Gebäudes hatte man in ein Erholungs- bzw. Altenheim umgewandelt. Die Stallungen waren zu Umkleideräumen für Damen und Herren umgebaut worden, und von dort stieg man eine in das steile

Kliff eingemeißelte, schmale Treppe hinunter. Der Sandstrand war häufig überfüllt, aber das Wasser war herrlich: kalt und klar und vom schönsten Türkisblau, das man sich nur vorstellen konnte. Nach dem Schwimmen trank ich oft noch etwas auf der Terrasse des Hauses, und obwohl mir die Leute dort zunickten und zulächelten, sprach mich niemand an oder wirkte ansprechbar. Mir wurde klar, welches Glück ich gehabt hatte, Mrs. Dent kennenzulernen, und daß ich sie vermißte.

Einmal kehrte ich abends zum Essen ins Hotel zurück, traf hinterher in der Bibliothek Mrs. Reinhardt und las ihr das erste Kapitel von *Eine empfindsame Reise* vor. Wenn es im Theater oder in der Oper etwas Interessantes gab, ging ich hin, aber ich dosierte diese Besuche, denn das jeweilige Repertoire war klein und ich glaubte, daß mir hier noch viele Abende bevorstanden.

Eines Morgens regnete es, und ich fand diese Wetterveränderung beunruhigend. Ich stand im Wohnzimmer und sah dem Regen zu, wie er draußen auf die Terrasse fiel, auf dem Mosaiktisch Pfützen bildete und von dessen Rand auf den Steinboden troff. Ich versuchte, es mir mit ein paar Büchern und meinem Journal auf dem Sofa gemütlich zu machen, aber ich konnte mich nicht konzentrieren. Obwohl es immer noch kräftig regnete, beschloß ich, daß ich frische Luft, Bewegung, einen Ortswechsel, also einen Spaziergang brauchte. Beim Umräumen des Schrankes war mir ein besonders wasserdicht wirkender Regenmantel von Onkel Roderick aufgefallen, und ich entschied mich für ihn anstelle meines eigenen, der – obwohl britisch und elegant – überraschenderweise und enttäuschenderweise kaum dazu taugte, Feuchtigkeit abzuhalten. Ich hatte mir nämlich angewöhnt, im Haus einige von Onkel Roddys Sachen zu tragen. So war ich auf ein wunderschön besticktes Gazenachthemd gestoßen, das einfach zu gut zum Stil des Bettes paßte, als daß ich es nicht hätte tragen können, und ein paar interessante französische Unterhosen, die mir zwar zu groß waren, sich aber mittels kleiner silberner Schnallen an der Taille enger stellen ließen.

Der Regenmantel jedoch war das erste seiner Kleidungsstücke, das ich in der Öffentlichkeit trug.

Öffentlichkeit war freilich sehr wenig vorhanden: die Stadt war verlassen. Ich hatte das Gefühl, die Andorraner waren Regen kaum gewohnt und mieden ihn einfach, was durchaus sinnvoll war, da diese Unwetter offenbar nie sehr lange anhielten. Ich ging über den Markt; das vom Regen gewaschene Obst und Gemüse wirkte besonders frisch und aromatisch, aber die anderen Waren deckte durchsichtiges Plastik ab, und die Händler saßen mit trübsinnigen Gesichtern unter leckenden Markisen und tropfenden Schirmen. Die Plaza war menschenleer. Ich beschloß, mich zum Strandklub hinauszuwagen und mir das Meer bei Regen anzusehen. Als ich am Tor von Quayside vorbeikam, fiel mir auf, daß es geschlossen war, und ich konnte, als ich hindurchlugte, nichts als feuchten Liguster sehen. Ich ging weiter bis zum Ende der Halbinselstraße und dann den Kiesweg von Crowespoint hinauf. Ich spazierte durch das Klubhaus, aber es war niemand da: bloß eine Schar Kellnerinnen, die sich vor der Tür zur Küche herumdrückten, und ein Tisch voller Frauen, die rauchten und sich bei Kaffee, Gebäck und überquellenden Aschenbechern unterhielten. Ich trat auf die Terrasse hinaus und schaute aufs Meer hinunter. Seine eigene innere Bewegung schien von der des Regens zum Stillstand gebracht. Es wirkte anormal friedlich, und ich konnte tatsächlich die Tausende kleiner Nadelstiche sehen, die der Regen auf seine Oberfläche setzte und mit denen er es glattzog, es gleichsam an der Erdoberfläche festnähte. Ich beschloß, zum Strand hinunterzugehen, um es mir näher anzuschauen. Die Treppe war feucht und schlüpfrig, und ich hielt mich an dem in den Felsen eingelassenen, rohrartigen Handlauf fest, aber er wackelte in meinem Griff, und mir war klar, daß ich beim kleinsten Ausrutscher abstürzen könnte.

Am Strand war niemand. Hier unten kam es mir wärmer vor, abgeschieden, und der Regen schien ein wenig nachgelassen zu haben. Ich ging ein Stück den Strand entlang, zog dann Schuhe und Strümpfe aus, krempelte mir die Hosenbeine hoch und stellte mich in die Brandung, obwohl von Brandung eigentlich nicht die Rede sein konnte: es war bloß ein sanftes, apathisches Verplätschern. Das Wasser fühlte sich viel wärmer an, als es aussah, und ich versuchte, meine Hosenbeine höherzuziehen, aber sie wulsteten sich um meine Waden.

Ich hatte Lust, ins Wasser zu gehen.

Ein Haufen riesiger Felsbrocken, der sich vom Fuße des Kliffs bis ins Meer hineinzog, markierte das Ende des öffentlichen Strandes, und ich dachte, ich könnte auf der anderen Seite vielleicht ungestört schwimmen, wenn ich diese Mauer überkletterte. Im Näherkommen sah ich ein Schild, das dafür garantierte. PRIVATSTRÄNDE. ZUTRITT VERBOTEN, las ich. Ich kletterte über die Felsbrocken, die von Algen und Regenwasser schlüpfrig und mit kleinen schwarzen Schnekken besetzt waren. Ich nahm eines der Gehäuse vom Felsen ab und sah zu, wie die Schnecke sich zurückzog, wie sie ihren feuchten, plumpen Körper in ihre kleine Höhle schmiegte und sich mit Hilfe ihrer winzigen emaillierten Tür einkapselte. Ich beneidete sie darum, daß sie autark sein konnte, intakt. Daß zu ihrer Anatomie sowohl eine Schale als auch eine unverschließbare Tür gehörte. Ich warf sie ins Wasser, wartete auf das kleine Platschen, das sie verursachte.

Die Mauer war höher, als sie von weitem ausgesehen hatte, aber ich überwand sie ohne Zwischenfälle und fand mich in einer kleinen, stillen Bucht wieder, die von besagter Mauer und einem Einschnitt in das Kliff gebildet wurde. Ich zog mich rasch aus, hüllte meine Kleider, sorgfältig gefaltet, in Onkel Rodericks Regenmantel und stieg von einem Felsbrocken ins Wasser. Einen Moment lang ließ ich mich einfach davon umarmen und bewegte mich gerade nur soviel, daß ich nicht unterging. Und dann atmete ich vollständig aus und versank darin, sackte ab, während mein Atem sich über mir in einer wirbelnden Spur von Blasen verströmte. Je tiefer ich sank, desto kälter und dunkler wurde das Wasser, und als ich begriff, daß ich nicht auf Grund stoßen würde, geriet ich in Panik und strampelte und krallte mich wieder nach oben, wo ich leicht japsend wiederauftauchte. Es regnete mittlerweile stärker – jener letzte Guß, der am Ende eines Unwetters kommt –, und die Süße des Regenwassers verband sich mit dem Salz des Meeres und schuf an dessen Oberfläche eine schäumende Welt, in der ich mich ein paar Minuten lang genußvoll treiben ließ. Ich schloß die Augen und ließ mir den Regen ins Gesicht trommeln.

Kurz darauf hörte ich auf dem Wasser einen anderen, regelmäßigeren Rhythmus als den des Regens. PLATSCH-platsch, PLATSCH-platsch, PLATSCH-platsch. Ich schlug die Augen auf, reckte den Hals und blickte mich um. Etwa zehn Meter von mir entfernt schwamm ein Kajak, in dem es sich niemand anderer als Mrs. Quay bequem gemacht hatte. Sie trug einen grünen Südwester mit dazu passendem Hut und hatte das Paddel aus dem Wasser gezogen und quer auf ihr Boot gelegt, so daß von beiden Blättern ein stetiges Rinnsal herablief. Sie hielt sich eine Hand über die Augen, wie um sie vor der Sonne zu beschirmen und sagte: »Sie sind entweder Mr. Fox oder ein Wassergeist. Von hier kann ich es nicht erkennen, und näherzukommen traue ich mich nicht, falls Sie ein Wassergeist sind und mich ins Verderben locken wollen.«

»Guten Morgen, Mrs. Quay«, sagte ich.

»Mr. Fox, vermute ich?«

»Ja. Ich habe einen Spaziergang zum Strand gemacht und konnte der Versuchung, im Regen zu schwimmen, nicht widerstehen.«

»Und zwar im Adamskostüm, wenn mich nicht alles täuscht«, sagte Mrs. Quay.

Ich blickte an mir herunter und verfluchte ausnahmsweise einmal die Klarheit des Wassers. »Ich bitte um Entschuldigung«, sagte ich. »Ich dachte, ich wäre allein.«

»Das wären Sie auch, wenn es nicht solche verrückten alten Kajakfahrerinnen wie mich gäbe. Nur keine Verlegenheit, Mr. Fox; ganz im Gegenteil, seien Sie stolz darauf! Ich würde auch gern im Evaskostüm Kajak fahren, aber mir fehlt dazu der Mumm. Obwohl ich zugeben muß, daß ich mir an besonders sonnigen Tagen, wenn ich mich in sicherer Entfernung zum Ufer befinde, die Bluse ausziehe. Sie sehen also, ich bin gar nicht so matronenhaft, wie Sie glauben.«

»Ich habe Sie nie für matronenhaft gehalten.«

»Wie reizend von Ihnen, daß Sie lügen. Und so gern ich auch noch bleiben und mit Ihnen plaudern würde, ich finde, das ist kaum der richtige Zeitpunkt oder Ort dafür. Würden Sie auf dem Rückweg in die Stadt zum Mittagessen zu uns kommen? Da das hier eine Halbinsel ist und Sie sich an deren Spitze im Wasser tummeln, können Sie nicht behaupten, es läge nicht auf Ihrem Weg.«

»Sehr gern«, sagte ich. »Vielen Dank.«

Sie blickte zum Himmel auf. »Bis dahin wird wohl auch wieder die Sonne scheinen«, sagte sie. Sie tauchte das Paddel ins Wasser, drehte mit geschicktem Schlag den Kajak von mir weg und war – PLATSCH-platsch, PLATSCH-platsch, PLATSCH-platsch – verschwunden.

Als ich mich Quayside näherte, kam tatsächlich die Sonne heraus; zunächst schimmernd, brach sie plötzlich durch die Wolken wie bei meinem ersten Besuch, und ich hatte das Gefühl, das Haus werde sich mir jedesmal so zeigen: vom Regen reingewaschen und in der Sonne funkelnd wie ein kleines, aus dem Ozean geborgenes und noch tropfend auf die Klippe gesetztes Schmuckstück.

Ich war froh, daß die Sonne herausgekommen war, denn mir war ein wenig bang davor gewesen, in Onkel Rodericks Regenmantel in Quayside aufzutauchen – das Kleidungsstück war unverwechselbar genug, um wiedererkannt zu werden, und ich war mir sicher, daß die Quays es nicht gern sähen, daß ich mir die Garderobe meines Vermieters borgte. Aber dank des Wetterwechsels konnte ich den Regenmantel ausziehen und verstaute ihn, sorgfältig gefaltet, unter einem riesigen Rhododendronbusch unmittelbar hinter dem Tor. Unter dem Busch hatte ein Kaninchen sein Nest gebaut, eine flache, mit Laub und Gewölle gepolsterte Mulde, in der fünf Kaninchenjunge maunzten. Ich hockte mich einen Moment ins feuchte Gras und betrachtete sie. Sie sahen wie ein Wurf Nagetiere aus; noch ließ nichts an ihnen an Kaninchen denken. Ich beneidete sie ein wenig darum, daß sie auf dem Rasen von Quayside zur Welt gekommen waren und ihr Leben auf diesem sonnigen, beschaulichen Hang verbringen würden.

Ich sah auf meine Uhr, ehe ich läutete. Es war kurz nach eins. Es dauerte eine Weile, bis die Tür geöffnet wurde. Vor mir stand, ein wenig außer Atem, Miss Quay. »Oh – – « sagte sie. »Mr. Fox.«

»Hallo«, sagte ich.

»Ja«, antwortete sie. »Hallo. Was führt Sie hierher?«

»Ihre Mutter hat mich zum Mittagessen eingeladen. Ich bin ihr bei Crowespoint begegnet. Ich war dort schwimmen, und sie Kajak fahren.«

»Wie aktiv Sie beide sind. Tja, Sie sind vor ihr zurückgekommen. Aber treten Sie doch näher. Haben Sie keinen Mantel dabei?«

»Nein. Jetzt ist es ja wieder recht schön.«

Sie sah zur Tür hinaus, ehe sie sie zumachte. »Ja«, sagte sie. »Ich war den ganzen Vormittag oben bei Bitsy. Sie liegt mit Ohrenschmerzen im Bett. Sie haben nicht zufällig Lust auf einen Krankenbesuch bei einer Vierjährigen? Bitsy ist meine Nichte.«

»Ja. Sie haben mir von ihr erzählt.«

»Richtig«, sagte Miss Quay. »Am ersten Abend …« Sie erinnerte sich wohl an unseren Kuß, denn sie senkte den Blick auf den Schieferboden.

»Ich würde sie sehr gern kennenlernen«, sagte ich.

Miss Quay sah mich an, blieb jedoch stumm. Sie machte eine Kopfbewegung zur Treppe hin und begann sie zu ersteigen. Ich folgte ihr in den ersten Stock und einen langen düsteren Flur entlang, über dessen Schmalheit hinweg irgendwelche Ahnen einander verächtlich beäugten. Dann stiegen wir eine weitere Treppe hinauf. Ich ging sehr dicht hinter Miss Quay her, die die Stufen beherrscht und steif, mit vollkommen geradem Rücken, nahm, so daß ihr Körper kaum ihr Hemdkleid berührte. Sie stieg die Treppe hinauf, als wäre es ungehörig, einen Körper zu haben. Ich verspürte den plötzlichen wilden Drang – ein Drang ist wohl immer wild –, mich vorzubeugen und sie in ihren unsichtbaren, aber zu ahnenden Hintern zu beißen.

Die Treppe bog um mehrere Ecken, und es ging immer weiter hinauf, aber Miss Quay blickte sich nicht ein einziges Mal um. Schließlich gelangten wir über einen langen Flur mit Blümchentapete anstatt Gemälden in einen großen Raum, bei dem es sich offensichtlich um das Kinderzimmer handelte, mit Spielecke, Kamin, einer Kochnische mit einem Eßtisch in Kindergröße und einem Alkoven mit einem kleinen Himmelbett. Auf dem Boden in der Spielecke stand eine puppenhausgroße Nachbildung von Quayside. Ein kleines Mädchen in weißem Nachthemd, das dunkle Haar zu zwei Zöpfen geflochten, hockte erwartungsvoll auf dem Bett.

»Ich habe dir doch gesagt, du sollst dich zudecken«, sagte Miss Quay.

»Wer war es denn?« fragte das Mädchen.

»Mr. Fox«, sagte Miss Quay, »und er ist gekommen, um dir guten Tag zu sagen, aber du mußt dich zudecken, sonst geht er wieder.«

Das Mädchen gehorchte. Miss Quay setzte sich neben sie und mummelte sie in die Decke ein. Wie schön es ist, jemanden ins Bett zu stecken oder selbst ins Bett gesteckt zu werden. Miss Quay legte dem Mädchen eine Hand auf die Stirn. Ich stand neben dem Bett. Die Kleine hatte keinerlei Ähnlichkeit mit meiner Tochter, aber irgend etwas an ihrer Haltung auf dem Bett – die Art und Weise, wie Kinder, die man allein gelassen hat, voller Ungeduld die Rückkehr eines geliebten Erwachsenen erwarten: hellwach und vor freudiger Zuneigung angespannt – nun ja, ich hatte Anna Nacht für Nacht in der gleichen Haltung angetroffen, wenn ich in ihr Zimmer kam, um ihr gute Nacht zu sagen und ihr eine Geschichte zu erzählen oder vorzulesen.

»Mr. Fox – –« hörte ich Miss Quay sagen, aber ich konnte mich nicht recht auf sie konzentrieren. Ich betrachtete das weiße Federbett und versuchte, meine Augen, meinen Kopf mit seiner wundervollen, alles auslöschenden Weiße anzufüllen. Ich hörte Miss Quay vom Bett aufstehen und spürte, wie sie mir die Hand auf die Schulter legte. »Fehlt Ihnen etwas?« fragte sie. Ich dachte über die Anmut ihrer Hand nach; wie sie sie ihrer Nichte zart auf die Stirn gelegt und mich an der Schulter berührt hatte; wie ihre Hand sich auch künftig voller Sanftheit und Güte betätigen würde. Ich wollte diese Hand küssen, sie im Museum Erstaunlicher Körperteile unterbringen oder mit den aschenen Gebeinen von Heiligen in einem Schrein ausstellen. Ich spürte, wie Miss Quay mich aus dem Zimmer und den geblümten Flur entlang in ein winziges Schlafzimmer gleich nebenan führte, wo sie mich in einen Schaukelstuhl setzte und mir gegenüber auf dem Bett Platz nahm. Sie brachte ihr Gesicht dicht vor meines und fragte mich erneut, ob mir etwas fehlte.

Das Hinsetzen half mir, wieder zu mir zu finden, und nach einer Weile sah ich sie an und sagte nein.

»Ist Ihnen übel?« fragte sie. »Sie sind ganz blaß.«

»Nein«, sagte ich. »Aber der Anblick Ihrer Nichte hat Erinnerungen an ...«

Sie bedrängte mich nicht. »Warum bleiben Sie nicht einen Moment hier sitzen? Ich will nur eben nach Bitsy sehen. Ich glaube, Sie haben ihr angst gemacht. Möchten Sie etwas zu trinken? Ein Glas Wasser?«

»Ja, bitte.«

Erneut beugte sie sich vor und faßte mich mit beiden Händen bei der Hand. Ich wollte mich nach vorn sinken und von ihr festhalten lassen, wußte aber, daß ich das nicht durfte. Ich konnte mich nicht erinnern, wann mich das letztemal jemand in die Arme genommen hatte.

Sie gab meine Hand frei und stand auf. »Ich bin gleich wieder da«, sagte sie und ließ mich allein. Einen Moment später stand ich auf und sah mich im Zimmer um. Mir wurde klar, daß es das Zimmer des Kindermädchens sein mußte, obwohl es unbewohnt wirkte: bloß eine Bibel auf dem Nachttischchen und auf der Kommode eine Vase mit staubigen, vertrockneten Blumen. Ich schaute zum Fenster hinaus und sah Mrs. Quay den Pfad vom Strand heraufkommen.

»Wer sind Sie denn?« hörte ich eine Stimme fragen. Ich wandte mich vom Fenster ab und sah eine Frau in der Tür stehen. Sie war jünger als Miss Quay, aber ebenso groß und in ihrer lasziven Verschlamptheit schöner. Mit einer Hand hielt sie sich ihren drachengeschmückten Kimono am Hals fest zu; in der anderen hatte sie eine Zigarette. Ihr Haar war ein einziges Durcheinander, und ihr Gesicht sah aus, als müßte es dringend gewaschen, geschminkt oder sonst einer belebenden und pflegenden Zuwendung unterzogen werden.

»Ich bin Alexander Fox«, sagte ich.

»Das hätte ich eigentlich wissen müssen«, sagte sie. »Sie sind der neue Mieter von Onkel Roddys Wohnung, stimmt's?«

»Ja.«

»Freut mich sehr, Sie kennenzulernen. Ich bin Nancy. Nancy Quay Flyte Bottom, um genau und erschöpfend zu sein. Allerdings überlege ich mir, das Bottom wegzulassen und einfach als Nancy Quay Flyte zu gehen. Hört sich ganz nach indischer Prinzessin an, finde ich.« Sie nahm die Hand vom Hals und streckte sie in meine Richtung aus. Ich konnte nicht umhin zu bemerken, daß sie gut daran getan hatte, ihren Kimono zusammenzuhalten; nun klaffte er auf und enthüllte die schöne, wenn auch beunruhigende Topographie ihres Dekolletés.

Ich gab ihr die Hand und sagte: »Schön, Sie kennenzulernen.«

»So wie ich aussehe, kann es das unmöglich sein. Aber was machen Sie eigentlich hier oben in Nannys altem Schlafzimmer? Halten Sie sich hier versteckt?«

»Nein«, antwortete ich, aber ehe ich alles erklären konnte, erschien Mrs. Quay in der Tür.

»Nancy, ich habe dir schon tausendmal gesagt, du sollst in der Nähe des Kinderzimmers nicht rauchen. Besonders, wenn es Bitsy nicht gut geht. Mr. Fox, bitte entschuldigen Sie, daß ich nicht hier war, um Sie zu begrüßen. Die Gezeiten waren gegen mich. Jedenfalls rede ich mir das gern ein. Vielleicht möchten Sie mit nach unten kommen und etwas trinken?«

»Gewiß«, sagte ich.

»Ich könnte auch etwas zu trinken gebrauchen«, sagte Nancy.

»Du siehst eher so aus, als könntest du ein Bad und frische Kleider gebrauchen«, sagte Mrs. Quay. Sie drehte sich um, verließ das Zimmer und wartete draußen im Flur auf mich. Als ich an Nancy vorbeikam, hörte ich sie gerade so laut, daß ich es verstehen konnte, »blödes altes Luder« flüstern.

Wir aßen nicht im Speisezimmer, sondern an einem runden Tisch, den man in einem kleinen, vom Hauptflur abgehenden Wohnzimmer aufgestellt hatte. Nancy Quay Flyte (Bottom?) erschien, als das Mittagessen schon halb vorüber war.

Offenbar hatte sie sich den Vorschlag ihrer Mutter zu Herzen genommen, denn sie war gewaschen und feingemacht. Mit ihrem elegant frisierten Haar und ihrem maßgeschneiderten Kostüm aus längerem Rock und engem Bolerojäckchen wirkte sie wie eine ganz andere Frau.

»Fürs Mittagessen bist du ja eigenartig angezogen«, wurde sie von ihrer Mutter begrüßt.

»Ich versuche bloß, mein Image bei Mr. Fox wiederherzustellen«, sagte Nancy. Sie setzte sich zwischen Mrs. Quay und mich. »Obwohl das vielleicht vergeblich ist. Mr. Fox, glauben Sie, daß erste Eindrücke unwiderleglich sind?«

»Du meinst wohl unwiderruflich«, sagte Miss Quay, »oder jedenfalls so etwas Ähnliches.«

»Mr. Fox weiß, was ich meine«, sagte Nancy.

Ich versuchte, dem Gespräch einen anderen Verlauf zu geben, indem ich fragte, ob die Quays auch Zivildienst leisteten.

»Selbstverständlich«, sagte Mrs. Quay. »Das Programm wurde schließlich von meinem verstorbenen Mann initiiert, deshalb wäre es undenkbar für uns, nicht teilzunehmen.«

»Und was machen Sie?« fragte ich.

»Ich bin die Leiterin der Pfadfinderinnen. Außerdem schreibe und produziere ich das Historienspiel, das jedes Jahr an St. Umiliana aufgeführt wird. Sie ist die Schutzheilige unseres Landes. Wir arbeiten uns durch die andorranische Geschichte, und zwar von der Eiszeit bis zur Gegenwart. Im Augenblick befinden wir uns am Beginn des neunzehnten Jahrhunderts. Vielleicht kann ich Ihnen für das diesjährige Stück eine Rolle schreiben, Mr. Fox. Können Sie singen?«

»Leider nein.«

»Wie schade. Ich mag Männer, die singen können. Bei Männern ist das eine bewundernswerte Eigenschaft.«

»Bei Frauen nicht?«

»Aus irgendeinem Grunde hat es immer etwas Unerwartetes, wenn ein Mann singen kann. Etwas Wunderbares und

Überraschendes. Von Frauen nimmt man einfach an, daß sie singen können. Ich jedenfalls. Obwohl ich nicht weiß, warum, denn ich habe eine Stimme wie ein Frosch. Jean hat eine wunderschöne Stimme. Das hat sie von ihrem Vater.«

»Ich kann auch singen«, sagte Nancy.

»Das stimmt«, sagte Mrs. Quay, »aber nicht so gut wie Jean. Das ist eine Tatsache, keine Meinung, meine Liebe.«

»Wann findet das Historienspiel denn statt?« fragte ich.

»Traditionell am vorletzten Sonntag im Oktober. Ich bin froh, daß Sie mich daran erinnert haben, denn es wird Zeit, mit der Planung anzufangen. Und ich bin froh, daß Sie über den Zivildienst nachdenken. Von wem haben Sie denn davon erfahren?«

»Meine Freunde, die Dents, haben davon gesprochen. Sie haben vorgeschlagen, ich könnte in der Biblioteca arbeiten.«

»Die Dents? Ich glaube nicht, daß ich die Dents kenne. Wer sind denn die Dents?«

»Ein Paar aus Australien. Sie wohnen seit ein, zwei Jahren hier, auf der vierten Terrasse. Ich habe sie ganz zufällig kennengelernt.«

»Aber so schließt man doch keine Bekanntschaften«, sagte Mrs. Quay. »Und die vierte Terrasse ist wohl kaum der Ort, wo man sich seinen Umgang sucht.«

»Mutter«, sagte Jean, »das hört sich schrecklich snobistisch an. Wir kennen viele Leute, die auf der vierten wohnen. Und außerdem, wo jemand wohnt, hat überhaupt nichts mit seinem Charakter zu tun.«

»Aber es läßt gewisse Rückschlüsse zu«, sagte Mrs. Quay. »Bestimmt sind die Dents reizende Menschen, wenn Mr. Fox mit ihnen verkehrt. Ich möchte bloß nicht, daß er in die falsche Gesellschaft gerät, das ist alles.«

»Damit meinst du vermutlich meine Freunde«, sagte Nancy.

»Ich glaube nicht, daß Mr. Fox irgendein Interesse an deinen Freunden hätte, Nancy«, sagte Mrs. Quay.

»Und ich finde es reichlich unverschämt von dir, zu entscheiden, wer die richtigen Freunde für Mr. Fox sind. Das weiß er bestimmt auch ohne deine Hilfe, Mutter.«

»Du mißverstehst mich. Ich entscheide nicht für ihn; ich gebe ihm lediglich Informationen, damit er selbst entscheiden kann. Er kennt gewissermaßen das gesellschaftliche Terrain nicht.«

»Du hast hoffnungslos antiquierte Vorstellungen«, sagte Nancy.

»Daß du sie dafür hältst, ist mir klar, meine Liebe. Warum gehst du nicht einmal nach oben und siehst nach deiner kranken Tochter?«

»Ich habe nach ihr gesehen, bevor ich heruntergekommen bin. Sie schläft.«

»Ich sehe nach ihr«, sagte Miss Quay. Sie stand auf und legte ihre Serviette auf ihren Stuhl.

Mrs. Quay sah Jean nach, wie sie das Zimmer verließ, und als sie sich wieder zum Tisch zurückwandte, hatte sie nichts zu sagen.

»Sie hat geschlafen«, sagte Nancy nach kurzem Schweigen. »Bestimmt tut sie das immer noch.«

»Trotzdem«, sagte Mrs. Quay, »sieht man gerne nach.«

Nancy goß sich ein Glas Wein ein. Sie trank davon und wischte dann mit ihrer Serviette den Kuß ab, den der Lippenstift auf dem Rand des Glases hinterlassen hatte.

Wir verharrten einen Moment in verlegenem Schweigen, dann fragte ich Nancy im Bemühen, das Gespräch wiederzubeleben, wo sie ihren Zivildienst leistete.

»Ich leiste gar keinen«, sagte sie ein wenig schroff. »Ich halte nichts von erzwungener Philanthropie. Für mich ist das ein Widerspruch in sich.«

»Der Dienst wird nicht erzwungen«, sagte Mrs. Quay. »Du weißt sehr wohl, daß er freiwillig ist.«

»Jeder tut so, aber es stimmt nicht. Ich bekomme jeden Monat eine Aufforderung.«

»Bloß eine Erinnerung«, sagte Mrs. Quay. »Falls du es dir anders überlegst.«

Nancy lachte dunkel und unglücklich und wandte sich dann mir zu. »Sie überlegen wohl, in der gefürchteten Biblioteca zu arbeiten?« fragte sie.

»Ja«, antwortete ich.

»Ich kann Bücher nicht ausstehen«, sagte Nancy mit plötzlicher Bitterkeit, als wären Bücher an allem schuld, was in ihrem Leben schiefgegangen war. »Ich weiß, das bestätigt nur, was für ein Dummkopf ich bin, aber es ist nun mal so.« Wieder nippte sie an ihrem Wein und wischte dann heftig etwas Nichtvorhandenes von ihrem Rock. »Schon von ihrem Geruch wird mir körperlich übel«, fügte sie hinzu.

»Noch Pudding, Mr. Fox?« fragte Mrs. Quay.

»Nein, danke«, sagte ich.

»Wie wäre es mit Kaffee? Oder vielleicht ein Pastis. Wir könnten ihn in der Loggia trinken, denke ich. Mittlerweile ist es dort bestimmt trocken genug.«

»Eigentlich müßte ich mich auf den Heimweg machen«, sagte ich. »Ich wollte gar nicht so lange wegbleiben.«

»Wir haben Sie wohl aufgehalten. Aber es war uns ein Vergnügen. Möchten Sie nicht noch nach oben gehen und sich von Jean verabschieden, ehe Sie aufbrechen? Sie finden doch wohl zum Kinderzimmer?«

»Ja, ich denke schon«, sagte ich.

»Dann werde ich mich jetzt verabschieden. Es wird Zeit für meinen Mittagsschlaf. Ich bin so froh, daß wir uns gewissermaßen über den Weg gelaufen sind und Sie mit uns zu Mittag essen konnten. Ich weiß, wir werden Sie bald wiedersehen, und ich freue mich schon darauf.«

Ich stand auf und folgte Mrs. Quay zur Tür, wo ich ihr die Hand gab, mich bedankte und von ihr verabschiedete.

Nancy war am Tisch sitzengeblieben.

»Es war schön, Sie kennenzulernen«, sagte ich von der Tür aus.

»Möchten Sie eine Zigarette?« fragte sie mich.

»Nein, danke.«

»Leisten Sie mir beim Rauchen Gesellschaft?«

»Natürlich«, sagte ich und setzte mich wieder.

Sie nahm eine Zigarette aus einer Markasitdose auf der Anrichte und zündete sie an. Dann setzte sie sich und goß den letzten Rest Wein aus der Flasche in mein Glas. »Sie kennen also die Dents?« sagte sie.

»Ja. Kennen Sie sie auch?«

»Eigentlich nicht. Aber sie gehört ja praktisch zum Stadtbild, mit diesem Hund. Er ist ein recht gutaussehender Mann, finde ich. Die beiden sind aus Italien, sagen Sie?«

»Australier.«

»Ja, natürlich. Australier. Sind Sie auch Australier?«

»Ich bin Amerikaner.«

»Ach ja? Sie machen gar nicht den Eindruck.«

»Was für einen Eindruck mache ich denn?« fragte ich.

Sie sah mich an und schnippte Zigarettenasche in ihre halb leergegessene Puddingschale. »Ich weiß nicht. Sie haben so etwas Eigenartiges, das ich nicht genau bestimmen kann. Dabei würde ich es gern genau bestimmen. Haben Sie außer den Dents noch andere Freunde hier?«

»Eigentlich nicht«, sagte ich. »Ich bin zum Teil deshalb hergekommen, weil ich allein sein will.«

»Ich hasse das Alleinsein«, sagte Nancy. »Das liegt wohl daran, daß ich mich selbst im Grunde nicht mag. Wie verschieden wir sind. Sie müssen sich sehr mögen. Oder etwa nicht?«

»Ich versuche es«, sagte ich.

»Und gelingt es Ihnen?«

»Das kann man noch nicht sagen.«

»Tja, ich wünsche Ihnen viel Glück, obwohl ich nicht verstehe, was daran so schwierig sein soll. Wenn ich Sie wäre, würde ich Sie mögen. Würden Sie mich auch mögen, wenn Sie ich wären?«

»Ich denke, Sie sollten sich selbst mögen.«

»Warum?«

»Weil das etwas Gutes ist. Etwas Gesundes.«

»Nein, Sie haben mich mißverstanden. Ich meine, konkret. Warum sollte ich mich mögen? Was sind die Gründe dafür, daß ich mich mögen sollte?«

»Sie müssen Ihre eigenen Gründe finden«, sagte ich. »Nur auf sie kommt es an.«

»Wie taktvoll Sie sind. Als Kind habe ich gedacht, taktvoll heißt voller Tackse. Eigentlich denke ich das immer noch.« Sie drückte ihre Zigarette aus und stand auf. »Ich sollte wohl mal nach meiner Tochter sehen. Das ist hier eine feste Einrichtung, wie Sie zweifellos bemerkt haben. Wir sehen ständig nach Bitsy.«

»Sie ist ganz reizend«, sagte ich. »Ich hoffe, es geht ihr schon besser.«

»Machen Sie halblang«, sagte Nancy. »Sie ist ein kleines Mädchen mit leichten Ohrenschmerzen. Bestimmt wird sie uns alle überleben.«

## II

Mein Besuch in Quayside hinterließ ein leichtes Unbehagen bei mir, und ich beschloß, für ein, zwei Tage wegzufahren und die Vega zu erforschen, den einzigen Landesteil, den ich noch nicht kannte.

Um herauszufinden, wie man am besten dorthin kam, wo man wohnen konnte und was man sich dort ansah – jene elementaren Fragen des Reisens –, ging ich in das Kaffeegeschäft hinunter, um mit Ali zu reden. Wir hatten eine herzliche Beziehung zueinander entwickelt: wir wechselten Grüße, wenn ich mich für meinen Morgenkaffee anstellte, und manchmal, nachmittags, wenn ich auf dem Nachhauseweg von einem Spaziergang auf einen ölig glänzenden, erfrischenden Espresso einkehrte, setzte er sich zu mir und wir unterhielten uns. Doris, seine Frau, die immerzu den Marmorfußboden zu fegen oder aufzuwischen schien, gab nie ein Wort von sich. Ich hatte das Gefühl, ihr Schweigen war selbstauferlegt, aber ich war mir nicht sicher.

Als ich den Laden betrat, war er – wie am frühen Nachmittag häufig – leer, und Ali saß an einem der kleinen Cafétische und rauchte eine selbstgedrehte Zigarette. »Und wie geht es Ihnen an diesem ausgesprochen heißen Nachmittag?« fragte er mich.

»Gut.«

»Und was darf ich Ihnen bringen?«

»Ich hätte gern einen Espresso.«

»Kommt sofort«, sagte er und stand auf. Ich setzte mich, sah zum Fenster hinaus auf die menschenleere Straße und hörte hinter mir das Zischen der Espressomaschine. Ali kam mit der kleinen Keramiktasse wieder und stellte sie vor mich hin. Er setzte sich.

»Ich überlege mir, für ein, zwei Tage wegzufahren«, sagte ich.

»Und wohin?«

»Ich habe daran gedacht, auf die Vega zu fahren.«

»Auf die Vega? Wozu denn das?«

»Um sie kennenzulernen«, sagte ich. »Es ist der einzige Landesteil, den ich noch nicht kenne.«

»Meiner bescheidenen Meinung nach ist es auch der einzige Landesteil, den zu kennen sich nicht lohnt. Er ist bettelarm und öde. Die Leute sind unhöflich. Das Essen ist schlecht. Zu sehen gibt es nichts. Es ist allerdings kühler dort oben: das ist aber auch schon alles, wozu die Vega gut ist.«

»Na, irgendwas muß es doch geben. Eine Stadt oder so etwas. Dörfer.«

»Natürlich gibt es eine Stadt. Eine einzige Stadt – Encampo. Völlig ohne Reiz. Und mehrere Dörfer, ziemlich verwahrlost. Für jemanden wie Sie ist das nicht das richtige Ziel.«

»Was heißt denn das, für jemanden wie mich?«

»Das heißt, daß es dort oben kein Hotel Excelsior gibt.«

»Das will ich auch gar nicht. Ich will für ein, zwei Tage von alledem weg. Ich habe nichts dagegen, primitiv zu leben.«

Ali lachte. Er stand auf und nahm meine leere Espressotasse in die Hand. »Noch einen?« fragte er.

»Nein«, sagte ich. »Ich weiß, Sie halten mich für irgend so einen verweichlichten Amerikaner, aber das bin ich nicht. Oder war es jedenfalls nicht immer. Ich habe schon im Freien, unterm Sternenhimmel, auf dem Boden geschlafen. Und es sehr genossen.«

»Wie ein Cowboy«, bemerkte Ali.

»Nicht ganz. Sagen Sie mir einfach, wie ich dorthin komme. Soll ich die Bahn nehmen?«

»Ja«, sagte Ali. »Es gibt zwar einen Bus, der jeden Morgen und jeden Abend hinterm Bahnhof losfährt, aber er braucht ewig, und außerdem platzt ihm ständig ein Reifen, oder er stürzt in eine Schlucht. Und er ist voller Leute, die zum Markt fahren oder vom Markt kommen. Das wäre nichts für Sie. Nehmen Sie die Bergbahn und die Zahnradbahn. Die sind in der Schweiz für Leute wie Sie gebaut worden.«

»Ali, wenn Sie nicht so nett zu mir wären, würde ich meinen, Sie verachten mich.«

»Keine Bange, das tue ich auch«, sagte Ali. »In meinem Gewerbe schließt das eine das andere keineswegs aus.«

»Wie grausam Sie sind.«

»Ja«, sagte er. »Sehr grausam.«

Er stand auf und machte mir noch einen Espresso, um seine Grausamkeit Lügen zu strafen. »Der hier geht auf meine Rechnung«, sagte er und reichte mir die kleine, dampfende Tasse.

»Danke«, sagte ich.

Er drehte sich noch eine Zigarette, rauchte sie in aller Gemütlichkeit.

»Und es gibt wirklich nichts zu sehen?« fragte ich nach

kurzem Schweigen. »Auch nicht in den Dörfern? Keine Kirchen, keine Schlösser, kein Kunsthandwerk?«

»Kunsthandwerk! Jetzt hören Sie sich aber ganz wie ein Amerikaner an. Sie haben völlig falsche Vorstellungen. Es ist überhaupt nicht malerisch, jedenfalls nicht in diesem Sinne. Fahren Sie ruhig. Sie werden schon sehen.«

Da es schon spät wurde, als ich meine Unterhaltung mit Ali beendete, beschloß ich, erst am anderen Morgen loszufahren, um bei Tageslicht in Encampo einzutreffen.

Die Zahnradbahn brachte mich von der fünften Terrasse durch die Gebirgsausläufer bis hinauf an den Fuß der Felswand, wo das Gleis endete und alles über einen kleinen Bahnsteig eilte und sich in die wartende Bergbahn zwängte. Ich hatte so meine Bedenken, denn sie war offenbar nichts weiter als ein großer, an einem schlaffen Kabel hängender Holzkasten. Meine Beklommenheit war durchaus begründet: der Kasten zitterte die ganze Fahrt über, während das Kabel ächzte. Alles blieb stumm und zeigte angespannte Gesichter, als würde jede zusätzliche Bewegung oder Lautäußerung das Ding zum Absturz bringen. Unter anderen Umständen wäre die Aussicht verblüffend gewesen. La Plata war mir stets als eine Stadt auf Anhöhen erschienen, doch das Von-ihr-Aufschweben vor der steilen Felswand ebnete sie ein, und zum erstenmal konnte ich sehen, wie wahrhaft winzig sie war: der Hafen, die Halbinsel, die in konzentrischen roten Ringen angelegte Stadt, und das Ganze von den Bergen umgeben, als hätte Gott einen Teelöffel genommen und ein klein wenig davon weggekratzt.

Doch die Winzigkeit des Ganzen beunruhigte mich. Bis jetzt hatte ich mich heimisch und geborgen gefühlt; ich hatte es in meinen Augen recht gut verstanden, in nur wenigen Wochen ein neues Leben zu beginnen – ich hatte Freundschaften geschlossen, und ich hatte eine schöne Wohnung gefunden –, aber während ich La Plata unter mir schrumpfen sah, wurde mir klar, daß mein Leben sich ohne weiteres verflüchtigen könnte und daß letztlich alles nur eine Frage der Perspektive ist.

Plötzlich kam der Kasten schütternd zum Stehen, und die Türen öffneten sich auf festen Boden. Direkt vor der Endstation befand sich ein kleiner Schrein mit einer Gipsmadonna in einem Garten von Plastikblumen, und während die Fahrgäste ausstiegen, bekreuzigten sie sich und küßten die Statue auf den Scheitel des leicht geneigten Kopfes. Mir erschien das alles sehr unhygienisch und absurd obendrein: wenige Momente, nachdem man dem Tod entronnen ist, eine Krankheit zu riskieren.

Ali hatte recht gehabt: Encampo war langweilig. Die Altstadt war im Zuge der Hochlandinitiative des verstorbenen Mr. Quay eingeebnet und wiederaufgebaut worden, und sämtliche Gebäude waren im allerscheußlichsten Stil der sechziger Jahre errichtet: reichlich Schüttbeton und weiße Verblendsteine. Die Stadt hatte nichts vom altertümlichen Charme La Platas, und die Bürger schienen von ihrer Umgebung entmutigt. Eine Art verhuschte Gedrücktheit ging von ihnen aus: Sie waren höflich, aber unfreundlich. Der Marktplatz, der sich unmittelbar vor der Bahnstation befand, war ein von der Sonne versengtes, asphaltiertes Quadrat; um Gullys stand Schmutzwasser in unterschiedlichen, beunruhigenden Farbtönen, und alle Nahrungsmittel waren am Verfaulen oder verfault. Die Verkäufer an den Ständen wirkten mut- und hoffnungslos, als wüßten sie, wie unappetitlich ihre Sachen waren.

Einen Moment lang erwog ich, nach einem Lokal zu suchen, wo ich zu Mittag essen konnte, und dann den nächsten Zug zurück nach La Plata zu nehmen, da es hier offenbar tatsächlich nichts zu sehen und zu tun gab und der Ort mir aufs Gemüt schlug. Und ganz gleich, was Ali gesagt hatte, hier oben schien es viel heißer zu sein als in La Plata: es gab keinen Seewind. Aber eine Art sturer Stolz zwang mich zu bleiben. Mit La Plata hatte ich mich verwöhnt; ein, zwei Tage in der wirklichen Welt konnten mir nichts schaden. Sie würden mir nur guttun.

Es gab anscheinend keine anständigen Hotels in Encampo, aber Ali hatte mir den Namen einer Frau gegeben – Esmeralda St. Pitt –, die in ihrem Haus Gästezimmer vermietete. Ich beschloß, zuerst dieses Haus zu suchen und meine Tasche dort zu deponieren, ehe ich die Stadt weiter erforschte.

Da Encampo gitterförmig angelegt war und die Straßen mit Buchstaben oder Zahlen bezeichnet waren, fiel es nicht sonderlich schwer, das St. Pittsche Wohnhaus zu finden. Es war eines von vielen gleichen Reihenhäusern in einer ruhigen Straße. Auf mein Klingeln öffnete eine königlich aussehende Frau afrikanischer Herkunft. Sie trug einen Kaftan aus golden und grün gemustertem Stoff und hatte die Haare mit einem Tuch aus dem gleichen Material hochgebunden. »Ja, bitte?« sagte sie.

»Sind Sie Mrs. St. Pitt?« fragte ich.

»Ja.«

»Mein Name ist Alex Fox. Ich komme auf Empfehlung von Ali Haffid zu Ihnen. Er meinte, Sie haben vielleicht ein Zimmer, das ich für ein, zwei Nächte mieten kann.«

Sie musterte mich von Kopf bis Fuß und sagte dann: »Sind Sie ein Freund von Ali?«

»Ja, ich denke schon. Ich habe die Wohnung über seinem Laden.«

»Ich vermiete nicht an jeden x-beliebigen«, sagte sie. »Das hier ist ein Familiendomizil.« Sie berührte die Wand des Vestibüls, das in einem grellen Muster tapeziert war: auf einem Hintergrund von metallischem Gold wuchs ein Spalier von Velourstrauben. »Ein Familiendomizil«, wiederholte sie mit besonderer Betonung auf der ersten Hälfte des Wortes.

»Ich weiß nicht recht, was Sie damit meinen«, sagte ich.

Sie ignorierte diesen Kommentar. »Ist das Ihr einziges

Gepäck?« fragte sie mit einer Kopfbewegung zu der kleinen ledernen Reisetasche hin, die ich in der Hand hielt.

»Ja.«

»Ich habe zwei Zimmer«, sagte sie. »Ich zeige Ihnen beide, und Sie müssen sich entscheiden, welches Sie wollen. Das kann ich nicht für Sie entscheiden. Die Zimmer sind oben.« Sie wich von der Tür zurück, öffnete sie dabei ganz, und ich betrat das Vestibül. »Oben«, wiederholte sie, und ich folgte ihr eine schmale Treppe hinauf in einen kurzen Flur. Direkt vor uns führte eine Tür in ein makelloses Badezimmer; rechts und links von uns befanden sich zwei kleine identische Schlafzimmer. »Welches wollen Sie?« fragte Mrs. St. Pitt.

Ich ging in das Zimmer zu meiner Rechten. Es sah genauso sauber aus wie das Bad und war bescheiden, aber geschmackvoll möbliert. »Das hier wäre schön«, sagte ich. »Wieviel kostet es pro Nacht?«

Sie nannte einen Preis, der das Frühstück mit einschloß. Er erschien mir ein wenig hoch, aber mir war nicht nach Streiten oder Feilschen zumute. Ich stellte meine Reisetasche auf das Bett. Mrs. St. Pitt war auf dem Flur stehengeblieben und beobachtete mich einen Moment lang, als könnte ich etwas Abseitiges tun, das mich für den Aufenthalt in ihrem Familiendomizil disqualifizierte. Dann griff sie in eine Tasche ihres Kaftans, zog einen Schlüssel hervor und hielt ihn mir hin. »Frühstück gibt es um halb acht«, sagte sie. »Ich hole Ihnen frische Handtücher.«

Ich verbrachte einen ziemlich stumpfsinnigen Nachmittag damit, in Encampo herumzuwandern. Es gab tatsächlich nichts zu sehen. Schließlich ließ ich es sein, setzte mich unter die grüne Plastikmarkise eines Cafés und trank Bier. Gegen fünf kehrte ich zum Haus von Mrs. St. Pitt zurück und machte ein Nickerchen, aus dem ich zwei Stunden später in erschöpfter Benommenheit erwachte. Immer öfter beschlich mich in letzter Zeit nach dem Aufwachen ein eigenartiges

Gefühl, als wäre ich am falschen Ort erwacht, als gäbe es einen anderen Ort auf der Welt, an dem ich mich eigentlich befinden müßte, fast als ginge mein Leben in den Vereinigten Staaten auf geisterhafte Weise ohne mich weiter. Weil ich mich von so vielem Vertrauten entfernt hatte, kam ich mir zuweilen irritierend wesenlos vor.

Kurz darauf hörte ich, wie sich die Tür auf der anderen Seite des Flurs öffnete und jemand ins Bad ging. Mrs. Pitt mußte noch einen Gast gefunden haben. Ich hörte das laute Gepladder, mit dem sich die Badewanne füllte, und das leise Rauschen verdrängten Wassers, mit dem sich ein Körper – ein großer Körper, dem Geräusch nach zu urteilen – in die Wanne senkte. Ich wollte ein Bad nehmen und mich säubern, ehe ich mich zum Essen hinauswagte, deshalb wartete ich, bis der andere Gast im Bad fertig war. Ich hörte das Wasser gurgelnd ablaufen, dann ging die Badezimmertür auf, und ich hörte Schritte im Flur. Ich wartete noch einen Moment, zog dann den Bademantel an, den Mrs. Pitt aufmerksamerweise an einen Haken hinter der Tür gehängt hatte, und begab mich auf den Flur hinaus. Als ich meine Tür aufmachte, öffnete sich zugleich die Tür des anderen Schlafzimmers, und vor mir stand Mr. Dent. Sein Anblick bestürzte mich, und ich war einen Moment lang wie benebelt und traute meinen Augen nicht. Aber er war es wirklich.

»Alex«, sagte er. »Um Himmels willen, was machen Sie denn hier?«

»Ich bin bloß für ein, zwei Tage hier, um mir alles anzusehen. Und was machen Sie hier? Ich dachte, Sie wären auf Ibiza. Ist Ricky auch mitgekommen?«

»Nein, sie ist immer noch dort. Ich bin früher zurückgekommen. Ich bin hier, um – na ja, das ist eine lange Geschichte. Aber nehmen Sie doch Ihr Bad. Ich hoffe, ich habe es Ihnen sauber genug hinterlassen. Haben Sie zum Essen schon etwas Bestimmtes geplant? Vielleicht könnten wir zusammen gehen.«

»Aber gern«, sagte ich.

»Es ist schön, Sie zu sehen«, sagte er. »Ich habe Ihnen eine Menge zu erzählen.«

Mr. Dent führte mich ins El Grotto, ein italienisches Kellerlokal in unmittelbarer Nähe des Marktplatzes. Es hatte niedrige Gewölbedecken, und man wies uns Plätze in einem dunklen kleinen Alkoven zu, der nur von der Kerze auf dem Tisch erleuchtet wurde. »Also, was machen Sie denn nun hier?« fragte ich Mr. Dent, nachdem wir unser Essen bestellt und unsere Flasche Chianti bekommen hatten.

»Tja«, sagte er, »das weiß ich auch nicht so genau. Ich bin ein bißchen durcheinander.«

»Was ist denn passiert?«

Er spielte mit dem Korken herum, kerbte mit dem Daumennagel kleine Halbmonde in dessen weiches Fleisch. »Erinnern Sie sich noch, was Sie mir neulich abend gesagt haben?« fragte er.

»Nicht genau.«

»Sie haben gesagt, es gäbe keinen Grund, warum ich nicht glücklich sein sollte. Und daß ich ehrlicher leben sollte.«

»Das habe ich gesagt?«

»Ja, das haben Sie.«

»Tja, das hört sich nach einem guten Rat an. Aber geben Sie nicht allzuviel auf das, was ich Ihnen sage. Ich habe mein Leben verpfuscht.«

»So?« fragte er. Er legte den Korken aus der Hand und sah zu mir herüber.

»Ja«, sagte ich. »Tatsächlich.«

»Aber Sie wirken so souverän und ausgeglichen.«

»Der äußere Anschein kann trügen.«

»Ja, das stimmt wohl.«

»Was ist denn nun?« fragte ich. »Haben Sie und Ricky Probleme? Sind Sie deshalb ohne sie von Ibiza zurückgekommen?«

»Wir haben beschlossen, uns für eine Weile zu trennen.«

»Warum?« fragte ich. Die dunkle Grotte hatte etwas an sich, das zu vertraulichen Mitteilungen ermutigte.

»Warum? Warum trennen sich zwei Menschen? Weil sie nicht mehr glücklich miteinander sind. Wir quälen uns schon eine ganze Weile damit, und wahrscheinlich haben wir beide genug davon, uns zu quälen. Ich denke, die Trennung tut uns beiden gut, und wenn ich Ricky verlasse, kann sie mit jemand anderem neu anfangen. Ich bin nicht der Richtige für sie. Ich kann sie nicht immer wieder enttäuschen.«

»Aber sie liebt Sie. Das hat sie mir selbst gesagt.«

»Weil ich alles bin, was sie hat. Aber ich glaube wirklich, es wäre besser, wenn ich mich von ihr trenne.«

»Ist sie auch dieser Meinung?«

»Sie ist genauso unglücklich wie ich. Wir sind beide der Meinung, daß es den Versuch lohnt. Deshalb bin ich früher zurückgekommen, um meine Sachen zusammenzupacken und zu gehen.«

»Wohin denn?«

»Ich weiß nicht genau. Kennen Sie Barcelona?«

»Nein.«

Wir wurden dadurch unterbrochen, daß unsere Antipasti kamen: eine große Glasplatte, auf der lieblos eine unappetitliche Zusammenstellung von eingemachten Gemüsen und mehreren Sorten Dosenfleisch angeordnet war.

»Ich gehe nach Barcelona. Das heißt, ich versuche es.«

»Aber was machen Sie hier oben in Encampo? Ist das nicht ein Umweg für Sie?«

»Ja, Sie haben recht. Aber sehen Sie, es ist etwas vorgefallen, was mir das Wegkommen erschwert.«

Ich fragte nicht, was. Ich wußte, er würde es mir erzählen. Ich gabelte mir ein paar Oliven und Peperoni auf den Teller.

Nach einer Weile sagte er: »Anscheinend will die Polizei mit mir reden.«

»Worüber?«
»Über diese Morde. Die Leichen im Hafen.«
»Warum sollte man ausgerechnet mit Ihnen reden wollen?«
»Ich weiß nicht genau. Zu Hause hat eine Vorladung auf mich gewartet, mit der ich aufgefordert wurde, mich zur Vernehmung umgehend bei der Polizei zu melden. Ich bin wohl so etwas wie ein Verdächtiger, weil die Polizei weiß, daß ich damals die ganze Nacht allein herumgeirrt bin. Wenn bloß Ricky nicht in Panik geraten wäre und mich nicht als vermißt gemeldet hätte.«
»Haben Sie mit der Polizei geredet?«
»Nein.«
»Warum nicht?«
»Ich habe Angst.«
»Wovor denn?« fragte ich.
»Ich weiß nicht recht. Vermutlich davor, daß man mich verhaftet. Und daß ich verurteilt werde und für den Rest meines Lebens im Gefängnis verrotte. Andorra ist nämlich so etwas wie ein Polizeistaat, wissen Sie. Solange man es sich nicht mit ihnen verdirbt, ist alles bestens. Ich habe schon mal Ärger mit der Polizei gehabt.«
»Was für Ärger denn?«
»Ach, lachhafte Vorwürfe von wegen unsittliches Verhalten. ›Erregung öffentlichen Ärgernisses.‹ Natürlich völlig aus der Luft gegriffen. Es ist im Umkleideraum draußen im Strandklub passiert. Sie schicken ihre gutgebauten jungen Rekruten hin, um jämmerliche Figuren wie mich zu provozieren. Sie verhaften einen schon, wenn man sie bloß nach der Uhrzeit fragt. Und wenn sie einen erst einmal zum Perversen abgestempelt haben, fällt es ihnen bestimmt auch nicht schwer, sich vorzustellen, daß man ein Mörder ist.«
»Also sind Sie hierhergekommen, anstatt zur Polizei zu gehen?«
»Ja«, sagte er. »Ich will einfach raus aus diesem verdammten Land und nach Spanien. Wenn ich den Zug von La Plata

nähme, müßte ich meinen Paß vorzeigen, und dann würden sie mich bestimmt festnehmen. Ich dachte, ich fahre hierher und versuche, über die Berge rauszukommen.«

»Wie denn?«

»Zu Fuß, denke ich. Das kann nicht allzu schwierig sein.«

»Aber wenn Sie sich auf diese Weise davonmachen, dann ist das gleichbedeutend mit einem Schuldgeständnis. Sie könnten nie mehr zurückkommen. Ich rate davon ab. Außerdem ist es unpraktisch, wenn nicht gar unmöglich. Sie kommen nicht zu Fuß über diese Berge.«

»Sie würden sich wundern, was man alles kann, wenn man muß.«

»Unsinn. Haben Sie denn überhaupt Erfahrung im Bergwandern? Die entsprechende Ausrüstung?«

»Nein.«

»Dann würden Sie umkommen.«

»Das Risiko würde ich eingehen. Überhaupt ist umkommen gar keine so schlechte Idee. Wahrscheinlich hätte ich das schon längst machen sollen.«

»Hören Sie«, sagte ich. »Machen Sie keine Dummheiten. Gehen Sie zurück und reden Sie mit denen. Besorgen Sie sich einen guten Anwalt und reden Sie mit denen. Bestimmt ist alles halb so wild. Vielleicht sind Sie gar kein Verdächtiger. Vielleicht will man Sie nur befragen. Vielleicht glaubt die Polizei, Sie hätten bei Ihrem Herumgeirre in dieser Nacht etwas gesehen.«

»Vielleicht. Aber es ist ein Risiko.«

»Ein viel geringeres Risiko, als über die Pyrenäen nach Spanien zu fliehen. Und was ist mit Ricky? Sollten Sie das alles nicht mit ihr bereden?«

»Sie ist im Augenblick ziemlich schlecht auf mich zu sprechen. Sie wollte, daß ich weg bin, ehe sie zurückkommt.«

»Trotzdem bin ich sicher, daß sie Ihnen in dieser Sache helfen würde. Können Sie sich mit ihr in Verbindung setzen?«

»Nein«, sagte er. »Dort, wo wir gewohnt haben, gibt es kein Telefon.«

»Wann will sie denn zurück sein?«

»In ungefähr einer Woche.«

»So lange können Sie nicht warten. Wir fahren morgen nach La Plata zurück, und Sie benachrichtigen Ricky, daß sie sofort nach Hause kommen soll. Wir besorgen Ihnen einen Anwalt – ich kenne einen: Edward Darlingham. Das ist der, den die Quays beschäftigen, also muß er der beste sein. Und dann reden wir mit der Polizei. Sie müssen sich dem Problem stellen und es lösen. Sie können nicht weglaufen.«

»Wahrscheinlich haben Sie recht«, sagte er. »Es ist sehr freundlich von Ihnen, daß Sie mir so helfen. Wirklich seltsam, daß ich Ihnen hier oben begegnet bin. Das reinste Wunder. Ich kann Ihnen gar nicht sagen, was mir das bedeutet.«

»Dann sagen Sie am besten gar nichts.« Ich goß ihm Wein nach. »Entspannen Sie sich«, sagte ich zu ihm. »Trinken Sie aus. Es wird schon alles gutgehen.«

Es war kalt, als wir zum Haus von Mrs. St. Pitt zurückkehrten. Von unserer Gastgeberin war nichts zu hören und zu sehen. Mr. Dent und ich sagten uns in dem kleinen Flur im ersten Stock gute Nacht, nachdem wir uns darauf geeinigt hatten, daß er das Badezimmer zuerst benutzen würde. Während ich wartete, bis er fertig war, machte ich das Fenster auf und steckte den Kopf in die kühle Nachtluft hinaus. Es gab tatsächlich nichts zu sehen: nur die dunklen Fenster des Nachbarhauses und davor eine kleine, mit Mülleimern vollgestellte Gasse. Darüber eine glitzernde Sternenschwade.

Und dann ein Klopfen an meiner Tür: »Sie können. Gute Nacht.«

Mitten in der Nacht weckte mich etwas. Ich lag im Bett und hörte auf der anderen Seite des Flurs ein verstohlenes Rumoren. Ricky war auf den Beinen: er öffnete die Tür zum Flur, dann hörte ich ihn vor meiner Tür, dann sah ich einen Brief darunter hervorgleiten. Beim Geräusch seiner Schritte auf der Treppe stand ich sofort auf und machte Licht. Auf den Umschlag war folgende Mitteilung gekritzelt:

*Alex – könnten Sie dafür sorgen, daß meine Frau diesen Brief bekommt? Ich wäre Ihnen ewig dankbar. Seien Sie nicht allzu enttäuscht von mir. Ich habe unsere kurze Freundschaft genossen und halte große Stücke auf Sie.*

*Alles Gute*
*Richard Dent*

Ich warf den Brief aufs Bett, fuhr in meine Kleider und rannte die Treppe hinunter, wo ich auf die eindrucksvolle Gestalt von Mrs. St. Pitt traf, die im Vestibül stand. »Ich weiß nicht, was hier vorgeht, aber ich lasse es nicht zu. Ich habe Ihnen beiden gesagt, daß das hier ein Familiendomizil ist. Ein Familiendomizil! Ich dulde nicht, daß Sie die ganze Nacht kommen und gehen. Ich dulde das nicht.«

»Hören Sie«, sagte ich. »Es tut mir leid. Es ist zwar höchst ungewöhnlich, aber ich muß Mr. Dent wirklich nachgehen. Ich glaube, er ist in Gefahr.«

»Gefahr!« rief sie aus. »Was sind Sie nur für Menschen?«

»Wir sind beide anständige Menschen«, sagte ich. »Aber er ist in Gefahr, und ich muß ihm nachgehen.«

»Ich lasse Sie nicht wieder herein! Ihre Sachen können Sie morgen früh abholen. Und zwar zu einer anständigen Zeit. Ich habe die Nase voll von Leuten wie Ihnen. Ich schließe die Tür ab, wenn Sie gehen, und falls Sie versuchen, heute nacht wieder hereinzukommen, rufe ich die Polizei.«

»Schön«, sagte ich. »Ich komme morgen früh wieder.«

Die Straße war menschenleer. Ich rannte sie hinunter und kam gerade noch rechtzeitig, um Ricky Dent über den verlassenen Marktplatz hasten zu sehen. Welch ein trauriger

Anblick: Ein Mann, der mitten in der Nacht davonläuft. Ich lief schneller und rief seinen Namen.

Er drehte sich um, als er mich näherkommen hörte. »Bitte folgen Sie mir nicht«, sagte er.

»Ich habe nicht die Absicht, Ihnen zu folgen«, sagte ich. »Ich bin hier, um sie aufzuhalten und Sie nach Hause zurückzubringen. Wo wollen Sie überhaupt hin?«

»Sie wissen, wohin ich will.« Er bog in eine Straße ein, die aus der Stadt zu führen schien.

Ich fiel mit ihm in Gleichschritt. »Ich dachte, Sie hätten die Unsinnigkeit dieses Plans eingesehen«, sagte ich.

»Das habe ich auch. Trotzdem ist es der einzige Plan, der sinnvoll für mich ist.«

Ich packte ihn am Arm, um ihn aufzuhalten, aber er schüttelte mich ab und ging weiter. Wieder fiel ich mit ihm in Gleichschritt. »Er ist nicht sinnvoll. Sie haben gesagt, Sie würden mitkommen, mit der Polizei reden und sich mit Ricky in Verbindung setzen. Das ist der einzige Plan, der sinnvoll ist. Sie müssen mit zurückkommen und sich der Sache stellen«, sagte ich. »Bleiben Sie wenigstens für einen Moment stehen.«

Er hatte eine kleine lederne Reisetasche bei sich. Er stellte sie neben sich auf die Straße, griff in sein Jackett und zog ein Taschentuch hervor, mit dem er sich die Stirn wischte. Die Nacht war kühl und klamm, aber er schwitzte.

»Kommen Sie mit mir zurück«, sagte ich. »Sie können nicht einfach weglaufen.«

»Doch«, sagte er, »das kann ich.« Er faltete das Taschentuch zusammen und steckte es wieder in die Tasche. »Ich gehe nach Lanjarón. Das ist das Dorf, wo ich Musik unterrichtet habe. Es liegt im Vorgebirge. Dort finde ich jemand, der mir über die Berge helfen kann. Ich habe dort Freunde, gute, anständige Menschen, die sich in den Bergen auskennen und mir helfen. Haben Sie den Brief gesehen, den ich Ihnen dagelassen habe?«

»Ja«, sagte ich. »Ich habe ihn im Zimmer liegen lassen.«

»Aber Sie geben ihn Ricky?«

»Natürlich.«

»Ich muß los«, sagte er. Er nahm die Tasche auf, blieb jedoch stehen.

»Sie kommen aus der Sache raus«, sagte ich. »Mit einem guten Anwalt, und wenn es keine harten Beweise gibt – die Polizei hat keine Handhabe gegen Sie.«

»Glauben Sie, ich habe diese Männer umgebracht?«

»Ich weiß nicht. Vielleicht.«

Er sah mich an. »Glauben Sie wirklich, ich könnte jemanden umgebracht haben?«

»Nein, natürlich nicht. Und deswegen sollten Sie auch mit mir zurückkommen. Ein Unschuldiger flieht nicht.«

Er lächelte ein seltsames, trauriges Lächeln. »Sie haben keine Ahnung, wie die Justiz funktioniert. Beziehungsweise, wie sie nicht funktioniert. Bitte geben Sie Ricky den Brief und vergessen Sie, daß Sie mir je begegnet sind. Aber ich werde nicht vergessen, daß ich Ihnen begegnet bin, und ich werde auch nicht vergessen, wie Sie versucht haben, mir zu helfen. Dafür danke ich Ihnen.« Er streckte die Hand aus.

Ich schlug ein. Ich wußte nicht, was ich sonst tun konnte. Ich gab ihm die Hand und sah ihm nach, wie er bis ans Ende der Straße ging. Ich sah ihn um die Ecke verschwinden.

## 12

Das einzige Gebäude, das zu dieser frühen Stunde offen hatte, war die Kirche, die zufälligerweise auch das einzige Gebäude von Encampo zu sein schien, das von den verunstaltenden und modernisierenden Einflüssen der Hochlandinitiative verschont geblieben war. Es gab keine Bänke, nur Dutzende wunderschön geschnitzter und in Reihen aufgestellter Holzstühle; ich setzte mich auf einen davon und blickte zum Altar auf.

Zwei grell bemalte Vasen enthielten Plastikblumensträuße. Ein erschöpfter Heiland war ans Kreuz genagelt: ein großes Holzkreuz mit einem großen Holzjesus, grob geschnitzt und primitiv bemalt. Sein Gesicht war einfach, doch in seiner Einfachheit beredt, beredt von einer Art ruhiger Qual, einer Qual, die schon so lange andauerte, daß sie gar nicht mehr wirklich gefühlt, sondern einfach ertragen wurde.

*Ich bin kein religiöser Mensch*, sagte ich zu mir, wie ich da saß, als ob ich mich dessen versichern oder erinnern müßte. Ich sagte es laut. Ich weiß nicht, warum ich das Bedürfnis verspürte, mich gegen die Religion zu wappnen wie gegen eine Krankheit. Als wäre sie etwas, das ich bekommen könnte, ohne es zu wollen. Ich weiß nicht warum, denn ich bewundere Menschen, die einen Glauben haben, ja, ich beneide sie. Intelligente Menschen, die religiös sind, faszinieren mich. In San Francisco habe ich einmal eine Frau gekannt, eine gestandene Journalistin, eine Frau, die in der ganzen Welt herumgekommen war und über fast jeden und alles intelligent schreiben konnte, eine hochgebildete Feministin. Und diese Frau war fromme Katholikin. Ich habe sie einmal gefragt, wie sie ihren Intellekt und ihren Glauben miteinander vereinbare. Gar nicht, hat sie mir geantwortet.

Das sind verschiedene Gefäße, sagte sie. Eines für die Seele und eines für den Geist.

Also glaubst du mit deiner Seele und denkst mit deinem Geist? fragte ich sie. Ist das so, wie wenn man sich den Kopf tätschelt und den Bauch reibt?

Nein, sagte sie. So einfach ist das nicht. Sei nicht so prosaisch. Im Grunde sind die beiden nicht voneinander zu trennen. Sie sind überhaupt nicht voneinander zu trennen. Ich glaube mit dem Herzen, der Seele und dem Verstand. Sonst würde es nichts bedeuten.

Aber wie kannst du das? Wie kannst du an etwas glauben, was dein Intellekt nicht bestätigt?

Aber genau das heißt Glaube doch, sagte sie mir. Wir glauben an etwas, was wir nicht wissen oder verstehen können. Wir glauben nicht an das, was wir wissen.

Ich denke, diese Frau hatte eine Fähigkeit zum Glauben oder vielleicht auch nur ein Bedürfnis danach, das mir fehlt. Doch das fand ich unfair. Es erschien mir zutiefst ungerecht, daß der Glaube ein manchen verliehenes und anderen vorenthaltenes Talent war. Wie das Singen.

Und ich saß lange Zeit in der kleinen Kirche und betrachtete den Holzjesus. Ich hoffte, er würde zu mir sprechen. Ich wünschte, ich lebte in einer Welt, in der Statuen sprechen. Ich erinnere mich, wie ich als Kind einmal mit meinen Eltern nach Rom reiste. Ich glaube jedenfalls, es war Rom. Es gab dort so etwas wie eine Statue: ein riesiges flaches Gesicht mit einem Loch als Mund. Man steckte die Hand in dieses Loch, und die Legende behauptete, daß einem die Hand abgebissen wurde, wenn man gelogen hatte. Und ich weiß noch, wie ich die Hand mit echter Beklemmung in den dunklen Mund schob, denn ich wußte, ich hatte gelogen, und ich glaubte auf undeutliche, aber zutiefst empfundene Weise, daß meine Kleinkinderhand mit ihren zarten Spatzenknochen tatsächlich abgetrennt werden könnte. Ich war alt genug, um es besser zu wissen, aber ich war noch jung genug, um zu glauben. Es ist schade, daß wir die Fähigkeit, an etwas zu glauben, so rasch verlieren; das beschränkt unsere Gelegenheiten, uns zu verwandeln, uns zu retten, denn es erlegt die schreckliche Last, uns zu verwandeln und zu retten, uns selbst auf. Sobald man zu glauben aufhört, kann man nicht mehr beten, Opfer darbringen, Pilgerfahrten unternehmen oder Kerzen entzünden. Man ist, in einer Welt ohne Wunder, auf sich selbst zurückgeworfen.

Nach einer Weile verließ ich die Kirche und setzte mich in ein Café in der Nähe des Marktes, wo ich bis zu einer »anständigen Zeit« wäßrigen Kaffee trank. Dann kehrte ich zum Haus von Mrs. St. Pitt zurück, um meine Sachen zu holen. Ich läutete und wartete auf der kleinen Treppe. Daß die Zeit für Mrs. Pitt nicht anständig genug war, dieser Gedanke beschlich mich, als sie die Tür aufmachte, mich wild anfunkelte, mir meine Tasche in die Arme drückte und die Tür rasch wieder schloß.

Fassungslos über ihre aggressive Bigotterie, stand ich auf der Treppe. Ich konnte es nicht ertragen, mit solcher Verachtung behandelt zu werden, deshalb stellte ich die Tasche ab und klingelte erneut. Kurz darauf regte sich der Spitzenvorhang an dem Fenster neben der Tür, und ein Teil von Mrs. St. Pitts großem Gesicht kam zum Vorschein. Ich bedeutete ihr, an die Tür zu kommen. Sie schüttelte den Kopf und verschwand, doch so leicht ließ ich mich nicht abwimmeln. Ich läutete abermals und hielt den Knopf so lange gedrückt, bis die Tür aufging.

»Mr. Fox«, sagte Mrs. St. Pitt, »wenn Sie nicht sofort damit aufhören, rufe ich die Polizei. Und glauben Sie mir, ich mache keine leeren Drohungen.«

»Das bezweifle ich nicht. Ich wollte Ihnen lediglich die Ereignisse der vergangenen Nacht erklären, da Sie sie offenbar mißverstanden haben und Ihr Verhalten mir gegenüber nicht akzeptabel ist. Wenn Sie die anständige Frau sind, die Sie zu sein behaupten, werden Sie mich gewiß anhören.«

»Ich bin stets bereit, jedem zuzuhören, der höflich und vernünftig mit mir spricht. Warum kommen Sie nicht in den Salon?«

»Sehr freundlich von Ihnen«, sagte ich und folgte ihr durch das Vestibül. Sie setzte sich auf ein Sofa, das zahlreiche, mit erbaulichen Sentenzen bestickte Kissen mit Beschlag belegten. VIELE HÄNDE MACHEN BALD EIN ENDE, las ich, und ein anderes verkündete in spiralförmig von der Mitte ausgehenden, regenbogenbunten Worten: EIGENLIEBE MACHT DIE AUGEN TRÜBE. Ich setzte mich auf einen dick gepolsterten, doch klumpig unbequemen Sessel ihr gegenüber.

»Es tut mir leid, wenn Sie mich vergangene Nacht als uneinsichtig empfunden haben«, sagte Mrs. St. Pitt. »Aber ich kann so etwas wie das, was Sie und ihr Freund da getrieben haben, einfach nicht dulden. Wenn meine Nachbarn sich über meine Gäste beschweren – und ich versichere Ihnen, daß sie nicht die geringsten Bedenken haben, das zu tun –, laufe ich ernsthaft Gefahr, meine Lizenz und damit meinen Lebensunterhalt zu verlieren. Ich hatte keine andere Wahl, als Sie an die Luft zu setzen. Ich hätte Sie erst gar nicht aufgenommen, wenn ich gewußt hätte, daß Sie ein Liebespaar sind, das sich leicht in die Haare gerät.«

»Ich verstehe. Aber ich fürchte, Sie haben meine Beziehung zu Mr. Dent und die Ereignisse der Nacht grob und ungerecht fehlinterpretiert.«

»Ich würde meinen, die Ereignisse sprechen für sich selbst.«

»Vielleicht für Dummköpfe. Aber der kluge Mann – und die kluge Frau – weiß es besser.«

»Sie bezeichnen mich als Dummkopf?«

»Jawohl.«

»Und ich finde, Sie sind ein gemeiner, unhöflicher Mensch.«

»Ganz gewiß. Aber nicht vergangene Nacht. Vergangene Nacht war ich nichts weiter als ein Gentleman und Freund. Wenn ich das bitte erklären dürfte.«

»Ich bin, wie es so schön heißt, ganz Ohr.«

»Sehen Sie, gestern hat man mich von La Plata hier heraufgeschickt, um Mr. Dent zu suchen und ihm eine Nachricht zu übermitteln, eine Nachricht, deren Bedeutung Sie, eine Frau mit Familiensinn, gewiß verstehen werden: seine Tochter, seine dreijährige Tochter, ist schwer erkrankt, und es war dringend erforderlich, daß Mr. Dent sofort zu ihr zurückkehrte. Man befürchtete, daß sie sterben könnte. Da ich ihn zu spät am Tag gefunden habe, um noch nach La Plata zurückzufahren, hatten wir vor, heute morgen den ersten Zug zu nehmen. Aber offenbar ist Mr. Dent heute nacht von einem schrecklichen Traum aufgewacht, in dem er sah, wie seine Tochter die Hand nach ihm ausstreckte. In seiner Verwirrung hat er sich vorgestellt, er würde sofort zu Fuß nach La Plata zurückkehren, und ist aus dem Haus gelaufen. Der Lärm, den er dabei machte, hat mich und auch Sie geweckt, und weil ich wußte, in welch hysterischem Zustand er sich befand, befürchtete ich, er könnte sich etwas antun, und deshalb bin ich ihm nachgerannt.«

»Der Ärmste!« rief Mrs. St. Pitt aus. »Sie haben ihn doch hoffentlich gefunden?«

»Ja, und es ist mir gelungen, ihn zu beruhigen, und wir haben an der Station auf die erste Bahn gewartet.«

»Und ich habe Sie an die Luft gesetzt! Schande über mich. Wenn Sie mir die Situation erklärt hätten, hätte ich mich anders verhalten.«

»Dazu hatte ich keine Zeit. Ich hielt es für das beste, meinem Freund nachzujagen.«

»Und wenn man sich vorstellt, daß ich die Tür hinter Ihnen abgeschlossen habe! Wie hartherzig von mir. Aber ein Punkt an Ihrer Geschichte bringt mich ein bißchen durcheinander. Sie sagen, Ihr Freund heißt Dent?«

»Ja.«

»Mr. Dent? Das ist ja höchst eigenartig.« Sie stand auf, durchquerte das Zimmer und trat ins Vestibül, wo sie ein Gästebuch konsultierte, das geöffnet auf einem kleinen Tisch lag. »Er hat sich nicht als Mr. Dent eingetragen. Hier hat er sich eingetragen als – ja, als Mr. Greensleaves. Joanne – nein: Johannes Greensleaves. Eigenartiger Name. Und Sie sagen, er heißt in Wirklichkeit Mr. Dent?«

Ich stand auf, um einen Blick in das kleine Buch zu werfen, als könnte da ein Irrtum vorliegen. Aber der Sachverhalt war eindeutig: Genau unter meiner eigenen unleserlichen Unterschrift stand in sorgfältigen Druckbuchstaben *Johannes Greensleaves.*

»Es ist ein bißchen eigenartig«, sagte ich. »Aber andererseits benutzen Leute häufig einen falschen Namen, wenn sie sich in Hotels anmelden.«

»So? Ich wüßte nicht, aus welchem Grund. Außerdem ist das hier kein Hotel. Das ist ein Familiendomizil. Ich mag keine Gäste, die sich unter Vorspiegelung falscher Tatsachen hier einschleichen. Ich fühle mich von Ihrem Freund ziemlich hintergangen.«

»Ich habe auch keine Erklärung dafür. Ich kann Ihnen nur versichern, daß ich weiß, daß Mr. Dent ein anständiger Mensch ist, der ganz bestimmt nicht die Absicht hatte, Sie zu hintergehen. Das Reisen gibt uns Gelegenheit, uns selbst neu zu erfinden, neue Identitäten anzunehmen.«

»Wenn wir anständige Menschen sind, sollten wir es eigentlich nicht nötig haben, uns neu zu erfinden. Eine Identität sollte genügen«, sagte Mrs. St. Pitt.

»Sie haben recht«, sagte ich. »Ich kann meinen Freund nicht entschuldigen.«

»Tja, die ganze Sache tut mir leid. Bleiben Sie noch zum Frühstück? Es ist im Übernachtungspreis inbegriffen.«

»Danke, nein. Ich möchte möglichst rasch nach La Plata zurück.«

»Das kann ich verstehen«, sagte sie. »Das arme kleine Mädchen. Ich werde für sie beten. Ich hoffe, Sie übernachten irgendwann einmal unter glücklicheren Umständen bei mir. Das ist Ihr Recht und meine Pflicht. Wann immer Sie hier wohnen möchten, Mr. Fox, sind Sie mein Gast. Und das meine ich im eigentlichsten, christlichsten Sinne des Wortes.«

»Das ist sehr freundlich von Ihnen«, sagte ich. Ich gab ihr die Hand. »Gott segne Sie.«

Als ich später an diesem Vormittag im Hause San Julián de Loria Nr. 16 eintraf, trat ich auf die Terrasse hinaus und sah auf die Stadt und den Hafen hinab, wie um mich zu vergewissern, daß sie noch da waren und man sie nicht über Nacht zusammengerollt und weggeschafft hatte. Es war alles wie gehabt und so wunderschön wie immer, doch so sehr ich auch versuchte, meinen Geist mit den Bildern vor meinen Augen zu sättigen, ich konnte den Anblick von Mr. Dent nicht vergessen, wie er die verlassene Straße in die schon verblassende Dunkelheit hinaufgehastet war: ein Flüchtling, ein aus dem Paradies Verstoßener.

## 13

Ein paar Tage später schlief ich nachmittags am Strand von Crowespoint ein und wurde von einem kalten Getröpfel auf meinem heißen Rücken geweckt. Ich drehte mich um und blickte auf, aber die Gestalt vor mir zeichnete sich als Silhouette gegen die Sonne ab, so daß ich nicht erkennen konnte, um wen es sich handelte. Dann kauerte sie sich neben mich und erwies sich als Mrs. Dent. »Na, so was, wen trifft man denn da«, sagte sie.

Ich war vom Schlafen noch ein wenig benommen. »Hallo«, sagte ich. »Sie sind wieder da.«

»Erst seit kurzem«, sagte sie. »Ich bin heute morgen zurückgekommen. Und habe prompt diese gräßliche Heimkehrer-Depression gekriegt, von der einem die ganze Lust vergeht. Ich habe beschlossen, daß ein Bad im Meer meine Lebensgeister vielleicht wieder auffrischt. Sie sehen gut aus. Wie braun Sie geworden sind! Wir sind wohl häufiger am Strand, wie?«

»Ja. Ich war die letzten Nachmittage hier.«

»Tja, es scheint Ihnen zu bekommen. Haben Sie etwas dagegen, wenn ich mich neben Ihnen niederlasse? Oder möchten Sie lieber allein sein?«

»Nein, gar nicht«, sagte ich. »Es ist schön, Sie wiederzusehen. Ich habe Sie vermißt.«

»Tatsächlich?« sagte sie. Sie stand auf, zog ein zusammengefaltetes Handtuch aus ihrer Strohtasche, schüttelte es und breitete es auf dem Sand aus. Dann setzte sie sich. Sie kramte in ihrer Tasche nach einer Tube Sonnencreme, mit der sie sich Arme und Beine einrieb. Sie hielt mir die Tube hin. »Machen Sie mir den Rücken?« fragte sie und drehte sich ein wenig zur Seite, um mir das V nackter Haut zu zeigen, das ihr Badeanzug freiließ.

»Natürlich.« Ich nahm ihr die Creme aus der Hand und rieb etwas davon in ihr Fleisch. »Sie sehen nicht so aus, als ob Sie das bräuchten«, sagte ich. »Sie sind dunkler denn je.«

»Ja, auf Ibiza habe ich mich so richtig braten lassen. Aber es tut der Haut gut. Die Creme, nicht die Sonne. Danke«, sagte sie, als ich fertig war. »Möchten Sie auch etwas? Ihre Schultern sehen ein bißchen nach gekochtem Hummer aus.«

»Ja«, sagte ich. Sie rieb mir auf eine irgendwie energische, unerotische Weise, als wäre sie eine Krankenschwester, die Schultern ein. Dann tat sie die Tube wieder in ihre Tasche und legte sich bäuchlings auf das Handtuch. Sie trug einen marineblauen, einteiligen Badeanzug mit einem Gürtel aus goldenen Kettengliedern, einen Strohhut mit um die Krone geschlungenem blau-weißem Band und eine Sonnenbrille mit großen, runden Gläsern und weißem Gestell. Sie sah frisch und schön aus.

»Wie ist das Wasser?« fragte sie und ließ sich etwas Sand durch die Finger rinnen.

»Schön«, sagte ich. »Warm.«

»Auf Ibiza war es fast zu warm. Das war nichts für mich. Es hat einen gar nicht richtig erfrischt.«

»Wie war die Reise?«

Sie streckte die Finger, ließ den Sand zwischen ihnen hindurchrieseln und rieb dann die Hände aneinander. »Ganz gut«, sagte sie. »Es ist schön, mal wegzukommen. Ich sollte das öfter machen. Und wie ist es Ihnen ergangen?«

»Gut. Und wie geht es Ricky?« fragte ich. Ich war neugierig, was sie sagen würde.

»Das weiß ich ehrlich gesagt nicht so genau. Wir haben beschlossen, uns für eine Weile zu trennen. Nichts Endgültiges oder Unschönes, bloß eine zeitweilige Trennung. Deswegen ist er irgendwohin gefahren – nach Barcelona, glaube ich. Er ist vor mir von Ibiza abgereist.«

»Ich habe ihn gesehen«, sagte ich.

»So? Wann denn?«

»Vor ein paar Tagen.«

»Wo denn? Hat er Sie besucht?«

»Nein. Ich bin ihm zufällig über den Weg gelaufen. Oben in Encampo.«

»In Encampo?« Sie drehte sich um und setzte sich auf. »Was hat er denn dort gemacht?«

»Er war dabei, das Land zu verlassen.«

»Das weiß ich. Aber doch nicht über Encampo?«

»Doch. Er wollte versuchen, über die Berge aus dem Land herauszukommen. Er hatte Angst, den Zug zu nehmen, weil die Polizei nach ihm gesucht hat.«

»Wieso hat die Polizei nach ihm gesucht?«

»Erinnern Sie sich noch an die Leiche, die man in der Nacht, als er vermißt wurde, im Hafen gefunden hat? Die Nacht, bevor Sie nach Ibiza abgereist sind? Die Polizei glaubt, daß er vielleicht etwas darüber weiß, und wollte ihn befragen.«

»Ich verstehe das trotzdem nicht. Wieso wollte er über die Berge fliehen?«

»Er hat Angst gehabt. Ist in Panik geraten. Er hat gesagt, er hätte schon mal Ärger mit der Polizei gehabt, und hielt es für das beste, ihr aus dem Weg zu gehen.«

»Aber das ist unmöglich! Man kann nicht über diese Berge wandern.«

»Das habe ich ihm auch gesagt. Ich habe versucht, ihn davon abzuhalten. Ich habe ihm gesagt, er soll mit zurückkommen und mit der Polizei reden. Er wollte nicht auf mich hören.«

»Sie haben ihn doch wohl nicht gehen lassen! Es wäre kriminell, jemandem zu erlauben, über die Berge zu wandern!«

»Was hätte ich denn machen sollen?«

»Ihm vernünftig zureden. Ihn, wenn nötig, mit Gewalt zurückhalten.«

»Ich habe Ihnen doch gesagt, ich habe versucht, mit ihm zu reden. Ich bin mitten in der Nacht aufgestanden und ihm nachgejagt. Sie müssen mir glauben, daß ich alles Menschenmögliche getan habe, außer ihn mit körperlicher Gewalt zurückzuhalten. Er ist größer und stärker als ich. Außerdem war er sowieso wild entschlossen. Er hat sich nicht umstimmen lassen. Und so unmöglich es auch erscheint, ich glaube, daß er in Sicherheit ist. So wie ich ihn habe weggehen sehen, habe ich einfach das Gefühl, er ist in Sicherheit.«

»Wie ist er Ihnen denn vorgekommen, als Sie ihn gesehen haben?«

»Ganz in Ordnung. Ein bißchen gedankenverloren, aber rückblickend ist das unter den gegebenen Umständen ja durchaus verständlich.«

»Was denn für Umstände?«

»Na, Ihre Trennung, und daß er weggeht.«

»Hat er Ihnen davon erzählt?«

»Ja, das hat er.«

»Warum haben Sie mich dann so nach ihm gefragt? Warum haben Sie so getan, als wüßten Sie es nicht?«

»Ich wollte Ihnen die Freiheit lassen, mir eine andere Geschichte zu erzählen, falls Sie das wollten. Ich war mir nicht sicher, ob es Ihnen recht wäre, daß ich Bescheid weiß.«

»Natürlich ist mir das recht. Ich schäme mich doch deswegen nicht. Oder finden Sie, daß ich das sollte?«

»Nein. Er hat Ihnen übrigens einen Brief hinterlassen. Er hat mir einen Brief für Sie mitgegeben.«

»So? Sie haben ihn nicht zufällig bei sich, oder?«

»Nein. Er ist in meiner Wohnung. Er muß immer noch in meiner Reisetasche sein.«

»Können wir nachschauen gehen? Jetzt gleich? Sie haben doch bestimmt schon genug Sonne gehabt.«

»Na gut. Ich will mich nur eben rasch abspülen. Möchten Sie denn nicht schwimmen?«
»Nein«, sagte sie.

Ich ließ sie unten warten und ging nach oben, um den Brief zu suchen. Er war in ein kleines, mit einem Reißverschluß versehenes Innenfach der Reisetasche gestopft. Ich nahm ihn mit nach unten. Ricky stand auf der Terrasse. Ich reichte ihr den Brief. Sie sah ihn einen Moment lang an und schlitzte dann mit dem Fingernagel den Umschlag auf. Ich saß im Wohnzimmer, während sie ihn las, beobachtete sie jedoch durch die geöffnete Terrassentür. Der Brief war nur eine Seite lang, aber sie muß ihn wieder und wieder gelesen haben, denn sie hielt ihn sich eine ganze Weile vors Gesicht. Schließlich setzte sie sich an den Tisch.

Ich stellte mich in die Terrassentür. »Was schreibt er denn?« fragte ich.

Sie blickte zu mir auf. Ihr Gesicht sah mitgenommen, leidend aus.

»Was?« fragte sie.

»Sein Brief. Was schreibt er?«

Der Brief lag auf dem Tisch, und sie streckte die Hand danach aus und berührte ihn leicht mit den Fingerspitzen. »Es ist aus«, sagte sie.

»Was?«

»Alles. Unsere Ehe. Er schreibt, daß er nicht zurückkommen will, und er will mich auch nicht wiedersehen. Er will ein neues Leben anfangen und findet, daß ich das gleiche tun soll. Daß es so besser wäre.«

»Und Sie wollen das nicht?«

Sie schien mich nicht zu hören.

»Möchten Sie etwas zu trinken?« fragte ich.

»Was?«

»Soll ich Ihnen etwas zu trinken holen? Sie sehen aus, als könnten Sie etwas zu trinken vertragen.«

Sie schüttelte den Kopf, dann, einen Moment später, sagte sie: »Verzeihung, meinen Sie, Sie könnten mich einen Augenblick allein lassen? Nur einen Augenblick.«

»Natürlich. Ich bin oben. Ich gehe duschen.«

Als ich nach dem Duschen nach unten kam, war sie fort.

Es war eine warme, ruhige Nacht. Die Brise hatte sich gelegt, und alles war still. Die Stadt – oder jedenfalls die dritte Terrasse – wirkte zwischendurch öfter so: verlassen, in der Schwebe, zum Schweigen gebracht. Und dann hörte ich das Geräusch sprühenden Wassers, schaute in den Innenhof und sah Ali die Pflastersteine abspritzen und den Abfall in die Abwasserrinne spülen, die in der Mitte der Gasse verlief und in die Straße einmündete. Als er fertig war, rollte er den Schlauch sorgfältig auf den Hahn und verschwand dann zur Vorderseite des Gebäudes. Ich hörte ihn die Metallmarkise seines Ladens herunterziehen, dann war wieder alles ruhig.

Ich beschloß, einen Spaziergang zu machen. Ich ging ins Hotel Excelsior; ich dachte, ich träfe dort vielleicht Mrs. Reinhardt und könnte ihr eine Weile vorlesen, was ein beruhigender und angenehmer Abschluß für den Tag wäre, aber sie war nirgends zu finden. Ich hinterließ ihr am Empfang eine Nachricht, in der ich sie bat, sich mit mir in Verbindung zu setzen, damit wir uns miteinander verabreden konnten, dann schob ich mich durch die Drehtür auf die Plaza hinaus. Auf dem Brunnenrand saßen Leute und aßen Eis, nuckelten wie säugende Kälber vorsichtig das schmelzende Eis durch die Spitzen der hochgehaltenen Waffeltüten. Ich kaufte mir beim Konditor auch eine Waffel (schwarze Johannisbeere) und ging damit auf die Hafenpromenade. Die Tische vor der Cantina waren voller schöner, fröhlicher Männer und Frauen. Ich mochte die Cantina am Abend nicht. Es war schwer, einen Tisch zu bekommen, und jeder, der dort saß, wirkte wie ausgestellt: die Frauen in ihren hübschen Sommerkleidern, die Männer mit angeklatschten Haaren, die nackten gebräunten Füße voller Besitzerstolz auf den Guccischuhen ruhend. Am liebsten hätte man ihnen dafür applaudiert, daß sie ein so gelungenes Bild des Lebens präsentierten. Man konnte fast glauben, sie hätten ihr ganzes Leben schon gelebt, seien von Geburt an für diese eine, besondere Nacht großgezogen und aufgebaut worden: das war der Gipfel, dieser goldene Sommerabend, den sie alle zugleich erreicht hatten.

Dennoch machte es mich ein wenig traurig, sie lachend und Champagner trinkend da sitzen zu sehen, denn man wußte, daß es von hier an nur noch bergab ging.

An einem dicht besetzten, ausgelassen feiernden Tisch erkannte ich Nancy Quay Flyte Bottom. Sie sah sehr schön aus mit ihrem hochgesteckten Haar und den ziemlich großen Diamanten an den Ohren. Ihr Kleid war so tief ausgeschnitten, daß es den ungebräunten Ansatz ihrer Brüste enthüllte. Ich sah zu, wie sie eine Zigarette aus einem kleinen Silberetui schüttelte und sie nur mit den Lippen festhielt, während ein Gentleman ihr Feuer gab. Sie wandte sich ab und stieß eine große bläuliche Rauchwolke aus; dabei sah sie mich. Sie winkte, und ich hob meine Eiswaffel zu einem dümmlichen Gruß. Sie bedeutete mir, mich an ihren Tisch zu setzen, aber dazu verspürte ich nicht die geringste Lust, und so lächelte ich nur und schüttelte den Kopf. Sie winkte erneut, diesmal etwas wegwerfend, und wandte ihre Aufmerksamkeit wieder ihren zahlreichen Freunden zu.

Ich ging bis ans Ende der Mauer, die einen Bogen in den Hafen hinaus beschrieb und ihn vom offenen Meer trennte, und dort stand ich dann und betrachtete die Welt. Im Strandklub fand offenbar ein Tanzabend oder sonst eine Festlichkeit statt: er war hell erleuchtet, und ich konnte leise Tanzmusikklänge übers Wasser wehen hören. Ein Paar, das neben mir im Schatten gestanden hatte, begann zu tanzen, sich träumerisch zu der fernen Musik zu bewegen. Der Mann lächelte mir über die nackte Schulter seiner Partnerin hinweg zu – *bin ich nicht ein Glückspilz* –, ließ seine Hand auf ihrem Rücken tiefer gleiten und schloß die Augen. Ich drehte mich um und ließ die beiden allein.

Erneut überquerte ich die Plaza und ging die Gasse hinter dem Opernhaus hinauf. Der Bühneneingang war offen, Musik drang heraus. *Nabucco,* 3. Akt, der Chor der Israeliten. Ich spähte hinein und konnte zwischen den Kulissen hindurch auf die Bühne sehen: sie war bevölkert mit den Juden, die es an die Ufer des Euphrat verschlagen hat und die sich danach sehnen, in ihre Heimat zurückzukehren. *Va, pensiero, sull'li dorate.* Es war, so wurde mir bewußt, die umstrittene Inszenierung, von der ich am Tag meiner Ankunft gelesen hatte. Die Juden trugen blaßgrüne Bodystockings, die ihre Gesichter und Körper völlig verdeckten, und wiegten sich mit hocherhobenen Armen rhythmisch hin und her wie in der Strömung schwankendes Seegras. Ein Bühnenarbeiter sah mich da stehen, kam zur Tür herüber und machte sie zu, weil er mir offenbar die Gratisvorstellung mißgönnte. Mir fiel ein, wie ich Mr. Dent in der Gartenlaube vorgesungen hatte, wie die Töne von irgendwoher tief in mir aufgestiegen waren, rein und in der richtigen Höhe.

Ich war nicht besonders erpicht darauf, nach Hause zu kommen, deshalb versuchte ich, mich zu verlaufen; ich ging aufs Geratewohl Straßen, Gassen und Treppen hinauf, aber im Grunde war die Stadt zu klein, um darin die Orientierung zu verlieren: wann immer ich um eine Ecke bog, war mir sofort klar, wo ich mich befand.

Mein Streifzug hatte mich mittlerweile auf die vierte Terrasse geführt, und ich fand mich in unmittelbarer Nachbarschaft der Casa Dent wieder. Für einen Besuch war es zu spät, aber ich beschloß, am Haus vorbeizugehen und nachzusehen, ob noch irgendwo Licht brannte. Ein warmer Schein drang aus dem Wohnzimmer, doch auf mein Klopfen reagierte niemand. Und dann hörte ich aus dem Hintergarten einen leisen Hauch von Musik. Ich ging ums Haus herum und kletterte über das Tor, um zu vermeiden, daß das Glöckchen anschlug und Dino bellte. Meine leise Annäherung erlaubte es mir, Mrs. Dent einen Moment lang zu beobachten, ehe ich mich ankündigte: Sie saß in der Laube, und Dino saß neben ihr, den wuchtigen Kopf auf ihrem Schoß. Auf dem Tisch stand das Übliche: Kerze, Grammophon, gekühlte Flasche Wein. Mrs. Dent saß, offenbar tief in Gedanken versunken, ganz still da und streichelte Dinos Kopf. Sie wirkte traurig und irgendwie ohnmächtig. Ich betrachtete sie, bis die Musik endete, und als sie aufstand, um die Platte umzudrehen, klopfte ich an den Rahmen des Fliegengitters. Sie blickte auf und sah mich. »Ach, Sie sind es«, sagte sie.

»Darf ich hereinkommen?« fragte ich.

»Natürlich.«

Ich öffnete das Fliegengitter und trat in den kleinen Raum. Mrs. Dent konzentrierte sich auf das Grammophon, und als die Platte wieder lief, setzte sie sich. »Nehmen Sie Platz«, sagte sie. »Möchten Sie ein Glas Wein? Sie haben doch hoffentlich schon gegessen?«

»Ja, danke. Ich habe bloß einen Spaziergang gemacht.«

»Es ist eine wunderschöne Nacht. Zu schön, um ins Haus zu gehen.«

»Ja.«

»Möchten Sie etwas Wein?«

»Ja, bitte.«

»Ich habe nur ein Glas. Ich habe Sie nicht erwartet. Ich hole Ihnen eines. Ich bin gleich wieder da.«

»Nein. Bleiben Sie sitzen. Ich hole das Glas.«

»Gläser sind in dem Schränkchen über der Spüle«, sagte sie.

Ich kam mit einem Glas zurück und goß mir etwas Wein ein. Einen Moment lang saßen wir schweigend da und lauschten der Musik. Als ich zu Ricky aufblickte, sah ich, daß ihr Tränen über die Wangen liefen. Sie beugte sich vor und legte den Kopf auf den Kopf des Hundes, den sie mit den

Händen umfaßte. Dino winselte leise, blieb aber still sitzen. Sein Gesicht erinnerte mich an den Holzjesus von Encampo. Ich stand auf und legte Ricky die Hand auf den sanft bebenden Rücken. Die Schallplatte endete, drehte sich jedoch weiter auf dem Plattenteller, und das Grammophon knisterte. Nach einer Weile streckte ich die Hand aus und stellte es ab, und danach war nur noch Dinos Winseln und das Raunen der Bäume vor den mit Fliegengitter bespannten Wänden zu hören. Ich setzte mich wieder.

»Was ist los?« fragte ich. »Was fehlt Ihnen?«

»Alles.«

»Erzählen Sie.«

»Ricky ist weggegangen, weil ich ihm auf Ibiza etwas gesagt habe. Etwas, was ich ihm, glaube ich, nicht hätte sagen sollen. Er ist nämlich meinetwegen weggegangen, nicht seinetwegen.«

»Aber ich dachte, Sie hätten sich darauf geeinigt, sich für eine Weile zu trennen – –«

»Nein. Das war seine Idee. Und jetzt ist er endgültig fort. Ich habe ihn verloren.«

»Das können Sie doch gar nicht mit Sicherheit wissen.«

Sie blieb stumm.

»Was haben Sie ihm denn auf Ibiza gesagt?«

Sie sah mich an. »Ich habe ihm gesagt, daß ich Sie liebe«, sagte sie.

In dieser Nacht schliefen wir in ihrem Bett, in dem kleinen Schlafzimmer am Ende des Flurs mit der Schlaguhr. Wir liebten uns behutsam und zärtlich, als wären wir beide zerbrechlich, als berge der Akt des Sich-einander-Aufdrängens unserer Körper ebensoviel Gefahr wie Seligkeit.

# 14

Danach war ich eine ganze Weile mit Mrs. Dent zusammen und verbrachte die meisten Tage (und Nächte) mit ihr. Die Tage verbrachten wir am Strand, und die Nächte verbrachten wir – in jedem Sinne des Wortes – im Bett des Maharadschas. Es waren träge, sonnendurchglühte Tage, die ich rückblickend bestimmt einmal als meine glücklichste Zeit in Andorra empfinden werde. Dennoch gab es auch Schatten, und ich konnte sie nicht durchschreiten, ohne eine Warnung – oder Belehrung – zu spüren: Diese Tage sind begrenzt. Sie werden, wie eine Jahreszeit, einmal enden.

Als ich eines Nachts erwachte, war ich allein im Bett. Ich ging nach unten und sah Ricky auf der Terrasse sitzen, auf einem Stuhl, den sie sich an den Mosaiktisch neben dem Brunnen gezogen hatte. Sie hatte Onkel Rodericks Morgenmantel an und rauchte eine Zigarette. Ich hatte sie noch nie rauchen sehen.

Der Mond hing riesig und rund wie eine billige Verzierung über dem Meer. Ich trat auf die Terrasse hinaus und setzte mich neben sie. »Wo hast du denn die her?« fragte ich mit einer Kopfbewegung zu der Zigarette hin.

»Ich habe neulich beim Tabakhändler welche gekauft. Man kann sich den Tabak aussuchen und bekommt sie gedreht. Im Dutzend. Ich bin dort vorbeigekommen, und das Verlangen hat mich gepackt. Ich habe jahrelang nicht geraucht. Der Tabak schmeckt ziemlich gut. Türkisch.« Sie hielt mir die Zigarette hin, aber ich schüttelte den Kopf.

»Konntest du nicht schlafen?« fragte ich.

»Nein.«

»Warum nicht?«

»Ich weiß nicht«, sagte sie. Sie zog ein letztes Mal an der Zigarette und drückte sie dann in einer blaßgrünen Keramikteetasse aus. Es ärgerte mich, daß Ricky die Tasse als Aschenbecher zweckentfremdete.

»Das solltest du nicht benutzen«, sagte ich. »Das ist eine Teetasse.«

»Ich konnte keinen Aschenbecher finden. Ich mache sie dann sauber.«

»Ich muß nun mal pfleglich mit den Sachen umgehen«, sagte ich. Ich langte über den Tisch und schnippte etwas Tabak von dem Biberlammkragen des Morgenmantels. »Du verdreckst alles«, sagte ich.

»Ach was. Wenn du bloß herummeckern willst, dann geh wieder ins Bett. Laß mich zufrieden.«

Ich beugte mich weiter vor, schob meine Hand vorn in den Morgenmantel und umfaßte eine ihrer Brüste. Sie fühlte sich warm und lebendig an, und ich konnte Rickys Herzschlag darin spüren. Sie legte ihre Hand auf meine, flocht ihre Finger zwischen meine, aber nur ganz kurz, ehe sie ihre und meine Hand zurückzog. Sie legte meine Hand auf den Tisch, der sich verglichen mit ihrer Brust kalt und klamm anfühlte.

Kurz darauf fragte sie: »Was machst du hier?«

»Ich bin aufgewacht, und du warst nicht da. Ich bin dich suchen gegangen.«

»Nein, ich meine, was machst du hier in Andorra? Was hat dich hierher verschlagen?«

Mir fiel unser erstes Gespräch in der Cantina ein: *Sagen wir, es war der Wind oder das Schicksal* ...

»Angst«, sagte ich.

»Wovor?«

»Dort zu bleiben, wo ich war«, sagte ich.

Sie wartete einen Moment. Sie zupfte sich einen Tabakkrümel von den Lippen und schnippte ihn auf den Boden. Irgendwie brachte sie es fertig, das auf eine delikate Weise zu tun, die nicht unattraktiv war. »Wie ist deine Frau gestorben?« Sie sagte das mit beherrschter, neutraler Stimme, als wäre sie nur höflich, als wäre das die nächste Frage einer langen und langweiligen Erhebung.

»Meine Frau?«

»Ja.« Ihre Stimme hob sich vor Ungeduld. »Du hattest doch eine Frau. Du hast mir erzählt, daß sie gestorben ist. Aber vielleicht ist das ja alles gelogen. Vielleicht hast du nie eine Frau gehabt. Wer weiß? Vielleicht hast du auch mehrere. Wer weiß eigentlich irgend etwas von dir? Du liegst nachts neben mir, und es macht mir angst, wie wenig ich dich kenne.«

»Ich lüge neben dir«, sagte ich. »Ich liege nicht neben dir.«

Sie funkelte mich an.

»Meine Frau ist gestorben«, sagte ich. »Wie ich dir gesagt habe. Ich hatte eine einzige Frau, und sie ist gestorben.«

Wir schwiegen beide einen Moment lang, dann fragte sie: »Und wie ist deine Frau gestorben?«

»Sie hat sich umgebracht«, sagte ich. »Meine Frau war verrückt. Sie hat auch unsere Tochter umgebracht.«

»Mein Gott«, sagte Ricky. Sie zog eine weitere, von Hand gedrehte Zigarette aus der Tasche von Onkel Rodericks Morgenrock und entzündete sie mit einem kleinen Onyx-Feuerzeug, das wie eine Schachfigur geformt war. Ein Springer: sie strich ihm über die Mähne, und die gelbe Flamme zuckte ihm aus den Nüstern. Ich hatte das Stück auf dem Bücherregal stehen sehen und mir gar nicht klargemacht, daß es sich um ein Feuerzeug handelte. Plötzlich hatte ich das Gefühl, daß alle Gegenstände in Onkel Rodericks Haus sich verstellten. Ricky hielt sich die Zigarette einen Moment lang mit zwei Fingern vor den Mund, die anderen Finger elegant gespreizt wie eine Frau in einer Werbeanzeige.

»Bitte rauch nicht«, sagte ich. »Ich mag es nicht, daß du rauchst.«

Sie machte die Zigarette aus.

»Danke«, sagte ich.

»Keine Ursache«, sagte sie. Sie nahm noch ein paar Zigaretten aus der Tasche des Morgenrocks und warf sie, eine nach der anderen, über die Brüstung. Ich erinnere mich sogar noch, wie ich das zu mir sagte, wie ich es in meinem Kopf hörte: *Sie warf ihre Zigaretten über die Brüstung.* Als wäre die Sprache ein Trost.

»Was passiert ist, war zum Teil meine Schuld«, sagte ich. »Ich habe meine Frau betrogen.«

»Du hast dich in jemand anderen verliebt?«

»Ja.«

»Das ist nicht das Schlimmste auf der Welt«, sagte Ricky.

»So wie es bei uns abgelaufen ist, war es das aber.«

»Aber deswegen bist du noch lange nicht für das verantwortlich, was sie getan hat«, sagte Ricky.

Ich gab keine Antwort.

»Erzähl mir von ihr«, sagte Ricky.

»Was willst du wissen?«

»Ich weiß nicht. Ich will einfach, daß du von ihr redest. Du behältst so viel für dich. War sie hübsch?«

»Ja.«

»Beschreib sie.«

Ich versuchte, mir Helen zu vergegenwärtigen, aber alles, was mir in den Sinn kam, war der Tote in der Leichenhalle, das gelbe Laken, der einer Kieme gleichende Schnitt im aufgedunsenen Hals.

»Warum willst du, daß ich von meiner Frau rede?« fragte ich.

»Weil ich glaube, daß dir das gut täte. Uns beiden. Es wäre nur natürlich. War sie hübsch?«

»Warum willst du wissen, ob sie hübsch war?«

»Ich will es gar nicht wissen. Ich versuche bloß, dich dazu zu bringen, daß du etwas sagst. Wie hast du sie kennengelernt?«

»Während des Studiums. Am Institut für Architektur.«

»Du bist Architekt?«

»Ja.«

»Ich dachte, du hättest einen Buchladen gehabt.«

»Das habe ich auch. Ich habe die Architektur nach einer Weile an den Nagel gehängt. Als Helens Vater gestorben ist, haben wir viel Geld geerbt und zu arbeiten aufgehört. Das heißt, wir haben den Buchladen gekauft. Dort habe ich dann Laurel kennengelernt.«

»Wer ist Laurel?«

»Die Frau, in die ich mich verliebt habe. Jedenfalls dachte ich, ich wäre in sie verliebt.«

»Warst du's denn nicht?«

»Nein.«

»Aber du hast es gedacht?«

»Ja.«

»Und deine Frau hat es auch gedacht?«

»Ja. Sie hat es schon vor mir gedacht, glaube ich. So ist es mir überhaupt erst klar geworden: als ich gesehen habe, wie sie es sieht.«

»War sie denn eifersüchtig?«

»Nein, eifersüchtig eigentlich nicht. Es war etwas Traurigeres und Seltsameres. Nach Annas Geburt ist irgend etwas mit ihr passiert. Etwas Chemisches, glaube ich, aber sie wollte nichts dagegen tun. Sie hat damals nämlich Anna gestillt und wollte deshalb nichts nehmen. Für sie war das eine Frage des Stolzes.«

»Ja.«

»Ich habe versucht, ihr zu helfen«, sagte ich. »Aber sie ist paranoid und gewalttätig geworden. Sie hat unsere Katze getötet. Ich habe ihr gesagt, ich würde sie einweisen lassen, aber bevor ich dazu kam, hat sie sich umgebracht. Und Anna.«

»Was für eine schreckliche Geschichte«, sagte Ricky. »Aber es hört sich so an, als hättest du alles Menschenmögliche getan. Was hättest du denn noch tun können?«

»Ich hätte es vermeiden können, mich in Laurel zu verlieben.«

»Es kommt mir aber nicht so vor, als wäre es wirklich darum gegangen. Und außerdem machen Menschen nun mal Fehler. Man sollte ihnen ihre Fehler verzeihen und sie nicht noch dafür bestrafen. Du sagst ja selbst, daß sie verrückt war. Du hast sie nicht dazu gemacht. Diese Macht hat man nicht über andere Menschen.«

»Aber ich fühle mich verantwortlich.«

»Was du fühlen sollst, kann ich dir auch nicht sagen. Du mußt fühlen, was du fühlen mußt.«

»Aber ich will darüber hinwegkommen«, sagte ich. Ich sah sie an. »Deswegen bin ich nach Andorra gekommen. Wie komme ich darüber hinweg?«

»Ich will ja nicht grausam sein, aber ich finde, du bist ein bißchen dumm. Du kommst so darüber hinweg, wie du eben darüber hinwegkommst. Vielleicht kommst du auch gar nicht darüber hinweg. Ich weiß es nicht. Vielleicht sollst du ja gar nicht darüber hinwegkommen. Was heißt es denn überhaupt, über so etwas hinwegzukommen? Es zu vergessen?«

»Nein. Damit zu leben. Damit leben zu können.«

Sie streckte die Hand aus und berührte mich. »Aber genau das tust du doch«, sagte sie. »Oder nicht?«

»Ja. Vermutlich.«

Sie lehnte sich auf ihrem Stuhl zurück. Sie strich sich die beiden Enden der Schärpe des Morgenmantels auf dem Schoß glatt und musterte dann das Ergebnis.

»Hast du gewußt, daß ich einen Sohn hatte?«

»Nein.«

Sie blickte zu mir auf. »Ich dachte, Ricky hätte es dir vielleicht gesagt. Wir hatten einen Sohn. Er ist in einem Vergnugungspark tödlich verunglückt. Er war bei einer Fahrt nicht richtig angeschnallt. Das heißt, er war überhaupt nicht angeschnallt. Er hieß Jon Antony. Jon: J-O-N. Ohne H. Er war sieben Jahre alt. Er war so schön. Wir sind nach Andorra gekommen, um das alles zu vergessen – darüber hinwegzukommen, wie du sagst –, aber das geht nicht. Das schafft man nicht. Warum auch? Was hätte das Ganze für einen Sinn, wenn man es vergäße?«

»Ich weiß nicht.«

Wir saßen eine Zeitlang schweigend da. Der Mond war höher gestiegen und ein wenig geschrumpft.

»Das mit deinem Sohn tut mir leid«, sagte ich.

Sie zuckte die Achseln. »Ich habe es dir nicht erzählt, damit ich dir leid tue«, sagte sie.

»Ich weiß.«

»Im Grunde ist unsere Ehe wohl damals zu Ende gegangen. Aber wir haben versucht, zusammen weiterzumachen. Uns gegenseitig zu trösten. Ein Kind zu verlieren ist etwas Schreckliches. Aber das weißt du ja. Wie alt war deine Tochter?«

»Achtzehn Monate.«

»Ein Baby. Wie kann jemand nur ein Baby umbringen?«

»Ich weiß nicht.«

Mrs. Dent schauderte.

»Es ist kühl«, sagte ich. »Laß uns wieder ins Bett gehen.«

Sie griff über den Tisch nach meiner Hand. »Ja«, sagte sie. »Gehen wir.«

## 15

Die Biblioteca lag in einer ruhigen Straße etwas abseits der Plaza. Bei näherer Betrachtung wirkte sie ein wenig wie eine verkleinerte Ausgabe der Stadtverwaltung, deren düsterer Rückseite sie gegenüberstand: die gleiche mit einer Kolonnade versehene Fassade, das gleiche Kuppeldach und natürlich der gleiche verblaßte, rote Granit. Nach Durchschreiten einer Doppeltür und eines kurzen dunklen Korridors betrat ich eine große, runde Haupthalle mit Glaskuppel. Zwölf Schreibtische, alle mit Stapeln von Büchern, waren wie die Stunden der Uhr entlang der Wand angeordnet, und in der Mitte des Raums stand eine runde Ottomane, auf deren brokatgepolstertem Schoß noch mehr Bücherstapel saßen. Glastüren gingen in den rückwärtigen Teil und die beiden Seitenflügel des Gebäudes, und durch diese Türen konnte ich schwach erleuchtete Räume mit auf Regalen stehenden Büchern erkennen. Eine Treppe in einer Ecke führte auf einen Balkon unmittelbar unter der Kuppel, und diese runde Galerie säumten mit Bücher gefüllte Glasschränke, die der Halbkugel ein Achteck einbeschrieben.

Von dem Dutzend Schreibtischen in der Haupthalle waren nur drei besetzt: Zwei Uhr, fünf Uhr und zehn Uhr. Diese Leute – zwei Männer und eine Frau – waren alle damit beschäftigt, jeweils ein Buch von einem Stapel zu nehmen und dessen Inneres durchzusehen. Mir fiel auf, daß die Frau jedes Buch eingehend beschnupperte, ihre gewaltige Nase tief in den Falz steckte, Schutzumschlag, Rücken und Deckel prüfte, mit Bleistift etwas auf dem Vorsatzblatt notierte und das Buch dann auf einem anderen Stapel ablegte. Als offenbar wurde, daß niemand meine Anwesenheit zur Kenntnis nahm, beschloß ich, einen der Leute an den Schreibtischen anzusprechen. Die Frau war auf eine wilde, ungepflegte Weise attraktiv: dick, mit einem Wust hennaroter, hochgesteckter Haare, die sich größtenteils schon gelöst hatten. Ihre Augen waren schwarz umrandet. Sie machte mir angst. Von den beiden Männern war der eine jung – mein Alter –, der andere älter – vielleicht sechzig. Ich beschloß, meinen Altersgenossen anzusprechen, der bei zehn Uhr saß. Er war ein kleiner, adretter, gutaussehender Mann mit kurzgeschorenem Haar und einer kleinen Brille mit Drahtgestell. Er trug einen Seersucker-Anzug, der an Armen und Beinen ein wenig zu kurz war, und eine Fliege. Er blätterte gerade einen großen Fotoband durch, der mir ganz nach Felice Beato aussah. Ich stellte mich vor seinen Schreibtisch und sagte: »Verzeihung.«

»Ja«, sagte er. »Kann ich Ihnen helfen?«

»Das hoffe ich. Ich bin erst seit kurzem in Andorra, und da ich mich für Bücher interessiere, hat eine Bekannte von mir die Biblioteca erwähnt, und ich dachte, ich schaue mal vorbei und sehe mir an, wie sie arbeitet. Außerdem hat meine Bekannte mich über den Zivildienst informiert. Ich möchte mich auch nach der Möglichkeit einer Beteiligung daran erkundigen.«

»Setzen Sie sich doch«, sagte der Mann. Er stand auf, zog den Stuhl des benachbarten Schreibtisches heran und schob ihn neben seinen. »Bitte nehmen Sie Platz.«

Ich setzte mich.

»Sie interessieren sich also für Bücher?« fragte er, während er sich wieder setzte.

»Ja. Ich hatte in San Francisco einen Buchladen. Ein Antiquariat.«

»Hatten Sie ein Spezialgebiet?«

»Ja. Wir waren auf Inkunabeln und Bücher über Fotografie und Architektur spezialisiert. Und Erstausgaben amerikanischer und britischer Literatur.«

»Interessante Mischung. Tja, die Biblioteca ist kein Buchladen. Sie ist genau besehen eine Bücherbörse.«

»Eine Börse?«

»Ja. Das Ganze läuft so ab, daß Leute ihre ausgemusterten Bücher vorbeibringen, die von mir oder einem meiner Kollegen beurteilt werden. Sie bekommen einen Wert zugeordnet, der in einer bestimmten Punktzahl ausgedrückt wird: sagen wir hundert Punkte. Diese Bücher werden dann je nach Thema und Wert katalogisiert und eingestellt, und die hundert Punkte werden dem betreffenden Kunden gutgeschrieben, der diese hundert Punkte sofort oder zu jedem beliebigen späteren Zeitpunkt gegen ein oder mehrere Bücher gleichen Werts eintauschen kann. Sinn der Einrichtung ist die Anerkennung des Wertes guter Bücher, aber auch ihres Zwecks, der darin besteht, von vielen Menschen geteilt und oft gelesen zu werden.«

»Und die Leute sind bereit, ihre wertvollen Bücher herzugeben?«

»Wir handeln mit Büchern aller Werte. Aber was wertvolle Bücher angeht, jawohl, die Leute sind bereit, sie herzugeben, weil sie dafür ebenso wertvolle Bücher bekommen.«

»Und wenn der Kunde mit der Bewertung nicht einverstanden ist?«

»Das passiert selten. Die Biblioteca hält sich einiges auf den Sachverstand ihrer Bewerter zugute. Wenn es aber doch einmal passiert, wird das Buch von zwei anderen Bewertern geprüft, von denen einer stets der Direktor ist. Aus deren Bewertung und der ursprünglichen Bewertung wird der Durchschnittswert gebildet. Wenn dieser Endwert für den Kunden nicht akzeptabel ist, wird die Angelegenheit abgeschlossen und das Buch zurückgegeben.«

»Und sind Sie hier angestellt oder leisten Sie Ihren Zivildienst?«

»Ich bin Angestellter. Die meisten Leute, die hier Zivildienst leisten, arbeiten in der Verwaltung, der Restaurierwerkstatt oder der Gebäudeinstandhaltung.«

»Wenn ich Interesse daran hätte, Bewerter zu werden, was müßte ich dann tun?«

»Na ja, Sie müßten eine Prüfung ablegen. Sie ist schwer. Sie besteht aus drei Teilen: ein umfassender Test der allgemeinen literarischen Kenntnisse; ein Aufsatz über einen Bereich des Verlagswesens oder des Büchersammelns, in dem Sie sich besonders gut auskennen; und dann noch eine Probebewertung von drei aufs Geratewohl unseren Regalen entnommenen Büchern. Falls Sie die Prüfung nicht bestehen, aber gut abschneiden, können Sie Assistent eines Bewerters werden.«

»Ich wäre schon gern Bewerter. Ich würde gern die Prüfung machen«, sagte ich.

»Dafür muß ein Termin vereinbart werden. Wenn Sie zu Miss Ying im Büro des Direktors, ganz hinten im Flur, gehen, wird sie Sie anmelden.«

Ich stand auf. »Sie haben mir sehr geholfen«, sagte ich. »Vielen Dank.«

Er gab mir die Hand und sagte: »Mein Name ist Søren Pan. Hier ist meine Karte, falls Sie noch weitere Fragen haben.« Er zog eine Schublade seines Schreibtisches auf und entnahm ihr eine Visitenkarte, der folgendes aufgeprägt war:

Søren Pan

Alain-Fournier-Platz 4, La Plata 1, Andorra

Der erste Mensch, den ich sah, als ich das Büro des Direktors betrat, war niemand anderer als Miss Quay. Sie kniete auf dem abgetretenen Linoleumboden und räumte Bücher von einem niedrigen Regalbrett auf einen kleinen Karren. Sie sah mich, als ich das Zimmer betrat, und stand auf. »Mr. Fox!« rief sie aus. »Was machen Sie denn hier?«

Ich erklärte ihr meine Anwesenheit und fragte sie, was sie in die Biblioteca verschlagen hatte.

»Ich habe gerade angefangen, hier meinen Zivildienst zu leisten«, sagte sie. »Ich habe in der Kindersterbeklinik gearbeitet, aber das – na ja, wenn man nicht gerade eine Heilige ist, kann man diese Art von Arbeit nicht für immer machen. Ich hatte das Bedürfnis nach einer Atempause und dachte, daß die Arbeit mit Büchern eine schöne Abwechslung wäre.«

»Sind Sie Bewerterin?« fragte ich.

»Du lieber Himmel, nein«, sagte sie. »Dazu kenne ich mich zu wenig aus. Ich habe eine bißchen Bücherpflege und -restaurierung gemacht, und das bereitet mir auch Freude, aber meistens ordne ich Bücher ein und führe Akten. Und koche Tee für Herrn Franck, unseren Direktor. Sie sagen, Sie wollen zu Miss Ying?«

»Ja. Man hat mir gesagt, ich bekäme von ihr einen Termin für die Prüfung.«

»Sie ist leider zu Tisch. Aber sie wird wohl bald wieder da sein. Ich wollte gerade die Bücher hier auf die Rotunde bringen. Waren Sie schon auf der Rotunde?«

»Ich habe sie nur von unten gesehen.«

Sie forderte mich auf, sie zu begleiten, und schob den kleinen Karren, der mittlerweile mit Büchern beladen war, auf den Flur hinaus. Ich war gespannt darauf, sie fern von Quayside und der störenden Gegenwart ihrer Familie zu erleben. Sie wirkte lebhafter und selbstbewußter, und die trübe Beleuchtung der Biblioteca verlieh ihren Augen und ihrer Haut ein Strahlen; ihre Schönheit, die zuweilen ohnmächtig schien, leuchtete.

Ich folgte ihr durch die runde Halle in einen kleinen Alkoven. Sie öffnete die Tür eines alten, vogelkäfigartigen Fahrstuhls, der kaum größer als ein Speiseaufzug war, und schob den Karren hinein, so daß nur noch wenig Platz war. »Vielleicht sollten Sie die Treppe nehmen«, schlug sie vor. »Wir treffen uns dann auf der Galerie.«

Erneut durchquerte ich die Halle und trabte die Treppe hinauf. Miss Quay schwebte im Fahrstuhl nach oben. Ich öffnete die Tür und half ihr, den Karren herauszumanövrieren.

»Das sind alles Neuerwerbungen«, sagte sie. »Die wertvollsten Bücher werden hier oben in diesen Schränken unter Verschluß gehalten. Sie können nicht eingetauscht werden.«

Die Bücher, die ich durch die Glastüren erblickt hatte, waren es sicherlich wert, so behandelt zu werden. Bei den meisten schien es sich um äußerst seltene, ledergebundene Bücher mit Büttenrand zu handeln. Ich erinnere mich noch, wie mir zum erstenmal aufging, daß Bücher, anders als Gemälde, nicht einmalig waren: Es war auf einer Geburtstagsfeier, und der Junge, der Geburtstag hatte, bekam als Geschenk ein Buch, von dem ich wußte, daß es mir gehörte; es stand zu Hause auf meinem Bücherbord, und ich beharrte darauf, daß es mir zurückgegeben werden mußte. Und ich weiß noch, wie die Mutter des Geburtstagskindes mir in herablassendem Ton erklärte, daß es auf der Welt viele Exemplare dieses Buches gebe. Ich hatte noch nie so etwas Idiotisches und Dummes gehört, aber die Bereitwilligkeit, mit der sie log, um ihrem des Schreibens und Lesens unkundigen Sohn Geschenke zu beschaffen, verblüffte mich so sehr, daß ich mich fügte. Und als ich nach Hause zurückkam, fand ich das Buch wieder auf meinem Regal, wo es auch hingehörte, und ich glaubte, es wäre so etwas wie ein Wunder geschehen: die Lügen der Frau hätten bewirkt, daß das Buch aus ihrem verruchten Haus zu mir nach Hause zurückgefunden hatte wie ein verirrtes Tier, das von späteren Besitzern mißhandelt oder nicht geliebt wird und in einer unglaublichen Reise über Landesgrenzen hinweg in sein ursprüngliches Zuhause zurückkehrt.

Man sieht also, daß ich, was Bücher angeht, schon in zartem Alter dumm war.

Miss Quay und ich umrundeten die Galerie. Ich schob den kleinen Wagen, und sie schloß die Schränke auf und legte die kostbaren Bücher zur Ruhe.

»Wir haben Sie in Quayside vermißt«, sagte Miss Quay. »Sie haben doch versprochen, häufiger zu kommen. Was haben Sie denn so getrieben?«

»Nichts Besonderes. Deswegen bin ich ja auch hier in der Biblioteca, weil ich meine Zeit sinnvoller nutzen will. Ich hoffe, ich bestehe die Prüfung, damit ich hier mit Ihnen zusammenarbeiten kann. Das fände ich schön.«

»Sie würden nicht viel von mir zu sehen bekommen. Die Bewerter neigen dazu, alle anderen hier mit deutlicher Verachtung zu behandeln.«

»Das würde mir nicht einfallen.«

»Das bleibt abzuwarten.«

Zwischen den großen Bücherschränken befand sich jeweils ein kleines Mansardenfenster, das unmittelbar unter der Basis der Kuppel vorsprang. Ich blickte aus dem uns nächstgelegenen und sah direkt hinter der Biblioteca einen von einer Mauer umgebenen Garten. In seiner Mitte stand ein Springbrunnen, und blühende Bäume säumten vier schmale Alleen, die sich von den Ecken zum Brunnen erstreckten. »Was ist das?« fragte ich und deutete zum Fenster hinaus.

Miss Quay trat näher und schaute. »Ach so, das ist der Heldengedenkpark«, sagte sie. »Die Crowes haben ihn zum Gedenken an ihren Sohn anlegen lassen, der im Spanischen Bürgerkrieg gefallen ist, zusammen mit fünf anderen. Ich sitze gern dort. Es ist einer der ruhigsten Plätze von La Plata.«

»Er sieht wunderschön aus.«

»Möchten Sie ihn gern sehen? Ich meine, hingehen?«

»Jetzt?«

»Natürlich.«

»Und Ihre Arbeit?«

»Ach, ich darf Pausen machen. Das gehört zu den Vergünstigungen, wenn man freiwillig hier arbeitet. Setzen wir uns für einen Moment nach draußen.«

Sie ließ den Wagen auf dem Balkon stehen, und ich folgte ihr die Treppe hinunter und durch eines der trübe erleuchteten Bücherzimmer im Erdgeschoß. Sie schob schwere Samtvorhänge zur Seite und öffnete die dahinterliegende Glastür in den stillen Garten.

Wir gingen eine der schmalen, blütenverschleierten Alleen entlang bis zum Brunnen. In der Mitte eines sechsseitigen Beckens stand ein Bronzeengel bis zu den Knien im Wasser. Er hielt eine Urne in den Armen, aus der sich langsam Wasser in das Becken ergoß, überlief und in eine kleine Rinne stürzte, die sich unten um den Brunnen zog. Im Näherkommen bemerkte ich, daß auf jeder Seite des Beckenrandes ein Name eingemeißelt war, der durch den ständig darüberfließenden, dünnen Wasserfilm hindurch lesbar war. Der Name, vor dem wir standen, lautete GUY CARLETON CROWE: 1910–1936. »Das ist der junge Crowe«, sagte Miss Quay. »Meine Mutter hat ihn geliebt, als sie jung war. Ich habe einmal ein Päckchen mit Briefen gefunden, die er ihr aus Spanien geschrieben hat. Sie waren sehr schön. Sie können sich das nicht vorstellen. Oder vielleicht doch. Ich konnte es jedenfalls nicht. Sie haben mich so traurig gemacht, weil ich mir nicht vorstellen konnte, daß mein Vater meiner Mutter jemals solche Briefe geschrieben hat.«

»Haben die beiden sich denn nicht geliebt?«

»Vielleicht schon, jedenfalls ganz zu Anfang. Ihre Beziehung beruhte eher auf Toleranz und Respekt. Sie hatten getrennte Schlafzimmer. Und dann diese leidenschaftlichen, tragischen Briefe oben auf dem Dachboden. Das ist schwer miteinander in Einklang zu bringen.«

»Für das Leben unserer Eltern gilt das wohl immer, glaube ich.«

»Letztlich gilt es wohl für alle Leben«, sagte Miss Quay. Sie sah mich an und lächelte. »Irgendwie führe ich immer solche düsteren Gespräche mit Ihnen! Sie müssen mich für eine sehr trübsinnige Frau halten.«

»Ich halte Sie für eine sehr nachdenkliche Frau.«

Sie fuhr fort, mich zu betrachten. Der Baldachin der Bäume sprenkelte ihr Gesicht auf eine nicht unschöne Weise: sie trug eine Art durchsichtigen, schimmernden Schleier. »Und eine schöne«, fügte ich hinzu, weil es stimmte.

Sie errötete und richtete ihren Blick wieder auf den Brunnen. »Kommen Sie«, sagte sie. »Ich zeige Ihnen meinen Lieblingsnamen.« Ich folgte ihr halb um den Brunnen herum, und sie deutete auf den Namen DEMETRIUS SKY. Sie tauchte ihre langen schönen Finger in das Wasser und berührte die Buchstaben. Das Wasser teilte sich um ihre Finger, warf sich zu funkelnden Furchen auf. »Ist das nicht ein schöner Name. Natürlich werden alle Namen von Männern, die jung im Krieg fallen, schön. Jedesmal, wenn ich eine Gedenktafel sehe, bleibe ich stehen und lese die Namen. Sämtliche Namen. Mit leiser Stimme. In Frankreich gibt es überall welche, in jeder Stadt.« Sie zog ihre Hand vom Becken zurück, schnickte sich ein paar Tropfen von den Fingern und blickte sich in dem kleinen Garten um. »Früher bin ich oft hierher gekommen, aber ich habe damit aufgehört – –«

»Warum?« fragte ich.

»Ich muß hier immer an meinen Bruder denken. Wahrscheinlich, weil er auch jung gestorben ist.«

»Ich wußte nicht, daß Sie einen Bruder hatten«, sagte ich. Ich sah sie an, aber ihr Blick war von mir abgewandt: sie sah zu, wie das Wasser aus der Urne des Engels rann, die sich immerzu leerte, ohne je leer zu werden.

»Ja«, sagte sie. »Er hieß Augustus Edward, aber wir haben ihn Gus genannt.«

»Wann ist er gestorben?«

Sie schwieg einen Moment lang, und das einzige Geräusch war das ins Becken fallende Wasser. Doch dann sprach sie weiter: »Vor etwa zehn Jahren.« Sie wandte sich mir zu. Ihr Gesicht war gefaßt. »Er hat sich umgebracht. Natürlich reden wir nicht darüber, erwähnen Sie es also bitte nicht. Wahrscheinlich komme ich deshalb auch nicht von ihm los. Manchmal setze ich mich in sein Zimmer. Dort ist nichts angerührt worden. Die Kleider in seinem Schrank riechen immer noch nach ihm. Schwach, aber unverkennbar. Es liegt sogar noch ein Buch auf seinem Nachtschränkchen: *Bel Ami.* Mit Buchzeichen! Er ist gestorben, ohne es fertigzulesen.«

Sie wandte sich wieder dem Engel im Brunnen zu und tauchte die Hand in das Becken. Sie betrachtete sie durch das Vergrößerungsglas des Wassers, als wäre sie eine Kuriosität oder ein Amulett, etwas, was sie bei einer Überschwemmung retten könnte, wenn es zu einer Überschwemmung käme. Das Wasser war kalt. Unsere beiden Hände, im Wasser. Langsam, fast unmerklich, ließ ich meine Hand auf ihre Hand zuschwimmen und berührte sie. Ich wollte sie gerade ergreifen, als Miss Quay sie hastig, mit leisem Platschen, zurückzog. Ein paar dunkle, feuchte Perlen tropften auf ihr Kleid. Sie blieb einen Moment stehen, während sie ihre Fassung wiedergewann, und sagte dann: »Es tut mir leid.«

»Leid? Was tut Ihnen denn leid?«

Sie wußte offenbar nicht recht, was sie sagen sollte. Sie hielt die nasse Hand mit der trockenen, als wäre sie verletzt. »Ich weiß nicht«, sagte sie. »Ich bin ganz durcheinander.«

»Weswegen denn?«

»Ihretwegen, nehme ich an. Im Grunde verstehe ich Sie nicht ... und das ... das bringt mich durcheinander.«

»Was verstehen Sie denn nicht?«

Sie betrachtete ihre Hand. »Nancy hat mir erzählt, sie sieht Sie häufig mit einer Frau. Mit dieser Australierin mit dem großen Hund.«

»Mrs. Dent«, sagte ich. »Ich bin mit ihr befreundet.«

»Befreundet?«

»Ja. Ich bin mit Mrs. Dent befreundet. Ich glaube, ich habe von ihr gesprochen, als ich zum Mittagessen in Quayside war. In letzter Zeit bin ich öfter mit ihr zusammen, weil sie unglücklich ist. Ihr Mann hat sie verlassen, und sie ist traurig und einsam.«

»Sie trösten sie also?«

»Soweit ich das kann, ja.«

Miss Quay blieb einen Moment stumm. Die dunklen Flecken auf ihrem Kleid waren in der strahlenden Sonne bereits getrocknet. Dann sagte sie: »Wahrscheinlich frage ich mich, welche Form dieser Trost annimmt.«

»Sie meinen, Sie fragen sich, ob ich mit ihr schlafe?«

Sie sah mich an. Sie schien sogar leicht zu zittern, obwohl das auch die über ihr Gesicht zuckenden Laubschatten gewesen sein könnten. »Ja, obwohl mich das wahrscheinlich nichts angeht. Es ist nur so, daß ich, na ja, wie gesagt, durcheinander bin. Die Beachtung, die Sie mir geschenkt haben – hat mich durcheinandergebracht. Und nun weiß ich nicht, was ich machen soll. Nancy sagt – –«

»Was sagt Nancy?«

»Nichts. Es ist mir egal, was Nancy sagt! Nancy hat schon immer – –«

»Was hat Ihnen Nancy über mich gesagt?«

»Ich habe Ihnen doch gesagt, es ist mir egal, was Nancy sagt. Mir liegt daran, was Sie sagen.« Sie sah mich an.

»Was ich worüber sage?«

Ein Ausdruck von Ärger oder Ungeduld huschte über ihr

Gesicht. »Ach, es ist hoffnungslos«, sagte sie. »Ich kann so etwas einfach nicht. Ich mache alles falsch! Ich habe das Gefühl, daß ich Sie dränge, daß Sie mir im Grunde gar nichts zu sagen haben und daß ich mich lächerlich mache.«

»Überhaupt nicht«, sagte ich.

»Ich habe aber das Gefühl, deshalb spielt es wohl kaum eine Rolle.«

»Es spielt sehr wohl eine Rolle«, sagte ich. Ich machte einen Schritt auf sie zu. »Es spielt – –« begann ich, doch dann hielt ich inne. Ich berührte sie an der Hand, ergriff ihre langen Finger und hielt sie fest. »Manchmal«, sagte ich, »glauben die Leute, sie können sich einander durch Reden erklären. Sie können ihre Gefühle füreinander erklären, und zwar schon in der Entwicklung, praktisch schon in der Entstehung; sie glauben, daß es kein Geheimnis geben sollte, daß alles zwischen ihnen artikuliert, verstanden werden sollte. Ich glaube, genau das versuchen Sie gerade. Sie versuchen, mich zu verstehen, zu verstehen, wie Sie für mich empfinden und wie ich für Sie empfinde, indem Sie mit mir reden und mich auffordern, mich zu erklären. Ich verstehe Ihren Beweggrund, weil ich auch durcheinander bin. Aber Ihre Fragen machen mir angst, genau wie meine Antworten; sie kommen mir so verkürzend und endgültig vor. Ich bin immer noch dabei, herauszubekommen, was ich für Sie empfinde. Ich weiß nur, daß es sehr viel ist, und ich empfinde es mit Wärme. Und Leidenschaft. Aber es ist dunkel, ein Wald, ein dunkler Wald, und ich will nicht damit anfangen, alle Bäume zu fällen, damit ich sie sehen und erklären kann. Ich liebe diese Dunkelheit, in der wir uns befinden.«

»Sie lieben die Dunkelheit?«

»Na ja, lieben ist vielleicht das falsche Wort. Ich achte sie. Ich ehre sie.«

Sie löste ihre Hand aus meinem Griff und setzte sich auf eine der Bänke, die die Alleen säumten. Ich blieb noch einen Moment am Brunnen stehen, dann setzte ich mich auf die

Bank ihr gegenüber. Über den Weg aus Kies und Schatten hinweg sahen wir uns an.

»Ich habe mich mein Leben lang ein wenig im Dunkeln gefühlt«, sagte Miss Quay. »Und manchmal nicht nur ein wenig. Und ich liebe es weder, noch ehre oder achte ich es: ich hasse es. Es scheint also, daß wir nicht zueinander passen.«

»Ich glaube, Sie haben mich mißverstanden. Ich habe nicht gemeint, daß wir für immer in dieser Dunkelheit bleiben sollten. Ich habe nur gemeint, daß man es als Stadium unserer Beziehung ehren und nichts übereilen sollte.«

»Und wie lange müssen wir uns in Ihrem ehrenwerten, aber stockdunklen Wald herumtreiben?«

»Verzeihung. Ich habe versucht, Ihnen etwas zu erklären, und dabei vielleicht eine dumme Analogie gewählt. Ich habe Probleme, mich zu erklären, besonders gegenüber Menschen, an denen mir liegt.«

»Aber ich habe Sie doch nicht gebeten, sich zu erklären! Das würde ich mir nie herausnehmen. Niemand von uns kann sich erklären.«

»Wenn wir uns nicht erklären können, wie sollen wir dann je verstanden werden und Absolution finden?«

»Absolution? Sie sind auf Absolution aus?«

»Ja. Die Absolution, die daraus erwächst, daß man von einem anderen Menschen vollkommen verstanden und akzeptiert wird.«

»Sollten Sie sich da nicht besser an Gott wenden?«

»Aber ich glaube nicht an Gott. Deswegen muß ich in meinen weltlichen Beziehungen Absolution suchen.«

»Ihre Freunde müssen also auch Ihre Erlöser sein? Heißt das nicht, ihnen eine ziemlich große Last aufzubürden?«

»Ich glaube nicht, daß es eine Last ist, denen, die wir lieben, durch die Welt zu helfen«, sagte ich.

»Aber einem Freund zu helfen ist doch wohl etwas anderes als einen Freund zu erlösen.«

»Vielleicht auch nicht. Woher wissen wir das? Wir können gar nicht wissen, was für einen anderen Menschen Erlösung ausmacht.«

»Vielleicht haben Sie recht«, sagte sie.

»Glauben Sie an Erlösung?«

»Ich weiß nicht recht, was Sie mit Erlösung meinen.«

»Erlösung ist so etwas wie eine Bestätigung, daß man nicht müßig oder umsonst gelebt hat. Daß das Leben so etwas wie einem spirituellen Zweck und Plan folgt.«

»Dann, um Ihre Frage zu beantworten, glaube ich nicht an Erlösung, nein. Ich denke schon, daß wir müßig und umsonst leben. Ich denke sogar, daß es ein wenig anmaßend ist, etwas anderes zu glauben.«

»Aber warum leben Sie dann?«

»Wie meinen Sie?«

»Was hat es für einen Sinn zu leben, wenn Sie das glauben?«

»Es hat keinen Sinn. Es passiert einfach. Mein Leben ist völlig sinnlos, und dagegen habe ich auch gar nichts. So ist es nämlich leichter zu ertragen.« Sie stand auf. »Ich sollte zu meinen Büchern zurück.« Aber sie ging nicht. Sie blieb stehen.

»Ich glaube, daß es möglich ist, durch die Liebe Erlösung zu finden«, sagte ich. »Waren Sie je verliebt?«

»Ja«, sagte sie. »Einmal.«

»Und haben Sie sich erlöst gefühlt?«

»Erlöst? Wovon erlöst?«

»Von der Angst, ein schrecklicher Mensch zu sein.«

Sie schüttelte den Kopf. »Ich habe nie Angst gehabt, ein schrecklicher Mensch zu sein. Nein, davon hat mich die Liebe nicht erlöst.«

Nach kurzem Schweigen fragte sie: »Haben Sie denn diese Angst?«

»Ja.«

»Sie haben Angst, ein schrecklicher Mensch zu sein?«

»Ja.«

»Wieso?«

»Ich habe schreckliche Dinge getan.«

»Was für Dinge?«

Ich blieb stumm.

»Haben Sie Menschen weh getan?«

»Ja.«

»Wem?«

»Meiner Frau. Und meinem Kind. Und auch anderen. Ich bin kein guter Mensch.«

Sie setzte sich zu mir auf die Bank und berührte mich an der Hand. »Vielleicht waren Sie kein guter Mensch. Aber was heißt das? Wer ist schon immer gut? Kein Mensch. Heilige vielleicht. Aber jetzt sind Sie ein guter Mensch. Jetzt in diesem Moment. Sie waren freundlich zu mir.«

Sie bewegte sich, rückte näher, griff mit der Hand nach meinem Gesicht, berührte es, und ich wurde gewahr, daß mir Tränen über die Wangen liefen. Sie wischte sie weg und legte mir dann die Hand auf den Hinterkopf. Sie drückte mir sanft den Kopf auf ihre Schulter. Ich spürte den Stoff ihres Kleides an meiner Wange. Und roch ihren leinenen Geruch.

Es wird alles gut, gab sie mir zu verstehen. Es wird alles gut.

## 16

Ein, zwei Tage später kam ein Brief von Quayside. Er lautete folgendermaßen:

*Mein lieber Alex –*

*Ich hoffe, Sie sind wohlauf und guter Dinge. Ihre Gesellschaft hat uns in letzter Zeit gefehlt, aber wir sind uns darüber im klaren, daß Sie in dieser Hochsommersaison sicherlich ebenso beschäftigt sind wie wir. Es gab einmal eine Zeit, in der sich zivilisierte Menschen im Sommer von der Gesellschaft zurückzogen, aber diese Zeit gehört – wie so vieles! – offenbar leider der Vergangenheit an.*

*Ich habe Ihnen einen Vorschlag zu machen, der hoffentlich Ihren Geschmack trifft und Ihre Billigung findet. Meine liebe (liebe!) Freundin Isolta Fallowfield hat uns (wie jeden Sommer) eingeladen, ein, zwei Wochen auf ihrer Jacht, der* Splendora, *mitzureisen. Wir werden weder weit noch schnell segeln – einfach nur dahin, wo Wind und Laune uns hinführen. Dieses Jahr haben wir vor, ostwärts zu fahren, und erreichen möglicherweise sogar die Türkei, ein Land, das ich, zum Beispiel, schrecklich gern kennenlernen würde – doch pst! Meine Wünsche sind ohne Belang, außer insoweit, als sie Sie betreffen.*

*Isolta hat mich aufgefordert, sympathische Freunde einzuladen, da ihr Boot groß und ihre Reisegesellschaft klein ist – sie besteht lediglich aus ihrem Sohn Vere, einem entzückenden jungen Mann. Ich habe natürlich sofort an Sie gedacht. Isolta wird heute in drei Tagen aus Formentara eintreffen; sie hat vor, ein, zwei Tage hier auf Quayside zu verbringen, so daß wir alle in etwa einer Woche zu (hoffentlich) herrlichen Orten im Osten aufbrechen würden – höchstwahrscheinlich am Donnerstag, dem 15. Wir würden irgendwann gegen Ende dieses oder unmittelbar zu Beginn des nächsten Monats nach Andorra zurückkehren.*

*Isolta ist eine reizende, großzügige, bezaubernde Frau. Sie ist eine Jugendfreundin von mir, und einen lieberen Menschen gibt es schlicht und einfach nicht. (Eine Tatsache!) Ich weiß, Sie werden sie hinreißend finden und umgekehrt. Bitte sagen Sie zu – es wird ganz bestimmt phantastisch, und noch viel besser, wenn Sie sich uns anschließen.*

*Ich hoffe, bald von Ihnen zu hören. Jean ist gerade ins Zimmer gekommen und bittet mich, Ihnen herzliche Grüße zu übermitteln. Dem komme ich gerne nach und schließe mich an.*

*À bientôt – –*

Ich legte den Brief aus der Hand und dachte darüber nach, wie eigenartig das Leben war: daß es im wesentlichen eine Frage der Nähe und der Umstände war, etwas zu bekommen, was man wollte. Je mehr man sich dem Gipfel näherte, desto rascher ging der Aufstieg vonstatten. Doch es machte mir auch ein wenig angst, daß ich bekam, was ich wollte, denn ich wußte, daß ich zum Teil das Falsche wollte. Es war eine Art klammes, zittriges Erschrecken, aber ich wußte, wie das zu kurieren war: ich trat auf die Terrasse hinaus und setzte mich in die heiße Nachmittagssonne. Ich schloß die Augen, hob das Gesicht zum Himmel, und ließ mir von der Sonne die Angst herausbrennen.

Es war die letzte Vorstellung der Ballettsaison, und an diesem Abend sollte in der Oper eine Gala-Benefizveranstaltung stattfinden. Ricky hatte es sich in den Kopf gesetzt, daß wir hingehen sollten. Sie hatte sogar Eintrittskarten gekauft, ohne sich mit mir zu besprechen, und einfach verkündet, daß wir dort sein würden. Das entsprach, wie mir mittlerweile klar war, einer bestimmten Taktik von ihr: während wir uns durch unsere private Beziehung wurstelten, sorgte sie dafür, daß wir so oft wie möglich gemeinsam in der Öffentlichkeit erschienen, als wirke es, wie Sonnenlicht bei Neugeborenengelbsucht, therapeutisch, uns so zu exponieren. Als käme es, um ein glückliches Paar zu sein, nur darauf an, sich der Öffentlichkeit so zu präsentieren.

Als ich an diesem Abend ihr Haus betrat, rief Ricky vom Schlafzimmer aus meinen Namen. Ich ging den Flur mit der Standuhr entlang und blieb in der Tür stehen. Sie saß an einer kleinen Frisierkommode und befestigte sich gerade Klipps an den Ohren. Sie sah mich im Spiegel an und sagte: »Du siehst phantastisch aus, Liebling. Ich weiß nicht, warum Männer nicht ständig einen Smoking tragen. Es ist ungeheuer sexy.«

Ich ging zu ihr hinüber und legte ihr die Hände auf die schönen, nackten Schultern. Sie trug ein schwarzes Kleid aus Crêpe de Chine mit enganliegendem Oberteil und üppigen Volants am Rock. Ich küßte sie auf ihre gebräunte Schulter, die nach Parfüm und Puder roch, und biß dann leicht hinein.

»Nicht!« sagte sie. »Das sieht man doch.«

»Du siehst wunderschön aus.«

»Ich gebe mir Mühe«, sagte sie. »Wie findest du die Ohrringe?«

»Schön.«

»Sehen sie denn auch zu den Schuhen gut aus?« Sie streckte einen Fuß unter dem Baldachin ihres Kleides hervor: es war ein schwarzer Seidenpumps mit schmalem Goldrand am oberen und unteren Ende des hohen, geschwungenen Absatzes.

»Sie sind genau richtig«, sagte ich.

»Was?« fragte sie. »Die Schuhe oder die Ohrringe?«

»Beides«, sagte ich. »Alles. Du.«

»Ich werde keinen anderen Schmuck tragen. Oder findest du, ich sollte?«

»Nein. Du siehst so, wie du bist, sehr elegant und schön aus. Du darfst des Guten nicht zuviel tun.« Wieder küßte ich sie auf die Schulter.

»Nicht beißen!« mahnte sie.

Ich setzte mich hinter ihr auf das Bett und sah zu, wie sie Lippenstift und Puder auflegte. Ich habe schon immer gern zugesehen, wenn eine Frau sich schminkt. Es ist, als säße man vor einer Vorstellung in der Garderobe. Helen hat sehr wenig Schminke verwendet. Eigentlich gar keine. Sie war – und das wußte sie – auch ohne es schön. Genau wie Ricky, aber deren Bereitschaft zu dem Versuch, sich mittels Schminke zu verwandeln – vermutlich zeugt das von mangelndem Selbstbewußtsein, von Vertrauen auf Künstlichkeit –, hatte etwas, was ich menschlich und liebenswert fand. Schließlich ist es ein bißchen eitel, anzunehmen, man brauche keine Schminke. Das braucht jeder.

»Heute habe ich einen interessanten Brief bekommen«, sagte ich.

»Von Ricky?« Sie hörte auf, sich zu pudern, und sah mich im Spiegel an. Trotz des Puders – oder vielleicht gerade deswegen? – wirkte sie plötzlich blaß.

»Ricky? Nein. Von Mrs. Sophonsobia Quay.«

»Ach so«, sagte sie. Sie legte das Puderkissen in die Dose zurück und ließ sie zuschnappen. »Was hat die alte Bärin denn gewollt?«

»Es war eine Einladung. Mit ihnen auf Kreuzfahrt zu gehen, auf der Jacht einer Freundin.«

»Ich habe gar nicht gewußt, daß du mit den Quays so eng befreundet bist.«

»Ich auch nicht. Deswegen habe ich auch gesagt, daß der Brief eigenartig ist.«

»Du hast nicht eigenartig gesagt. Du hast interessant gesagt.«

»Na ja, er ist beides: eigenartig und interessant.«

»Du gehst doch nicht mit, oder?« Sie öffnete die Puderdose wieder, studierte ihr Gesicht im Spiegel und betupfte sich mit dem Puderkissen Stirn und Wangen. Im Spiegel begegneten sich unsere Blicke.

»Ich weiß nicht. Eigentlich würde ich schon ganz gern. Wie oft bekomme ich wohl noch die Chance, auf einer Privatjacht eine Kreuzfahrt durchs Mittelmeer zu machen? Findest du nicht, daß man eine so fabelhafte Einladung einfach annehmen muß?«

»Und was ist mit mir?«

»Ich bin ja nur für ein, zwei Wochen weg.«

»Das habe ich nicht gemeint. Ich habe gemeint, warum ich nicht auch mitkommen kann. Als dein Gast.«

»Na ja, von dir hat Mrs. Quay nichts gesagt.«

»Sei nicht so begriffsstutzig. Natürlich nicht. Aber du könntest etwas von mir sagen, oder? Daß du gern jemanden mitbringen würdest.«

»Ich glaube, das wäre unhöflich. Mrs. Quay hat mich als einzelnen gefragt. Ich muß die Art der Einladung respektieren.«

»Genau das habe ich gemeint!« Sie wandte sich vom Spiegel ab und sah mich direkt an. »Genau deshalb habe ich dir gesagt, du sollst dich von den Quays fernhalten. Ich habe gewußt, daß sie Probleme verursachen.«

»Ich sehe nicht recht, wieso das ein Problem ist. Wenn sie mich zum Essen einladen würden, würdest du dich dann auch so aufregen?«

»Nein.«

»Tja, ich denke, diese Einladung ist genauso zwanglos.«

»Rede nicht so einen Unsinn. Natürlich ist sie das nicht. Sie laden dich zu einer vierzehntägigen Reise mit ihnen ein. Jean ist wohl auch mit von der Partie?«

»Ich weiß nicht genau.«

»Natürlich ist sie. Und Mrs. Quay wird bestimmt alles in ihrer Macht Stehende tun, um euch beide miteinander zu verkuppeln.«

»Ich habe dir schon mal gesagt, wie absurd dieser Gedanke ist. Wenn du doch endlich damit aufhören könntest.«

»So wie du, was?«

»Ricky«, sagte ich. »Ich will mich nicht darüber streiten. Wenn du nicht möchtest, daß ich mit den Quays fahre, dann lasse ich es. So einfach ist das. Aber ich möchte nicht, daß du mich davon abhältst, weil du auf Miss Quay eifersüchtig bist. Das wäre unsinnig, und würde dir, glaube ich, irgendwann Kummer machen. Uns beiden Kummer machen. Wenn du einen guten Grund dafür hast, warum ich nicht fahren soll, dann sag ihn mir, und ich lasse es.«

»Wann soll es denn losgehen?«

»Erst in einer Woche. Aber ich soll umgehend antworten.«

»Umgehend? Das ist typisch. Ein, zwei Tage werden sie ja wohl warten können.«

»Ich denke, es wäre höflich, morgen zu antworten. Falls ich ablehne, werden sie sich bestimmt jemand anderen suchen.«

»Also gut. Ich kann jetzt nicht darüber nachdenken. Gehen wir zu dieser blöden Gala. Ich sage dir morgen früh Bescheid.«

»Nein. Sag es mir jetzt. Bitte. Sonst kann ich die Gala nicht genießen. Ich beschäftige mich dann die ganze Zeit damit.«

»Ich verstehe nicht, wieso das meine Entscheidung sein

soll. Das ist sie nämlich nicht, und ich lasse mir auch nichts anderes einreden. Es ist deine Entscheidung. Geh mit auf die Kreuzfahrt, wenn du willst. Mir ist das gleich.«

»Ja? Wirklich?«

»Ja«, sagte sie. »Ich könnte nämlich auch mal ein bißchen Zeit allein gebrauchen.« Sie wandte sich wieder dem Spiegel zu. »Eigentlich wollte ich mir das Haar hochstecken«, sagte sie, »aber was soll's.«

Vor der Oper stand eine nervös und ausgelassen plaudernde Menschenmenge in teuren Kleidern, und alle taten ihr möglichstes, einander zu mustern, ohne es sich anmerken zu lassen. Die Frisuren der Frauen wirkten, zu zuckrigen Gloriolen um die schönen Köpfe geschlungen, gedreht und onduliert, wie Feingebäck. Tatsächlich hatten alle Frauen etwas von Patisserie – die neccofarbenen Kleider, das nackte, bestäubte Fleisch, der von allen ausgehende Vetiver- oder Hibiskusduft –, etwas, das einem den Mund wäßrig machte.

Wie Fremde auf einem Fest schoben wir uns schweigend durch die Menge und betraten das Theater. Wir durchquerten das von Gaslicht erleuchtete Foyer, stiegen die prächtige Treppe hinauf und begaben uns in den Salon, einen Raum mit einem Boden aus Glasbausteinen, die das durch die Glasdecke einströmende Licht bis auf die Ebene des Foyers hinabdringen ließen. Runde, mit rotem Samt bezogene und mit Goldlitzen abgesetzte Ottomanen standen im Raum verstreut, und riesige, offene Türen aus Glas und Eisen führten auf einen Balkon, der auf die Plaza hinausging.

Von einem vorbeischwebenden Tablett schnappte ich mir zwei Champagnerflöten, die wir auf den Balkon mitnahmen. Nach wie vor befand sich unter uns dieselbe Menge, durch die wir uns hindurchgedrängt hatten, und wir blickten, auf die Balustrade gestützt, auf sie hinab. Es war jene eigenartige Tageszeit, zu der das Licht ganz sanft und gütig wird. Ich schaute auf die Plaza hinaus: die sinkende Sonne leuchtete so satt, daß sie die Fassade des Hotels Excelsior aufrecht zu halten schien, so als würde, wenn sie am Horizont zu Nichts schwand, das ganze Hotel in der Dämmerung einstürzen. Ein paar Leute hasteten auf eiligen Gängen nach irgendwohin über die Plaza, und ein paar Tische vor der Cantina waren mit eifrig verliebten Paaren besetzt, die es gar nicht erwarten konnten, daß die Nacht begann. Und irgend etwas an der Verbindung von Licht, Champagner, Höhe und parfümierter Abendluft berauschte mich; plötzlich überkam mich so etwas wie ein prickelndes, lähmend dummes Glück. Ein äußerliches, ein ortsspezifisches Glück, ein Glück, das sich zuweilen einstellt, wenn ich mich zur richtigen Zeit am richtigen Ort fühle, wenn die Welt um mich herum, wie ein Boutiquenfenster, so vollkommen, so kunstvoll ausbalanciert und zur Schau gestellt ist, daß ich mich ihr ergebe: ich glaube an ihre Vollkommenheit und fühle mich geborgen und gutgeheißen, als schließe die Schönheit der sichtbaren Welt irgendwie aus, daß mir etwas Schlimmes zustoßen könnte. Vermutlich fühlt das jeder; vermutlich reisen wir genau deshalb, packen wir deshalb Koffer und reservieren Betten und Kojen, besuchen wir deshalb Kathedralen und Schlösser, stehen wir deshalb auf Steppen und Lidos, umklammern unsere Fotoapparate und Baedeker, versichern uns, daß die beglaubigte Großartigkeit dessen, was wir da sehen, uns irgendwie einschließt oder einbezieht, und wir saugen es alles auf, nur um zu erleben, daß es uns, während wir zwischen frischgewaschenen Hotellaken schlafen, wieder entsickert.

Ricky war nicht glücklich. Ich merkte ihr das deutlich an: sie stand neben mir, nippte an ihrem Champagner und schaute mit schmerzerfülltem Gesicht auf die Menge unter uns hinab. Ich erkannte es als ihren ohnmächtigen Blick, einen Ausdruck, der ab und zu ihr schönes, offenes Gesicht verdeckte wie ein häßliches Gerüst ein schönes Gebäude.

Ich wollte gerade etwas Aufmunterndes zu ihr sagen, als der Gong ertönte. Wir betraten das vergoldete Theater und nahmen unsere abgewetzten Plüschsitze ein. Das Innere des Opernhauses war ein Raum von der Art, die einem das Gefühl vermittelt, die Welt sei vorüber. Oder das Beste an ihr, der Höhepunkt, die Zeit, da solche Theater gebaut werden konnten, habe ohne einen existiert und werde nie wiederkommen.

Einer meiner Bekannten hat mich davon zu überzeugen versucht, daß meine architektonische Nostalgie illusionär, peinlich und nicht zuletzt undemokratisch sei. Er erklärte mir, daß die schönen Dinge der Alten Welt, von denen ich ständig schwärmte, aus unverzeihlicher Tyrannei und unsäglichem Leid hervorgegangen seien: Gold, Rosenholz und Perlmutt seien kolonisierten Ländern brutal geraubt worden; die Eingeborenen habe man in die Schächte hinunter- oder auf die Bäume hinaufgezwungen.

Vermutlich hatte er recht, aber daß er in einer sorgfältig restaurierten Willis-Polk-Villa in der Vallejo Street wohnte und in Umbrien ein Schloß aus dem sechzehnten Jahrhundert besaß, schmälerte die Überzeugungskraft seines Arguments ein wenig, denn es ist leicht, die Schönheit der Alten Welt zu denunzieren, wenn man sie besitzt.

Die letzte Vorstellung der Ballettsaison bestand aus einem surrealen und schwindelerregenden Potpourri von Höhepunkten des Repertoires. Mir schien das Programm dazu angetan zu zeigen, wie schwachsinnig die Welt des klassischen Balletts ist, wie weit entfernt von unserer eigenen. Und nach einer Weile nahm ich von dem Marzipanspektakel auf der Bühne keine Notiz mehr und ging dazu über, Ricky dabei zu beobachten, wie sie dem Tanz zusah. Ins weiche Bühnenlicht getaucht, sah ihr Gesicht schön und verzückt aus, und als Albrecht Giselle – oder, wer weiß?, vielleicht auch Romeo Julia – über seinen Kopf stemmte und sie über die Bühne trug, ihre unmöglich langen Beine vor und hinter den beiden gebeugt und gestreckt wie Bug und Heck eines Schiffes, da hob Ricky den Kopf und begann, das Gesicht von imitiertem Mondlicht verzaubert, still und leise zu weinen, und die Tränen rollten ihr übers Gesicht, umliefen ihre Jochbeine, strömten die lange Flanke ihrer Wangen hinab und zogen sanfte Kanäle durch den Puder. Ich griff nach ihrer Hand in ihrem Schoß; sie ließ sie mich halten, fuhr aber fort, den Tänzern zuzusehen, und als auch ich sie wieder betrachtete, das wunderbare Boot, als das sie über die Bühne segelten, da wurde mir klar, daß das Ballett nicht dadurch wirkt, daß es die uns bekannte Welt vortäuscht, sondern daß es uns eine Welt zeigt, die besser, anders ist als unsere eigene und uns über sie die Augen öffnet.

Ricky sagte, sie fühle sich nicht wohl, deshalb ließen wir das nach der Vorstellung stattfindende Essen aus und gingen die stillen Treppen und Straßen hinauf zur vierten Terrasse. Auf Rickys Veranda, unter dem gewölbten, mit Papaya-Bougainvillea berankten Spalier, blieben wir stehen. Sie streckte die Hand aus und berührte die Klinke, ohne sie jedoch zu drücken. Sie berührte sie ehrfürchtig, als handle es sich um ein Amulett, das sie bei einer Überschwemmung retten könnte, wenn eine Überschwemmung käme. »Ich denke, ich verabschiede mich hier von dir«, sagte sie.

»Aha«, sagte ich. Auf dem Nachhauseweg hatten wir geschwiegen. Wir hatten fast den ganzen Abend über geschwiegen.

»Ja«, sagte sie. Sie blickte zu mir auf, schüchtern wie ein Mädchen bei einem Rendezvous, und mir war tatsächlich, als liebte ich sie nicht wenig. »Ich habe Kopfschmerzen, wahrscheinlich vom Champagner. Davon bekomme ich das oft. Ich möchte heute nacht allein sein.«

»Bist du müde?« fragte ich.

»Ja.« Sie gähnte, wie um diese Tatsache zu illustrieren.

»Fehlt dir auch nichts? Soll ich dir noch irgend etwas bringen?«

»Nein, nein. Ich gehe gleich zu Bett.«

»Na gut. Dann sage ich dir jetzt gute Nacht.« Ich beugte mich vor, um sie zu küssen, und sie bot mir die Wange.

»Gute Nacht«, sagte sie. Sie öffnete die Tür und verschwand ins Haus. Im Flur ging ein Licht an, dann eins im Wohnzimmer. Ein Windstoß schüttelte die Bougainvillea, und ein paar müde Blüten rieselten zu Boden. Ich blieb noch einen Moment auf der Treppe stehen und ging dann den mit Ziegelsteinen gepflasterten Pfad hinunter, doch mir wurde klar, daß ich keine Lust hatte, allein nach Hause zu gehen, und so machte ich kehrt und folgte dem Pfad ums Haus herum. Als ich das Tor in der Mauer öffnete, dämpfte ich mit der Hand das Glöckchen, damit es nicht anschlug, und meine Hand an dem Glöckchen hatte etwas Eigenartiges, als hätte ich sie jemandem auf den Mund gelegt, um einen Schrei zu erstikken. Ich überquerte den Rasen und betrat die Laube. Ich bleibe einfach ein Weilchen hier sitzen, dachte ich. Bleibe hier sitzen und denke nach. In der kühlen, freundlichen Dunkelheit.

Auf dem Tisch kauerte das Grammophon. Zwischen den Schatten wirkte es wie ein eigenartiges kleines Tier.

*Durch Täler und Auen ... in kühlenden Schatten ...*

Kurz darauf ging über der Hintertür eine Lampe an und warf einen Lichtkreis auf den Rasen, aber er reichte zum Glück nicht bis zur Laube. Die Tür ging auf, und Dino kam die Treppe heruntergesprungen und begann, zwischen den Büschen herumzuwühlen. Ich hörte das Zischen, mit dem er sich erleichterte. Ricky stand unmittelbar vor der Tür und blickte zum Nachthimmel auf. Ich wußte, es war falsch, sie so voyeuristisch zu beobachten; ich hatte ihr nicht nachspionieren wollen, wirklich nicht. Dino tauchte aus dem Gebüsch auf und näherte sich der Laube. Er mußte mich gerochen haben, denn er stellte sich auf die Stufen. Er winselte und kratzte am Fliegengitter.

»Dino«, rief Ricky. »Hierher. Hierher, Liebling. Mami ist müde.«

Aber Dino winselte und kratzte weiter.

Ich gab ein leises Knurren in seine Richtung von mir, um ihn so vielleicht zu verscheuchen, aber das stachelte sein Interesse nur noch mehr an.

»Dino!« Ricky kam in ihrem phantastischen Kleid in den Lichtkreis herunter wie eine Schauspielerin beim Auftritt aus den Kulissen. Sie durchschritt ihn und blieb, etwa fünf Meter von der Laube entfernt, an seinem Rand stehen. »Wer ist da?« fragte sie.

Ich stand auf und stellte mich an das Fliegengitter, damit sie mich sehen konnte. »Ich bin's«, sagte ich. »Tut mir leid, wenn ich dich erschreckt habe. Das wollte ich nicht.«

»Was machst du denn da drin?«

»Ich hatte keine Lust, nach Hause zu gehen. Ich dachte, ich setze mich einfach ein Weilchen hierher. Ich wollte in deiner Nähe bleiben.«

Das Fliegengitter zwischen uns, standen wir einen Moment lang da.

»Tut mir leid, wenn ich vorhin unhöflich war«, sagte sie, »und dich nicht hereingebeten habe. Es ist nur so, daß ich ein bißchen durcheinander bin und allein sein wollte.«

»Das verstehe ich schon.«

»So?«

»Ja.«

»Gut. Ich bin nämlich auch ein bißchen wütend auf dich, glaube ich.«

»Wegen der Kreuzfahrt?«

»Ja«, sagte sie. »Obwohl ich das mittlerweile nicht mehr so genau weiß. Vielleicht bin ja ich diejenige, die egoistisch ist. Im Grunde hast du doch recht: warum solltest du nicht auf die Kreuzfahrt gehen, wenn du Lust dazu hast? Es ist falsch von mir, daß ich das will. Und ich verstehe auch, daß sie mich höchstwahrscheinlich nicht bitten werden, dich zu begleiten. Ich wünschte bloß ...«

»Was?«

»Ich wünschte – und ich weiß, das ist egoistisch von mir, aber es ist nun mal so – ich wünschte, du würdest nicht gehen wollen. Ich wünschte, du würdest hierbleiben wollen, bei mir.«

»Es dauert doch nur ein, zwei Wochen.«

Sie seufzte. »Es geht eigentlich nicht um die Länge der Zeit.«

»Du darfst nicht eifersüchtig sein.«

»Es ist doch absurd, so etwas zu jemandem zu sagen.« Sie zuckte die Achseln. »Ich bin eifersüchtig.«

»Aber du hast absolut keinen Grund, eifersüchtig zu sein.«

»Vielleicht. Aber Eifersucht ist nicht gerade das logischste Gefühl.«

»Ich kann doch nicht auf diese Kreuzfahrt verzichten, um dir eine Freude zu machen.«

»Ich weiß. Geh auf die Kreuzfahrt. Ich habe es satt. Reden wir nicht mehr darüber.« Sie griff nach Dinos Halsband. »Ich gehe jetzt ins Bett. Es wäre mir recht, wenn du gehst. Ich will wirklich nicht, daß du in meinem Garten auf der Lauer liegst.«

»Warum bist du so wütend?« fragte ich.

»Ich bin nicht wütend! Ich bin müde. Und vielleicht auch ein bißchen wütend. Vielleicht bin ich ja gar nicht auf dich wütend, sondern auf mich selbst. Ich weiß es nicht. Ich habe keine Lust, es zu erklären. Ich will bloß ins Bett. Komm, Dino.«

Sie drehte sich um und ging, Dino mit sich zerrend, aufs Haus zu. Etwa auf halber Strecke, neben der Vogeltränke, blieb sie stehen und wandte sich zu mir um. »Du hast mich enttäuscht«, sagte sie. »Und das macht mich ein bißchen traurig. Das ist ganz natürlich. Ich glaube nämlich, daß man nur darauf wartet, enttäuscht zu werden, wenn man sich in jemanden verliebt. Man hält gewissermaßen den Atem an und wartet, weil man genau weiß, daß es passiert. Es ist, als fährt man Auto und weiß, daß es einen Unfall gibt, man weiß nur nicht, wann.«

»Das ist eine eigenartige Beschreibung der Liebe«, sagte ich.

»Ja, vermutlich.«

»Ich verstehe nicht, inwiefern ich dich enttäuscht habe.«

Sie lachte: es war ein eigenartiges, trauriges Lachen.

»Warum lachst du?« fragte ich.

»Weil ich erleichtert bin. Es ist aus zwischen uns. Das weißt du doch, oder?«

»Nein. Ich verstehe nicht, wieso es aus sein soll.«

»Natürlich nicht. Du bist kein sehr sensibler Mensch. Dir selbst gegenüber vielleicht schon, und das sogar ungeheuer, finde ich, aber nicht anderen gegenüber. Bist du so auch mit deiner Frau umgegangen?«

Ich gab keine Antwort.

»Tut mir leid«, sagte sie. »Das war gemein von mir. Es ist aus: Belassen wir es dabei.«

Sie drehte sich erneut um und ging aufs Haus zu, blieb jedoch stehen, als ich ihren Namen rief.

»Was denn?« fragte sie erschöpft.

»Setz dich zu mir in die Laube. Ein letztes Mal. Bloß für eine Weile.«

»Wieso?« Sie stand weiterhin von mir abgewandt.

»Weil es eine schöne Nacht ist. Weil ich nicht so von dir weggehen will. Weil ich hier am glücklichsten mit dir gewesen bin.«

Sie überlegte. Ich betrachtete ihren nackten, schönen, im Mondlicht angespannten Rücken. Er entspannte sich. Sie ließ Dinos Halsband los. »Also gut«, sagte sie. »Aber zuerst hole ich mir eine Stola. Es ist kühl.«

Ich bot ihr mein Jackett an, aber sie lehnte ab. Ich sah ihr nach, wie sie ins Haus ging. Im Schlafzimmer ging ein Licht an und kurz darauf wieder aus. Dann erlosch die Außenlampe. Einen Moment lang dachte ich, sie würde nicht wiederkommen, doch dann öffnete sich die Hintertür und Ricky erschien mit einer Kerze in der Hand auf der Treppe. Sie ging langsam über den Rasen, um die Flamme nicht auszulöschen. Das sanfte, flackernde Licht badete ihr Gesicht. Sie wirkte, als nähme sie an einer Prozession teil. Sie hatte ihr Kleid ausgezogen und trug einen Männermorgenmantel – es muß Rickys gewesen sein. Mir fiel ein, wie sie Onkel Rodericks Morgenmantel getragen und ich hineingegriffen und ihre Brust umfaßt hatte, wie warm und gut und makellos sie sich angefühlt hatte.

Sie öffnete das Fliegengitter und stellte die Kerze auf den Tisch, neben das Grammophon. Dann setzte sie sich in dem kleinen Raum auf die Bank mir gegenüber, so daß der Tisch, die Kerze und das Grammophon sich zwischen uns befanden.

»Danke«, sagte ich, und ich glaube, sie merkte meiner Stimme an, daß ich es auch so meinte.

Sie verschränkte die Arme vor der Brust und raffte dann mit einer Hand die Aufschläge des Morgenmantels am Hals zusammen.

»Ist das Rickys?« fragte ich.

»Was?« Ihre Stimme war dunkel und weich, und mir kam der Gedanke, daß sie im Haus vielleicht geweint hatte.

»Der Morgenmantel«, sagte ich.

Sie blickte daran hinab. »Ja«, sagte sie. »Ursprünglich schon. Aber dann ist er immer mehr in meinen Besitz übergegangen. Und jetzt gehört er mir wahrscheinlich ganz.«

»Vermißt du Ricky?« fragte ich. Ihr Gesicht war überdüstert. Die Kerze erleuchtete nur das makabre Gesicht des Grammophons. Sein Schalltrichter aus Schildpattimitat schimmerte.

»Ja«, sagte sie. »Ich vermisse ihn schrecklich.«

»Das tut mir leid.«

»Wieso? Du hast doch deinen Beitrag dazu geleistet, daß ich ihn vergesse.«

»So habe ich das nicht gesehen.«

»Wie hast du es denn gesehen?«

»Daß ich dich liebe. Oder es jedenfalls versuche. Es hoffe.«

»Und gescheitert bist?«

»Ja, wahrscheinlich.«

»Ich wünsche dir mit Miss Quay mehr Glück.«

Ich gab keine Antwort.

Nach kurzem Schweigen sprach sie weiter. Ihre Stimme hatte einen dunklen, hysterischen Unterton. »Weißt du, am glücklichsten war ich nicht hier. Nein, nicht in der Gartenlaube. Sondern in deinem Bett. Nackt in deinem phantastischen Bett, an heißen Nachmittagen, wenn wir bei offenen Türen und Fenstern gevögelt haben. Da war ich am glücklichsten. Komisch, wie? Daß man an jemandem, den man gar nicht wirklich liebt, das größte körperliche Vergnügen empfinden kann. Eine eigenartige Freude ist das. Eigenartig und sinnlos.«

Wir saßen ein, zwei Augenblicke lang schweigend da. Dann stand sie auf und blies die Kerze aus. »Gehst du jetzt?« fragte sie.

Ich stand auf. Wir sahen uns über den Tisch hinweg an. »Du bist ein schrecklicher Mann«, sagte sie zu mir. Ihre Stimme hatte sich verändert. Sie klang nun müde und ruhig. »Du tust so, als wärst du anständig. Das ist eine der schlimmsten Tauschungen, die es gibt. Du fängst Beziehungen an, als wärst du ein Ehrenmann, dabei weißt du genau, daß du das nicht bist.«

»Ich habe nie die Absicht gehabt, dich irgendwie zu verletzen«, sagte ich. »Ich glaube nicht, daß ich so schlimm bin, wie du mich hinstellst.«

»Es freut mich, daß du das glaubst. Das muß ein Trost für dich sein.«

»Außerdem«, sagte ich, »bin ich nicht ich selbst.«

»Wer bist du dann?«

»Ich weiß nicht. Mein Leben hat mich in jemanden verwandelt, der nicht ich selbst ist.«

»Das geht uns allen so«, sagte sie. »Hältst du dich etwa für einzigartig? Glaubst du vielleicht, es hat mich nicht verändert, daß ich meinen Sohn und meinen Mann verloren habe?«

»Du verstehst nicht.«

»Im Gegenteil, ich verstehe dich nur allzu gut. Es strengt mich allmählich an, wie gut ich dich verstehe.«

»Dann würde ich meinen, daß du mich ein bißchen lieben könntest.«

»Wieso? Meinst du, dich kennen heißt dich lieben?«

»Nein«, sagte ich. »Ich habe nur gehofft ...«

»Was? Was hast du gehofft?«

»Nichts«, sagte ich. »Ich habe nichts gehofft.« Ich öffnete das Fliegengitter und ging, vorbei an der Vogeltränke, über den Rasen und ums Haus herum. Diesmal dämpfte ich die kleine Glocke nicht: ich ließ sie erklingen und meinen Abgang verkünden.

Am nächsten Morgen schrieb ich zwei Briefe. Der erste war an Mr. Dent gerichtet, und ich schickte ihn c/o American Express nach Barcelona:

*Lieber Ricky,*
*ich hoffe, dieser Brief erreicht Sie und Sie sind wohlauf.*

*Ihnen zu schreiben, fällt mir schwer und ist vielleicht auch unpassend. Aber ich fühle mich gezwungen, Ihnen mitzuteilen, daß Ihre Frau Sie sehr liebt und schrecklich vermißt. Das hat sie mir selbst gesagt. Und da Sie mir ähnliches gesagt haben, als wir uns in jener trübseligen Nacht in Encampo begegnet sind, finde ich, Sie sollten von den Gefühlen Ihrer Frau in Kenntnis gesetzt werden. Vielleicht sind sie Ihnen ja auch bekannt, aber mir scheint, Sie beide verstellen sich und versuchen, das in Ihren Augen für den jeweils anderen Richtige zu tun, und dabei bereiten Sie einander nur Kummer. Vielleicht haben Sie in Barcelona ein Leben gefunden, das Ihnen gefällt, aber falls nicht und falls mein Instinkt in bezug auf Sie und Ricky mich nicht trügt, dann sollten Sie zu ihr zurückkehren oder sich zumindest mit ihr in Verbindung setzen.*

*Es wäre unehrlich von mir, wenn ich an dieser Stelle unerwähnt ließe, daß ich, praktisch seit Sie Andorra verlassen haben, eine Affäre mit Ricky hatte. Ich möchte mich für mein Verhalten weder rechtfertigen noch entschuldigen, sondern mich lediglich dazu bekennen. Also glauben Sie mir bitte, wenn ich Ihnen ebenso ehrlich sage, daß unsere Affäre vorbei ist. Ricky ist von mir ernüchtert, und ich denke, ich schmeichle mir, wenn ich ihre Gefühle in diese Worte fasse. Aber ich betrachte Sie beide nach wie vor mit großer Zuneigung und nehme mir deshalb auch die Freiheit heraus, Ihnen diesen anmaßenden Brief zu schreiben, aus dem hoffentlich etwas Gutes zwischen Ihnen beiden erwächst.*

*Bitte schreiben Sie ihr um Ihrer beider Liebe willen. Und bitte verzeihen Sie mir, wenn ich Sie in irgendeiner Weise enttäuscht oder verletzt habe.*

*Herzlich,*

Der zweite Brief war wesentlich kürzer und lautete wie folgt:

*Liebe Mrs. Quay,*
*Ich kann Ihnen gar nicht sagen, wie sehr ich mich über Ihre freundliche Einladung freue. Die von Ihnen geplante Reise hört sich wunderbar an – genau das, was meine niedergedrückten Lebensgeister brauchen. Ich nehme Ihre Einladung mit größter Dankbarkeit und Begeisterung an.*

*Herzlich,*

# Teil III
# Die *Splendora*

… kleine Länder geben herrliche Gefängnisse ab.
*JAMES MERRILL, Das (Diblos) Notizbuch*

Was bleibt uns, außer hierzubleiben?
Doch das ist uns nicht möglich.
*JOHN ASHBERY, Gebrauchsanleitung*

## 17

Am Abend des Tages, an dem die Fallowfields aus Formentera in Andorra eintrafen, wurde ich zum Essen nach Quayside eingeladen. Eine ganz zwanglose Angelegenheit, schrieb Mrs. Quay – bloß ein kleines Abendessen, bei dem man Bekanntschaft schließen konnte.

Bei meiner Ankunft wurde ich von Briggs, dem betagten und häufig untätigen Butler, in die Loggia geführt, wo sich noch niemand aufhielt. Es war ein warmer, stiller Abend. Ich schlenderte über den perfekt gepflegten Rasen auf das Kliff zu. Tief unten, auf dem kleinen Kieselstrand, konnte ich Mrs. Quays umgedrehten Kajak und, so hatte es den Anschein, Jean sehen, die auf einem Liegestuhl saß und aufs Wasser hinausstarrte. Ich begann die Treppe hinunterzusteigen, und als ich mich ihrem unteren Ende näherte, wandte sich die Gestalt auf dem Liegestuhl vom Wasser ab, blickte zu mir auf, und ich bemerkte, daß ich mich geirrt hatte: es war Nancy Quay, und sobald ich das erkannte, blieb ich einen Moment stehen, denn ich war mir nicht sicher, ob ich mit ihr plaudern wollte. Nancy machte mich nervös. Aber es hätte unhöflich und töricht gewirkt, kehrtzumachen, und so ging ich weiter bis zum Strand hinunter. Wie oft ist es in meinem Leben so gewesen: daß ich nur weitergegangen bin, weil ich den Punkt überschritten hatte, an dem ich noch hätte umkehren können.

»Guten Abend«, sagte ich.

»Guten Abend«, sagte Nancy. Sie war leger gekleidet: eine weiße, wadenlange Hose und ein blauweiß gestreiftes Männerhemd mit vorn zusammengeknoteten Schößen, so daß ein paar Zentimeter ihrer gebräunten Taille freilagen. Ihre Füße waren nackt, und ich bemerkte, daß ihre Zehennägel rot lackiert waren. Sie zog ein Zigarettenetui aus einer ihrer Hosentaschen und klappte es vor mir auf. »Wenn Sie zu dieser Tageszeit hier herumstehen wollen, werden Sie leider rauchen müssen. Sonst fressen die Insekten Sie bei lebendigem Leibe.«

Ich spürte sie bereits unangenehm um mein Gesicht schwirren, deshalb griff ich nach unten, nahm mir eine Zigarette und klopfte mir dann die Taschen ab, als wollte ich ein Feuerzeug ausfindig machen. Ich wußte zwar, daß ich keins hatte, aber es schien mir die passende Geste zu sein. Ein bißchen kam ich mir dabei wie ein schlechter Schauspieler vor.

»Lassen Sie nur«, sagte sie. Sie zog ein schlankes Feuerzeug aus dem Etui, knipste es an und hielt es mir entgegen. Ich beugte mich mit der Zigarette im Mund nach unten und hielt die Spitze in die Flamme. Ich erwog, Nancys Hand zu berühren, tat es jedoch nicht. Ich inhalierte, richtete mich dann wieder auf und nebelte die winzigen Insekten um mich herum mit einer Rauchwolke ein.

»Ich habe Sie neulich abend gesehen«, sagte Nancy. »Vor der Cantina. Sie haben hinreißend ausgesehen mit Ihrem Eis. Wie ein schuldbewußter kleiner Junge. Sie hätten sich zu uns setzen sollen. Oder wenigstens rasch hallo sagen.«

»Tut mir leid«, sagte ich. »Um Ihnen die Wahrheit zu sagen, ich fürchte mich ein bißchen vor der Clique in der Cantina. Es kommt wir wie der reinste Klub vor.«

»Ach was, so ist das überhaupt nicht. Es ist vielmehr der einzige Ort in diesem gräßlichen Land, wo die Leute nicht förmlich sind. Sie hätten herüberkommen sollen. Ich hätte sie bekannt gemacht. Alle finden Sie so geheimnisvoll und glamourös.« Sie sagte das auf eine Weise, die sie selbst eindeutig ausschloß.

»Dann war es richtig von mir, wegzubleiben«, sagte ich. »Ich hätte bloß alle enttäuscht.«

»Heißt das, Sie sind gar nicht so interessant, wie es die Gerüchte wissen wollen?«

»Das bezweifle ich sehr. Was besagen denn die Gerüchte?«

»Na ja, bei den Steuer- und Auslieferungsgesetzen hierzulande wird allgemein angenommen, Sie seien in unserer Mitte, weil Sie entweder auf zweifelhafte Weise ein Vermögen gemacht oder jemanden ermordet haben. Sie können natürlich auch beides getan haben: wie ich höre, geht das eine häufig mit dem anderen einher.«

»Leider habe ich weder das eine noch das andere getan.«

»Wie enttäuschend! Ich war mir sicher, daß Sie vor irgend etwas Sensationellem auf der Flucht sind. Mich interessiert allerdings weniger, was Sie angestellt haben, sondern was Sie gerade anstellen.«

»Was meinen Sie damit, was ich gerade anstelle?«

»Ich meine, was Sie mit meiner Schwester anstellen. Ich mag Jean – wir stehen uns sehr nahe, ob Sie's glauben oder nicht –, und ich sehe es nicht gern, wenn Männer sie ausnutzen.«

»Glauben Sie denn, daß ich das tue?«

»Ich weiß es. Sie hat mir erzählt, daß Sie sie neulich abend geküßt haben. An dem Tag, an dem sie Sie kennengelernt hat. Ja, ich weiß, ein Kuß bedeutet gar nichts, und Ihnen hat er bestimmt noch weniger als nichts bedeutet, aber Sie müssen sich klarmachen, daß, nun ja, daß Jean dergleichen ernst nimmt. Sie hat sehr schlechte Erfahrungen mit Männern gemacht. Und sie ist an diesem Abend vollkommen überschwenglich und verwandelt nach Hause gekommen. Sie hat es natürlich zu verbergen versucht, aber es ist ihr nicht gelungen. Es war ein bißchen mitleiderregend. Es wäre mir recht, Sie ließen sie in Frieden, wenn Sie kein Interesse haben.«

»Wer sagt, daß ich kein Interesse habe?«

»Wenn Sie Interesse haben, warum sieht man Sie dann so oft mit dieser gräßlichen Australierin?«

»Was soll das heißen?«

»Sie sind der dümmste Kerl, mit dem ich je geredet habe. Ist sie Ihre Geliebte?«

»Ich wußte gar nicht, daß Männer noch Geliebte haben.«

»Männer werden immer Geliebte haben, ach und weh! Oder heißt es weh und ach?«

»Wieso?«

»Wieso was?«

»Wieso ach und weh?«

»Lenken Sie nicht vom Thema ab. In welcher Beziehung stehen Sie zu der Frau mit dem großen Hund?«

»Mrs. Dent ist mit mir befreundet. War mit mir befreundet.«

»Was heißt das, war? Schlafen Sie mit ihr?«

»Ist das nicht eine unhöfliche Frage?«

»Ja. Aber ich bin auch ein unhöflicher Mensch. Und ich verstehe nicht, wie Sie so tun können, als hätten Sie Interesse an Jean, wenn Sie mit einer anderen Frau schlafen.«

»Entspricht es Ihrer Erfahrung, daß ein Interesse das andere zwingend ausschließt?«

»Sie sind wirklich ein schrecklicher Mann, wie?«

Ich blieb stumm.

»Wie schade«, sagte sie. »Ich hatte Jean zuliebe gehofft, es wäre anders.«

»Ich gebe mir Mühe, ein besserer Mensch zu sein«, sagte ich.

»Dann geben Sie sich mal ein bißchen mehr Mühe.«

»Im übrigen ist meine Affäre mit Mrs. Dent beendet.«

»Ist das eine Folge Ihrer Bemühungen um Charakterbildung?«

»Nein, eine Folge der Bemühungen von Mrs. Dent.«

»Dann ist sie schlauer, als ich gedacht habe.«

»Sie ist eine sehr schlaue Frau«, sagte ich.

»Sie sind also auch der Meinung, daß sie froh sein kann, Sie los zu sein?«

»Ja«, sagte ich. »Das gilt für jede Frau.«

»Na, na. Versuchen Sie nicht, sich unwiderstehlich zu machen.« Nancy schnippte ihren Zigarettenstummel an den Rand des Wassers und stand auf. Sie zündete sich eine weitere Zigarette an und setzte sich auf die unterste Treppenstufe. »Setzen Sie sich hierher«, sagte sie. »Hören Sie auf, so herumzutigern.«

Ich setzte mich neben sie und sah zu, wie sie rauchte. Mir gefiel, wie sie das machte: ein wenig gierig, mit zusammengekniffenen Augen und gehöhlten Wangen, als wäre das Rauchen anstrengende Arbeit. Und sie verstand sich darauf, eine Zigarette natürlich und elegant zu halten, wie eine Verlängerung ihrer Hand. Sie hatte schöne Hände mit langen, schlanken Fingern, aber ihre Nägel, bemerkte ich, waren stark abgekaut.

»Wie haben Sie das vorhin eigentlich gemeint? Als Sie gesagt haben, Jean hätte mit Männern kein Glück gehabt?«

»Ich habe gemeint, was ich gesagt habe.«

»In wen war sie denn verliebt?«

»Jetzt stellen Sie unhöfliche Fragen.«

»Ich habe Ihre beantwortet«, sagte ich.

Sie sah mich von der Seite an. »Es spielt keine Rolle, wer es war«, sagte sie. »Tatsache ist, daß es sie sehr unglücklich gemacht hat. Und ich wünschte, Sie würden sie nicht verletzen.«

»Ich habe nicht die Absicht, sie zu verletzen.«

»Dazu braucht es keine Absicht. Seien Sie einfach vorsichtig bei Jean, mehr verlange ich gar nicht. Und jetzt sollten Sie wohl nach oben gehen. Sind Sie nicht hier, um die Gorgo kennenzulernen?«

»Meinen Sie Mrs. Fallowfield?«

»Ja.«

»Kommen Sie mit auf die Kreuzfahrt?« fragte ich.

»Nein«, sagte Nancy. »Ich fahre mit Barbara nach Schottland, zu ihrer Großmama. Auch so eine Gorgo. Die Welt ist anscheinend voll davon.«

»Ich wünschte, Sie kämen mit«, sagte ich.

»Wieso?«

»Es würde vielleicht mehr Spaß machen.«

Sie lachte. »Wenn Sie auf Spaß aus sind, würde ich an Ihrer Stelle nicht mitfahren.«

Mir fiel auf diese Bemerkung keine Antwort ein, die nicht unaufrichtig geklungen hätte, deshalb blieb ich stumm. Nancy stieß eine Rauchwolke aus und sah zu, wie sie in der Abendluft verwehte. Wir saßen auf der schmalen Treppe sehr dicht nebeneinander, und ich konnte die von ihrem Körper ausgehende Hitze spüren und ihre warme, pfeffrige Haut riechen.

Ich stand auf und blickte auf sie hinab. Ich steckte die Hände in die Hosentaschen und hielt mir den Stoff von den Beinen weg, denn ich spürte die ersten Regungen einer Erektion. »Finden Sie wirklich, ich bin ein schrecklicher Mann?« fragte ich.

Sie musterte mich, und ich glaube, sie nahm trotz meiner Vorsichtsmaßnahme mein Interesse an ihr wahr. »Sie zeigen jedenfalls alle Anzeichen dafür«, sagte sie.

»Vielleicht überrasche ich Sie ja.«

»Ach ja, bitte«, sagte Nancy.

Als ich über den Kamm des Kliffs heraufstieg, konnte ich die in der Loggia versammelte Gesellschaft sehen: Mrs. Quay, Jean und zwei Fremde, vermutlich die Fallowfields. Ich hörte Mrs. Quays ziemlich unschönes, wieherndes Lachen. Einen Moment lang dachte ich daran, die ganze Sache, die Quays sausenzulassen – mein Gespräch mit Nancy hatte meine Perspektive leicht verschoben, meine Wahrnehmung verändert, und von da an fand ich die Welt von Quayside unangenehm –, aber wie schon bei Nancy gab es keine Möglichkeit, zu entkommen, ohne gesehen zu werden, und so ging ich rasch über den Rasen und betrat den mit Terrakottafliesen belegten Boden.

»Da sind Sie ja«, sagte Mrs. Quay. »Wir dachten schon, es hätte Sie weggeweht.«

»Ich war nur rasch unten am Strand«, sagte ich.

»Sehr schön, sehr schön«, sagte Mrs. Quay, als wäre ich ein Schwachsinniger. »Tja, es freut mich ungemein, Sie meiner lieben Freundin Isolata Fallowfield vorstellen zu können. Und das ist ihr Sohn Vere.«

Ich gab den beiden die Hand. Mrs. Fallowfield hatte jene schaurig guterhaltene, straffe Schönheit von Frauen, die zuviel von ihrem Geld dafür ausgegeben haben, den Alterungsprozeß aufzuhalten, aber daß sie einmal eine Schönheit gewesen war – und vielleicht immer noch war –, daran bestand kein Zweifel. Alles an ihr war vollkommen: ihr Haar, ihr abgestepptes Gesicht, ihre glitzernden Augen, ihr maßgeschneidertes Kostüm, ihre schlanken Beine, ihre zierlich gekreuzten Knöchel. Sie bot mir die manikürte Hand eher horizontal als vertikal, als erwartete sie einen Handkuß. Ich drückte sie kurz und schlaff, beugte mich ansatzweise darüber und widerstand dem Drang, die Hacken zusammenzuschlagen. Mrs. Fallowfields Sohn war recht jung und auf stutzerhafte, überzüchtete Weise gutaussehend. Er hatte langes, fließendes, pechschwarzes Haar und ein tugendhaftes, mittelalterliches Gesicht. Seine fahlblauen Augen waren fast übernatürlich groß, und seine lange, dünne Nase entfaltete sich elegant dem Gesicht wie ein kostbarer Porzellangegenstand. Als ich ihm die riesige, dünne Hand schüttelte, sagte er laut seinen Namen, Vere, und ich sagte meinen, Alex.

Dann gab ich ziemlich dümmlich Jean die Hand. Und dann setzte ich mich.

»Wir trinken Lillets!« rief Mrs. Quay aus. »Aber es gibt auch Gin, wenn Sie das lieber mögen.«

»Ein Lillet wäre schön«, sagte ich.

Sie läutete ein kleines Silberglöckchen, das auf dem Cocktailtablett stand. Wir alle warteten schweigend darauf, daß das Glöckchen seine Wirkung tat, und als offensichtlich wurde, daß das nicht der Fall war, stand Jean auf und sagte: »Ich sehe mal nach, ob ich Briggs finden kann.« Sie ging durch die geöffnete Glastür in den Salon.

Ich wandte mich an Mrs. Fallowfield. »Ich bin Ihnen dankbar für Ihre Einladung«, sagte ich. »Es ist sehr freundlich von Ihnen, mich auf Ihre Reise mitzunehmen.«

»Keine Ursache«, sagte sie. »Wir freuen uns sehr, daß Sie dabeisein können. Für Vere wird es schön sein, daß ein Mann mitkommt. Nicht wahr, Liebling?«

»Ja«, sagte Vere wenig begeistert. Er sah mich seltsam an, als wäre ich vielleicht gar kein Mann.

»Sophonsobia sagt mir, Sie sind Amerikaner«, sagte Mrs. Fallowfield.

»Das ist richtig«, antwortete ich. »Ich bin erst kürzlich nach Andorra gezogen.«

»Meine Mutter war Amerikanerin. Eine Higginbottom aus Boston. Von ihr habe ich meine roten Haare. Sind Sie aus Boston?«

»Nein.«

»Wie schade. Woher sind Sie denn?«

»Zuletzt habe ich in San Francisco gewohnt.« Jean kam mit meinem Drink zurück. Ich gab mir Mühe, Mrs. Fallowfield amüsant zu finden; das, dachte ich, wäre unbedingt in meinem Interesse. Ich fragte mich, wie groß ihre Jacht war. Ich hoffte, es war nicht irgendein winziges Ding, in dem wir alle zusammengepfercht waren, während draußen der Regen herunterprasselte.

»Wie ich höre, waren Sie auf Formentera«, sagte ich.

»Ja«, sagte sie. »Kennen Sie die Insel?«

»Nein, aber Freunde von mir sind gerade aus Ibiza zurückgekommen.«

»Die Ärmsten! Ibiza ist leider ruiniert. Obwohl ich seit Jahren nicht dort gewesen bin. Vielleicht hat es sich ja wieder berappelt. Das kommt nämlich vor, aber es dauert eine Weile. Sehen Sie, ein Ort wird entdeckt, dann ist er eine Zeitlang schön, dann wird er ruiniert, dann, wenn man Glück hat, wird er vergessen, und wenn er nicht zu sehr ruiniert ist, kann er von vorn anfangen – sich berappeln. Irgendwann passiert das bestimmt auch mit der Erde. Das ist nur natürlich, und wir sollten uns nicht dagegen wehren. Wir ruinieren sie mit Beton, Müll und Haarspray und jagen uns selbst in die Luft, dann liegt sie ein- oder zweitausend Jahre lang brach, und dann fängt sie wieder ganz von vorne an, und die Fische krabbeln aus dem Meer und malen irgendwann die Sixtinische Kapelle. Verlassen Sie sich drauf.«

Nach einem von der unerschöpflich geschwätzigen Mrs. Fallowfield dominierten Essen verkündete Mrs. Quay, daß die Frauen uns Männer im Speisezimmer allein lassen würden, damit wir rauchen konnten. Unmittelbar nachdem die Damen den Raum verlassen hatten, erschien Briggs mit einem Kistchen Zigarren; ich lehnte ab, doch Vere nahm sich eine und machte ein großes Aufheben davon, sie zu präparieren, als wäre sie ein kleines wildes Tier, das er soeben gefangen hatte und das gesäubert und dressiert werden mußte. Ich erwartete halb, daß sie sich zur Wehr setzen würde. Schließlich war die Zigarre hinreichend verstümmelt und gefügig gemacht, und er setzte sie unter großem Gepuste und Gepaffe in Brand. Wir saßen an gegenüberliegenden Enden eines absurd langen Tisches. Nachdem die Damen gegangen waren, hatte ich gedacht, daß einer von uns aufstehen und sich näher zum anderen setzen würde, aber offensichtlich lähmte uns beide irgendein männliches Territorialverhalten. Und so saß ich am einen Ende und trank meinen Brandy, und er saß am anderen und rauchte seine Zigarre. Mitten auf dem Tisch stand ein grotesker Tafelaufsatz, der uns praktisch die Sicht aufeinander nahm. Vere schob seinen Stuhl vom Tisch zurück und streckte die langen Windhundbeine vor sich hin. Etwas später stand er auf und sah zur geschlossenen Terrassentür hinaus, vor der es dunkel war. Ich merkte ihm an, daß er seinen Mut zusammennahm, um mich etwas zu fragen. Nach längerem Schweigen drehte er sich zu mir um.

»Sie erinnern sich wohl nicht an mich«, sagte er. Er zeigte ein eigenartiges, herausforderndes Lächeln.

Ich sah ihn an. Er kam mir vage vertraut vor, aber ich dachte, es sei nur der von ihm so vollkommen verkörperte Typus, den ich erkannte. »Nein«, sagte ich. »Sind wir uns schon einmal begegnet?«

»Ja«, antwortete er. »Auf Ihrer Hochzeit.«

Auf meiner Hochzeit, dachte ich. Und dann dachte ich: Nein, das ist unmöglich. »Auf meiner Hochzeit?« fragte ich.

»Ja. Haben Sie nicht Helen Arkady geheiratet?«

»Ja, aber an Sie kann ich mich nicht erinnern.«

»Ich war ein Freund Ihres Schwagers. Philip. Das heißt, mehr als ein Freund, so unendlich viel mehr als ein Freund.« Er hielt einen Moment inne und schaute wehmütig drein. Daß Philip schwul war, hatte ich nie bemerkt. Zwar kannte ich ihn nicht gut, aber es war dennoch schwer zu glauben: er war mittlerweile verheiratet, hatte zwei schreckliche Kinder und wohnte in Philadelphia in einem dieser protzigen Vororte mit absurden, vokallosen walisischen Namen. Allerdings hatte ich seit Helens Tod nichts mehr mit ihm zu tun.

»Es war eine herrliche Hochzeit«, sagte Vere. »Ich erinnere mich noch ganz deutlich daran. Der reinste Technicolor-Herbst, wie man ihn sonst nur von Kalendern kennt. Ich habe mit Ihrer Frau getanzt. Sie war so schön. Mit Blumen im Haar.«

»Haben Sie noch Kontakt zu Philip?« fragte ich.

»Nein. Philip hat mir und unserem zügellosen Leben abgeschworen. Ich habe seit Jahren nicht mehr mit ihm gesprochen.«

Ich fragte mich, ob das wirklich stimmte. »Seien Sie froh, daß Sie ihn los sind«, sagte ich. »Er ist ein ungeheuer langweiliger Mensch geworden. Aber woher kannten Sie ihn eigentlich?«

Vere setzte sich auf den Stuhl neben mich. »Ich habe ihn in Cambridge kennengelernt. Er war Rhodes-Stipendiat, in Geschichte. Er hatte die am wunderbarsten geformten Ohren, die ich je gesehen habe. Und er hat ständig eine Tasche mit sich herumgetragen, aus der ein Tennisschläger herausstand, und das fand ich sehr erregend. Ich fürchte, ich habe mich ziemlich schamlos an ihn herangemacht.«

»Und Sie sind mit ihm in die Staaten zurückgekommen?«

»Ja, aber wir haben uns dann bald getrennt. Offenbar war sein Interesse an mir ortsspezifisch. Aber bei Ihrer Hochzeit war ich noch sehr glücklich mit ihm. Was für ein goldener Tag. Und wie geht es Ihrer Frau?«

Der aromatische blaue Rauch seiner Zigarre wehte zu mir hin und ich hüstelte leicht in meine Faust.

»Verzeihung«, sagte er. Er wedelte mit der Hand durch den Rauch, womit er ihn aber nur gleichmäßiger verteilte.

»Meine Frau ist leider tot«, sagte ich.

»Du lieber Himmel«, sagte Vere. »Das tut mir schrecklich leid. Ich hatte ja keine Ahnung – –«

»Nein, natürlich nicht.«

»Jedenfalls tut es mir sehr leid. Ist sie erst kürzlich gestorben?«

»Vor ungefähr einem Jahr.«

»Es ist schwer zu begreifen. Wo ich sie doch nur bei Ihrer Hochzeit gesehen habe, so jung und schön und glücklich. Wenn man solche Menschen sieht, nimmt man an, daß sie immer weiterleben. Wie schrecklich das Leben sein kann.«

»Ja.«

Einen Moment lang verharrten wir in peinlichem Schweigen. Mir war übel. Vielleicht lag es am Zigarrenrauch, vielleicht auch an dem kalten, gedünsteten Lachs mit nilgrüner Sauce, der sich nicht recht an die Bedingungen in meinem Magen akklimatisiert hatte.

»Ich denke, wir sollten uns wieder zu den Damen begeben«, sagte Vere schließlich.

Ich stand auf. »Ehrlich gesagt, ich fühle mich nicht wohl«,

sagte ich. »Ob Sie mich wohl entschuldigen könnten? Ich denke, ich gehe nach Hause.«

Vere drückte seine Zigarre aus und stand ebenfalls auf. »Das tut mir sehr leid. Ich hoffe, ich habe Sie nicht aufgeregt.«

»Nein, ich denke, es war der Lachs.«

»Kann ich Ihnen einen Tee holen? Oder irgend etwas Sprudelndes?«

»Nein. Ich denke, ich erhole mich eher, wenn ich einfach nach Hause gehe. Würden Sie für mich gute Nacht sagen?«

»Gewiß, wenn Sie das wünschen. Vielleicht tut Ihnen die frische Luft gut. Der Lachs kam mir auch nicht ganz einwandfrei vor, jetzt wo Sie's sagen. Ich hoffe, es geht Ihnen bald wieder besser.«

Ich streckte ihm die Hand hin, und er ergriff sie. Wir sagten gute Nacht, und ich öffnete die Terrassentür und trat auf die Steinplatten hinaus. Am Rand des Rasens konnte ich die Zielscheibe sehen, die Mrs. Quay für ihre Bogenschießübungen aufgestellt hatte, und ich ging darauf zu, aus dem Lichtschein hinaus, den das große Haus warf. Vorsichtig stieg ich die Treppe zum Strand hinunter. Ich setzte mich auf den Liegestuhl, den Nancy hatte stehen lassen, schaute aufs Wasser hinaus und versuchte, mich mit tiefen Atemzügen zu beruhigen. Er hatte Helen also berührt. Er hatte an dem goldenen Nachmittag mit ihr getanzt.

Der riesige Himmel schien geradezu unsinnig dicht mit Sternen besetzt, und das glitzernde Spektakel verstärkte meine Übelkeit. Ich schloß die Augen. Es waren Blätter gewesen, nicht Blumen, die Helen in ihrem Haar getragen hatte. Herbstblätter. Eine verdorrte Krone. Wir heirateten im Freien, vor dem riesigen Holzhaus ihrer Großeltern im Westen von Massachusetts. Sie waren Weißrussen, ihre Großeltern Boris und Ilena, und ihr Haus hatte die Atmosphäre einer Datscha. Feuchtigkeit in der Luft und tiefliegender, dünner Nebel. Ich weiß noch, wie ich Helen aus dem Haus kommen und über den Rasen auf die am anderen Ende der Wiese versammelte Hochzeitsgesellschaft zuspazieren sah. Wir drehten uns alle um und sahen ihr entgegen. Sie kam ganz allein. Sie wollte keinen Brautvater. Und sie schien, wie sie so durch das hohe Gras ging, ewig zu brauchen, und als sie näherkam, konnten wir sehen, daß sie mit strahlendem Gesicht zugleich weinte und lächelte, und sie hatte den Blick auf mich gerichtet, sie senkte ihn nicht, ließ ihn nicht in die Runde gehen, sondern hielt ihn unverwandt auf mich gerichtet; ich war es, auf den sie zuging, ich, zu dem sie, Tränen in den Augen und Blätter im Haar, über diese große stille Entfernung kam, als wäre ich ein sicherer Ort, den sie aus den Augen verlieren könnte, wenn sie auch nur ganz kurz wegsähe.

## 18

Am nächsten Morgen schlief ich lange und fühlte mich beim Aufwachen schwach und desorientiert. Während ich noch im Bett lag, zu den verschränkten Holzhänden über mir aufschaute und wieder zu mir zu finden versuchte, hörte ich von unten eine Stimme nach mir rufen. Sie klang nach Miss Quay.

Ich stand auf und stellte mich ans obere Ende der Treppe. »Hallo?« rief ich.

»Alex? Ich bin's, Jean Quay. Ich wollte nachsehen, wie es Ihnen geht. Darf ich heraufkommen?«

»Ich bin gleich unten.« Ich wusch mir hastig das Gesicht und zog mir etwas an. Miss Quay stand beklommen in der Mitte des düsteren Wohnzimmers, als hätte sie Angst, die Möbel könnten sie anfallen. »Ich hoffe, ich scheuche Sie nicht vom Krankenlager auf«, sagte sie, als ich das Zimmer betrat.

»Keineswegs. Ich fühle mich viel besser.«

»Gut. Auf Quayside machen sich alle Sorgen. Vere hat gesagt, Sie hätten eine ganz seltsame Farbe gekriegt. Sie sehen immer noch ziemlich blaß aus. Setzen Sie sich doch. Soll ich Ihnen Tee machen? Wenn ich mich nicht irre, hat Onkel Roderick Ingwertee im Schrank. Das beruhigt den Magen.«

»Das hört sich an, als wäre es genau das Richtige.«

»Dann setzen Sie sich, und ich mache eine Kanne.«

Ich setzte mich auf die Couch und sah zu, wie Miss Quay in der Küche verschwand. Einen Moment später stand ich auf, zog die Vorhänge zur Seite, machte die Terrassentür auf und ging nach draußen. Ich betrachtete über die Mauer hinweg das Treiben auf der Straße: Ali überwachte gerade das Entladen von Jutesäcken von einem Gespann mit Eseln, die geduldig auf den Pflastersteinen standen. Ich drehte mich um, als ich Miss Quay meinen Namen rufen hörte. Sie stand in der Tür, in den Händen ein Rattantablett mit Teeutensilien. »Für Sie ist es da draußen zu heiß und zu hell«, sagte sie. »Hier drinnen ist es viel kühler. Kommen Sie herein.«

Ich folgte ihr zurück ins Wohnzimmer. Sie stellte das Tablett auf einem niedrigen Tisch ab und setzte sich auf die Couch; ich setzte mich neben sie und sah zu, wie sie den Tee durch ein Sieb in zwei kleine, henkellose Tassen goß. Es waren die Tassen, von denen Ricky eine als Aschenbecher benutzt hatte. Miss Quay reichte mir eine und sagte: »Trinken Sie das.«

Ich nippte von dem Tee. Er war sehr heiß und hatte ein intensives, eigenartiges Aroma.

Miss Quay sah einen Moment lang zu, wie ich meinen Tee nippte, und nippte dann von ihrem. »Die Leute denken immer, sie müßten bei Hitze kalte Getränke zu sich nehmen, aber das stimmt nicht«, sagte sie. »Ein heißes Getränk senkt nämlich die Körpertemperatur schneller. Das habe ich in Ceylon gelernt.«

Mir war klar, daß irgendeine höfliche Antwort erwartet wurde, aber meine Schwäche machte mich zu Konversation unfähig. Große Teile meines Gehirns waren wie abgeschaltet, verhüllt, dennoch erschienen immer wieder Bilder von meinem Zusammensein mit Miss Quay im Heldengedenkpark an den Rändern meines Bewußtseins, wie ein flüchtiger, aber sich stets aufs neue ereignender und zu einem Avantgardefilm vervielfältigter Moment, und ich wußte nicht, wie ich diese Bilder mit der Tatsache vereinbaren konnte, daß Miss Quay und ich jetzt auf dem Sofa saßen und ruhig miteinander Tee tranken.

»Wann waren Sie denn in Ceylon?« brachte ich schließlich, wenig einfallsreich, zustande.

»Ach, vor etwa zehn Jahren. Ich habe dort bei meiner Tante und meinem Onkel gewohnt.«

Unser kleines Gespräch schien die Sprossen einer Leiter herabgestiegen und verschwunden zu sein. Nach kurzem Schweigen deponierte Miss Quay ihre Tasse auf dem Tablett und fragte: »Geht es Ihnen denn jetzt besser?«

»Ja, danke.«

Sie hob die Teekanne. »Möchten Sie noch?«

»Nein, danke.«

Sie stellte die Kanne aufs Tablett zurück und betrachtete sie traurig, als hätte ich sie, die Kanne, brüskiert. Oder nein: es war, als ob alles, auch die Teekanne, sie letzten Endes enttäuschte. Sie streckte die Hand aus und berührte die Kanne, vorgeblich wohl, um die Temperatur zu prüfen, aber ihre Geste hatte etwas beinahe mitleiderregend Zärtliches, als böte ihr die warme Keramikhaut den einzigen Trost, den sie je erfahren würde. Gleich darauf zog sie die Hand wieder zurück, stand auf, nahm das Tablett und trug es in die Küche. Ich blieb noch einen Moment sitzen, trank meinen Tee aus und folgte ihr dann.

Sie war dabei, die Kanne unter dem Wasserhahn auszuspülen. Das Wasser pladderte in die Öffnung der Kanne und sprang dann als dünner heller Strahl aus dem Schnabel. Ich reichte ihr meine Tasse, die sie ebenfalls ausspülte. Dann drehte sie das Wasser ab und wischte sich an einem kleinen Handtuch die Hände.

»Ich muß mich bei Ihnen entschuldigen«, sagte ich.

Sie hängte das Handtuch über den Auslauf des Wasserhahns, wobei sie dessen schlaffe Enden sorgfältig auf gleiche Länge brachte, und sah mich an. »Du meine Güte«, sagte sie. »Wofür denn?«

»Für mein Verhalten im Heldengedenkpark. Es tut mir leid, wenn es unpassend war.«

»Menschlich zu sein ist niemals unpassend. Ganz im Gegenteil, ich finde, die Welt wäre ein besserer Ort, wenn wir alle ab und zu zusammenklappen und weinen würden.«

»Wieso?«

»Weil wir dann nicht soviel Energie darauf verwenden würden, uns gegen die Traurigkeit in uns zu wehren und sie zu verbergen. Wir würden sie eingestehen, sie teilen. So wie Sie es getan haben.« Sie blickte zu Boden und bewegte prüfend ihren Schuh über die schmutzigen Fliesen. »Und wie ich es getan habe, am ersten Abend, an dem wir hierher gekommen sind.«

Ich schwieg und fragte mich, ob sie fortfahren würde.

»Warum haben Sie damals geweint?« fragte ich, als sie stumm blieb.

Sie blickte ein wenig abrupt und, wie ich fand, zornig auf. »Warum?« Doch als ihr Blick meinen traf, schwand ihr Zorn, legte sich, und sie sagte: »Ich habe geweint, weil ich traurig war. Hier zu sein, in Onkel Roddys Haus, hat mich an Ceylon erinnert – wahrscheinlich, weil er dorthin gefahren ist, und ... das hat mich traurig gemacht.«

»Warum?«

Sie lächelte ihr trauriges Lächeln und schüttelte den Kopf. »Weil es mir in Ceylon das Herz gebrochen hat. Sagt man noch so? Jedenfalls hat es sich so angefühlt, das weiß ich noch. Ich war todunglücklich. Und noch heute, nach so langer Zeit, macht die Erinnerung daran mich traurig.«

»Was ist dort passiert?« fragte ich.

Sie drehte den Wasserhahn wieder auf und ließ sich das kalte Wasser über die Hände laufen, als könnte sie ohne kalte, saubere Hände nicht fortfahren. Sie schüttelte sie in der Spüle ab und wischte sie sich dann mit dem Handtuch trokken.

»Bitte erzählen Sie mir, was passiert ist«, sagte ich.

Sie hängte das Geschirrtuch wieder an seinen Platz und lehnte sich mit dem Rücken an den Spülschrank, so daß sie mir zugewandt war. Sie sah mich einen Moment lang fragend an, schätzte mich ab.

»So ungewöhnlich war es eigentlich gar nicht«, sagte sie. »Es ist noch nicht einmal ein Geheimnis, obwohl wir nie davon reden. Genau wie vom Tod meines Bruders. Ich verstehe nicht, wieso wir ausgerechnet von dem schweigen, was uns am meisten weh tut.« Sie hielt inne, als hätte ich vielleicht eine Erklärung dafür, doch als sie erkannte, daß das nicht der Fall war, fuhr sie fort: »Ich bin mit achtundzwanzig nach Ceylon gegangen. Es wurde zwar nie explizit gesagt, aber ich wußte, daß Mutter mich dorthin schickt, damit ich einen Mann finde. Hier hatte ich nämlich keinen gefunden, und ich wurde allmählich alt. Mutter hat wohl gedacht, in Ceylon wäre es leichter für mich, die Konkurrenz wäre dort weniger scharf. Ich war kein hübsches Mädchen. Ich war nämlich zu groß und korpulent – und, na ja, schüchtern und linkisch. Also hat man mich nach Massiliwawood, die Teakplantage von Tante Charlotte und Onkel Demerest, geschickt. Und dort habe ich mich tatsächlich fast umgehend verliebt, schrecklich und wundervoll verliebt. Allerdings nicht in einen dieser fleischigen, ungehobelten jungen Briten – der Abschaum des Empire –, die Tante Charlotte ständig zum Essen eingeladen hat. Ich habe mich in jemand Unpassenden verliebt: in einen Eingeborenen. Er war der Vorarbeiter der Plantage. Er war der freundlichste und schönste Mann, den ich jemals gekannt habe. Jemals. Und auch der gescheiteste. Mit Sicherheit jedenfalls der belesenste. Er hat sich nämlich immer spätnachts ins Haus geschlichen und aus der Bibliothek meines Onkels Bücher geliehen – Bücher, die mein Onkel nie gelesen hat, wunderschöne ledergebundene Bücher, die um die halbe Welt befördert worden waren und mit noch unaufgeschnittenen Seiten in der Hitze verschimmelten. Er hat jedes Buch im Zimmer gelesen, sämtliche Griechen, den kompletten Shakespeare, außerdem Dickens, Austen, Ruskin, Zola und Tolstoi; er hat sich hineingeschlichen und jedesmal ein Buch mitgenommen. So habe ich ihn auch kennengelernt: spätnachts, in der Bibliothek. Ach – er war so freundlich und so schön. So gut. So vollkommen gut.« Sie hielt in der Erinnerung einen Moment inne. »Ich wußte, für Menschen wie Tante Charlotte und meine Mutter war das inakzeptabel. Ich wußte, er würde nicht als passender Ehemann gelten. Also habe ich das Ganze geheimgehalten. Ich habe mich nachts zu seiner kleinen Hütte geschlichen und bin in der Morgendämmerung ins Herrenhaus zurückgekommen, so glücklich, so unglaublich glücklich. Nein: glaublich glücklich; an solches Glück muß man glauben. Man muß.« Sie stieß langsam und zittrig den Atem aus. »Als ich wußte, daß ich schwanger war, habe ich meiner Tante und meinem Onkel gesagt, daß ich ihn heiraten würde. Ich wußte, ich würde darauf bestehen müssen, und das habe ich auch getan. Ich habe darauf bestanden, ihn zu heiraten.

Sie haben ganz rasch und grausam gehandelt. Ich habe ihn nie wiedergesehen. Ich wurde in mein Zimmer eingesperrt. Am nächsten Tag hat man mich in den Zug nach Colombo gesetzt. Von dort aus bin ich mit dem Schiff nach Irland gefahren, in ein Kloster. Ich war so weit weg von ihm, wie sie mich nur schicken konnten.«

»Was ist dann passiert?« fragte ich.

»Ich bin dortgeblieben, bis das Baby auf die Welt kam«, sagte sie. »Ich weiß, es war ein Junge, aber sie haben mir gesagt, er wäre am Tag nach der Geburt gestorben. Ich glaube, sie haben gelogen. Sie haben wohl gedacht, es wäre leichter für mich, wenn ich glaubte, unser Kind sei tot. Vielleicht auch nicht. Würden Nonnen in so einem Punkt lügen?«

»Ich weiß nicht.«

»Danach bin ich nach London gegangen. Ich habe ungefähr sechs Monate als Sprechstundenhilfe für einen Augenarzt gearbeitet. Aber ich habe mich dort einsam und elend gefühlt. Ständig schien es zu regnen. Und dann sein fensterloses Sprechzimmer mit den Sehtafeln und den Korrekturlinsen. Also bin ich nach Andorra zurückgekommen.«

»Und Sie haben nie versucht, sich mit ihm in Verbindung zu setzen?«

»Wie denn? Das wäre nur über meine Tante und meinen Onkel möglich gewesen. Und außerdem haben sie ihn bestimmt weggeschickt. Oder etwas noch Schlimmeres getan. Die Menschen sind so grausam, sogar wenn es um Liebe geht. Besonders wenn es um Liebe geht, so scheint es. Ich dachte, ich höre vielleicht irgendwie von ihm – das ist einer der Gründe, warum ich nach Andorra zurückgekommen bin: ich dachte, er versucht vielleicht, sich hier mit mir in Verbindung zu setzen, aber das hat er nie getan.

Es war alles meine Schuld, weil ich es nämlich meiner Tante erzählt habe. Es war so dumm und naiv von mir. Daß ich geglaubt habe, sie würden mir erlauben, ihn zu heiraten. Er hat es besser gewußt. Er wollte, daß ich mit ihm weggehe, aber das kam für mich nicht in Frage. Ich bin diejenige, die beschlossen hat, es Onkel und Tante zu erzählen. Dadurch habe ich meine Chance mit ihm verloren.«

»Vielleicht hören Sie ja eines Tages noch von ihm.«

»Nein. Ich wünsche es mir nicht einmal mehr. Man kann nicht – es ist nicht gut, es tut einem weh, sich so gegen alle Vernunft etwas zu wünschen. Ich habe meine Chance mit ihm verloren, und mittlerweile akzeptiere ich das auch.«

»Das ist eine sehr traurige Geschichte«, sagte ich. »Es tut mir leid.«

Sie sah mich an. »Ich bin froh, daß ich sie Ihnen erzählt habe«, sagte sie. Dann stellte sie sich gerade hin. »Tja. Ich muß nach Quayside zurück. Ich habe Bitsy versprochen, daß ich zum Mittagessen zu Hause bin. Sie reist heute abend nach Schottland ab. Ach so, ja, Isolta hat mich gebeten, Ihnen auszurichten, daß Sie unbedingt daran denken sollen, morgen Ihren Paß mitzubringen. Sie brauchen ihn, wenn wir in ausländischen Häfen anlegen.«

Sie stieß die Küchentür auf und ging durchs Wohnzimmer. Ich folgte ihr und öffnete die Wohnungstür. Sie trat auf die Treppe hinaus und drehte sich dann um. »Ich freue mich auf die Kreuzfahrt«, sagte sie. »Ich bin so froh, daß Sie mitkommen.«

»Ja. Ich auch.«

»Tja, bis morgen dann. Wir wollen gegen Mittag absegeln, seien Sie also bitte einige Zeit vorher im Jachthafen. Wir lassen morgens Ihr Gepäck abholen. Wir ziehen uns zum Essen nicht um, Sie brauchen also keine Gesellschaftskleidung einzupacken. Nachts könnte es mitunter kühl werden, denken Sie also daran, etwas Warmes mitzunehmen. Noch etwas? Das Boot ist die *Splendora*. Es ist bestimmt das größte Boot dort. Sie können es gar nicht verfehlen. Vergessen Sie Ihren Paß nicht.« Und damit drehte sie sich um, stieg rasch die Treppe hinunter und verschwand in die Gasse.

Erst als ich nach oben ging und Onkel Rodericks Schreibtisch nach meinem Paß durchwühlte, fiel mir wieder ein, daß er schon vor Wochen von Leutnant Afgroni eingezogen und nicht wieder zurückgegeben worden war. Vermutlich befand er sich immer noch bei der Polizei. Ich fragte mich, was ich tun sollte. Konnte ich ohne den Paß auf die Kreuzfahrt gehen? So tun, als hätte ich ihn vergessen? Aber ich würde ziemlich dumm dastehen, wenn ich ausgerechnet ohne den Gegenstand käme, den mitzubringen man mich ausdrücklich gebeten hatte. Nein: ich würde ihn zurückverlangen müssen. Schließlich war nicht einzusehen, warum ich ihn nicht bekommen oder warum die andorranischen Behörden ihn zurückhalten sollten. Ich erinnerte mich ganz deutlich, daß Afgroni gesagt hatte, man wolle ihn nur ein paar Tage einbehalten. Wahrscheinlich brauchte ich ihn nur abzuholen.

Und so hastete ich in der Mittagshitze, immer noch leicht benommen, zur Stadtverwaltung. In der Rotunde blieb ich kurz stehen, um den Gebäudeplan zu studieren; die Polizei wollte ich nach Möglichkeit vermeiden. Es war eine Abteilung für URKUNDEN, LIZENZEN, PÄSSE im zweiten Stock aufgeführt, und ich beschloß, dort anzufangen. Ich stieg die Treppe hinauf und ging einen langen, menschenleeren Flur entlang. Der Raum, den ich betrat, war vollständig mit Holz getäfelt und wurde von ein paar an der Decke hängenden Alabasterkugeln erhellt. Er war auf eine Weise düster und von Stille erfüllt, die einen daran zweifeln ließ, daß außerhalb dieser Wände hellichter Tag herrschte. Direkt vor mir erhob sich von einem kunstvoll beschnitzten hölzernen Schalter, der den Raum zweiteilte, ein schmiedeeisernes Ziergitter bis zur Decke. Das trübe Licht, das dunkle Holz und das Eisengitter verliehen dem kleinen Raum die Aura eines Beichtstuhls.

»Kann ich Ihnen behilflich sein?« In dem Dämmer hinter einer Öffnung des Gitters erschien wie ein Beichthörender eine ältere Frau. Sie war mit einem eigenartigen Kostüm in Schwarz und Weiß bekleidet, mit dem sie wie eine Kreuzung zwischen Nonne und Platzanweiserin aussah.

»Ich wollte mich nach meinem Paß erkundigen«, sagte ich und trat auf den Schalter zu. »Ich glaube, daß Sie ihn möglicherweise hier aufbewahren, damit ich ihn abholen kann.«

»Wieso glauben Sie das?« fragte die Frau. Sie blickte über mich hinweg und wandte sich an die Luft über meinem Kopf.

»Na ja, ich hatte ihn vor einiger Zeit der Polizei gegeben.«

»Der Polizei!« Sie hob die Stimme, fast als wollte sie sie rufen.

»Ja. Die Polizei hat schon vor einiger Zeit für ein, zwei Tage meinen Paß verlangt, und ich habe ihn noch nicht zurückbekommen. Ich dachte, er liegt vielleicht hier für mich bereit.«

»Die Stadtverwaltung befaßt sich nicht mit strafrechtlichen Angelegenheiten«, sagte die Frau. »Wegen Ihres Passes müssen Sie sich an die Polizei wenden. Sie befindet sich im Untergeschoß.« Sie betonte das Wort Untergeschoß ganz leicht, als ob die Richtung, in die ich mich begeben mußte, irgendwie bezeichnend für meinen Charakter wäre. »Guten Tag«, sagte sie. Sie griff nach oben und zog ein braunes Papierrollo zwischen uns herunter, aber ich merkte, daß sie an Ort und Stelle blieb.

Einen Moment lang standen wir stumm zu beiden Seiten des Rollos, dann sagte ich: »Es handelt sich nicht um eine strafrechtliche Angelegenheit.«

Sie gab keine Antwort. Ich merkte, daß sie mucksmäuschenstill stand, um mich davon zu überzeugen, daß sie nicht mehr da war. Ich klopfte dreimal mit den Knöcheln gegen den Schalter. Ich konnte spüren, wie sie leicht zurückwich, und klopfte erneut, diesmal etwas kräftiger.

»Was wollen Sie?« fragte sie.

»Ich will, daß Sie mich ansehen.«

Sie lüpfte das Rollo an einer Ecke und starrte mich an.

»Ich bin kein Verbrecher«, sagte ich.

Sie zuckte die Achseln. »Das habe ich auch nicht behauptet.«

»Aber angedeutet haben Sie es.«

»Ich habe keinerlei Wertung Ihres Charakters vorgenommen. Ich habe Sie schlicht und einfach an die Polizei verwiesen. Ihr Paß ist nicht hier, und ich kann Ihnen nicht weiterhelfen.« Sie ließ das Rollo los.

Ich ging nach unten.

Der Polizeibereich war ganz Neonlicht und Resopal, das genaue Gegenteil der Abteilung für Urkunden, Lizenzen und Pässe. Man führte mich zu einem Schreibtisch, hinter dem ein Beamter saß.

»Ich möchte meinen Paß abholen«, sagte ich.

»Das Fundbüro ist oben in der Garderobe«, sagte er.

»Ich habe meinen Paß nicht verloren. Er ist mir vor mehreren Wochen von der Polizei abgenommen worden, und man hat mir gesagt, ich könnte ihn nach ein paar Tagen abholen. Deswegen bin ich hier.«

»Selbstverständlich. Sie müssen nur dieses Formular ausfüllen.« Er durchstöberte eine Schublade und gab mir ein Formular mit dem Titel ZURÜCKFORDERUNG EINGEZOGENER/UNTER QUARANTÄNE GESTELLTER STÜCKE. Darin mußten Name, Adresse, das zurückgeforderte Stück, dessen Schätzwert sowie der Grund seiner Einziehung angegeben werden. Unten auf dem Formular stand folgende Erklärung: *Sämtliche Nahrungsmittel sowie unkonzessioniertes Lebendvieh werden nach achtundvierzig Stunden vernichtet.*

Ich reichte dem Adjutanten das ausgefüllte Formular zurück. Mir ging plötzlich auf, daß ich auf den Straßen von Andorra nie einen dieser theatralisch kostümierten Polizisten gesehen hatte; genaugenommen hatte ich dort überhaupt nie Polizei gesehen; es schien sie nur im Untergeschoß der Stadtverwaltung zu geben.

Er warf einen kurzen Blick auf das Formular und stand auf. »Ich bin gleich wieder da«, sagte er zu mir. Ich sah zu, wie er durch eine Tür verschwand, und mußte nur wenige Momente warten, bis er wieder auftauchte. Er stellte sich neben den Schreibtisch, räusperte sich und sagte: »Wenn Sie mir bitte folgen wollen.«

Ich wollte ihm schon gehorchen, doch dann überlegte ich es mir anders. Ich blieb sitzen. »Wenn ich Ihnen folgen will, was?« fragte ich.

»Verzeihung?«

»Das ist ein unvollständiger Satz: wenn Sie mir bitte folgen wollen. Bitte vervollständigen Sie ihn. Was passiert, wenn ich Ihnen folge? Bekomme ich dann meinen Paß zurück? Werde ich hingerichtet? WENN ICH IHNEN FOLGE, WAS IST DANN?«

Der Polizeibeamte machte einen Schritt von mir weg, als wäre ich ein gefährlicher Verrückter. Ich wartete geduldig, doch anstatt meine Frage zu beantworten, formulierte er lediglich seine Aufforderung um: »Bitte folgen Sie mir.«

Ich stand auf und folgte ihm zur Tür hinaus, den langen Flur entlang, am MORTUAIRE vorbei und in ein kleines Büro, ganz ähnlich dem, worin Leutnant Afgroni mich befragt hatte. Es hätte sogar dasselbe sein können. »Es kommt gleich jemand zu Ihnen«, sagte er und schloß die Tür. Ich merkte ihm die Erleichterung darüber an, daß er nichts mehr mit mir zu tun hatte. An dieser Stelle fühlte ich mich ziemlich ohnmächtig und verfluchte mich dafür, daß ich meinen Paß überhaupt je hergegeben hatte. Ich hätte ihn mir niemals abnehmen lassen dürfen. Wie dumm! In Zukunft – das heißt ab sofort – würde ich weniger kooperativ sein.

Die Tür ging auf, und Leutnant Afgroni betrat das Zimmer und schloß sie hinter sich. Er trug auch diesmal einen eleganten Anzug. Das dichte Haar war pomadisiert, die Nägel manikürt. Wie ich ihn haßte. Er setzte sich an den Schreibtisch und tat so, als studierte er einen Moment lang das von mir ausgefüllte Formular, ehe er zu mir aufblickte. »Tja, Mr. Fox«, sagte er. »So trifft man sich wieder.«

»Guten Tag.«

»Sie sind also wegen Ihres Passes gekommen«, sagte er. Er legte das Formular mitten auf die leere Schreibtischplatte.

»Ja«, sagte ich. »Ich möchte ihn sofort zurückhaben.«

»Sofort?« Er schmunzelte. »Woher die Eile? Haben Sie vor, zu verreisen?«

»Jawohl«, sagte ich. »Ich reise morgen ab.«

»Darf ich fragen, wohin es geht?«

»Sie dürfen nicht«, sagte ich. Ich war entschlossen, mich nicht vom einzigen Zweck meines Hierseins ablenken zu lassen. »Ich wüßte nicht, inwiefern die privaten Reisepläne eines amerikanischen Staatsbürgers Sie etwas angehen.«

»Ganz im Gegenteil, in Ihrem Falle gehen sie mich sehr viel an.«

»Ich wüßte nicht, wieso.«

Leutnant Afgroni lehnte sich aus seiner vorgebeugten Haltung zurück. Er strich sich über die Oberlippe, womit er mir den Eindruck vermittelte, er habe einmal einen Schnurrbart gehabt, den er nun vermißte. Er hob die Augenbrauen. »Ich kann nicht sagen, daß mich Ihr Auftreten begeistert«, sagte er.

»Und ich kann nicht sagen, daß mich das kümmert.« Ich stand auf. »Wenn Sie nicht die Absicht haben, mir meinen Paß zu geben, sagen Sie es mir bitte, dann werde ich die Angelegenheit bei der Botschaft der Vereinigten Staaten zur Sprache bringen.«

»Das wird nicht ganz einfach für Sie sein, da es in Andorra keine Botschaft der Vereinigten Staaten gibt.«

»Dann spreche ich mit dem Konsul. Irgendeine Vertretung der Vereinigten Staaten wird es in La Plata ja wohl geben.«

Leutnant Afgroni schüttelte den Kopf. »Leider nein. Ich fürchte, wir sind als Land zu klein und zu unwichtig, um von den Vereinigten Staaten irgendeiner offiziellen Beachtung gewürdigt zu werden.«

»Dann fahre ich nach Paris und bringe die Angelegenheit dort zur Sprache.«

»Um nach Paris zu fahren, brauchen Sie Ihren Paß«, sagte Leutnant Afgroni. »Ich entsinne mich, daß Sie gern Brandy trinken. Möchten Sie einen?«

»Nein, ich möchte nicht.«

»Setzen Sie sich doch bitte.«

»Ich ziehe es vor zu stehen. Im übrigen ziehe ich es auch vor, gar nicht hier zu sein. Ich werde die Angelegenheit der Entwendung meines Passes über andere Kanäle weiterverfolgen. Bitte entschuldigen Sie mich.«

»Ehe Sie sich in eine noch peinlichere Lage bringen, Mr.

Fox, sollte ich Ihnen vielleicht sagen, daß ich leider der einzige ›Kanal‹ bin, über den Sie Ihre Paßangelegenheit derzeit weiterverfolgen können. Ich habe ihn sogar bei mir.« Er zog ihn aus seiner Brusttasche und warf ihn auf den Schreibtisch. »Und nun setzen Sie sich bitte. Ich habe Ihnen, wie Sie sich zweifellos schon gedacht haben, ein paar Fragen zu stellen.«

Ich blieb noch einen Moment stehen, als überlegte ich, welche Möglichkeit mir offenstanden, und setzte mich dann. Ich sah ihn an.

Er lächelte mir zu. »Danke«, sagte er. »Darf ich mein Brandyangebot wiederholen?«

»Sie dürfen. Aber ich würde es wieder ablehnen.«

»Dann soll es auch nicht wiederholt werden.«

Er nahm meinen Paß und sah ihn durch, wendete die Seiten und hielt ihn schräg, um die verschiedenen Stempel zu lesen. Alles, was er tat, hatte eine gewisse theatralische Künstlichkeit, die mich rasend machte. »Wo haben Sie in Ihrer ersten Nacht in Andorra gewohnt?«

»Im Hotel Excelsior«, sagte ich.

»Sind Sie sicher?«

»Natürlich bin ich sicher. Sie können dort die Unterlagen prüfen, wenn Sie mir nicht glauben.«

»Das haben wir bereits. Daraus geht hervor, daß Sie am Montag, dem siebzehnten Mai, eingetroffen sind.«

»Das ist richtig.«

»Wo haben Sie dann in der Nacht vom sechzehnten auf den siebzehnten Mai gewohnt?«

»Nirgendwo. Ich war von Paris hierher unterwegs. Ich habe den Nachtzug genommen.«

»Das sagten Sie. Um welche Zeit sind Sie angekommen?«

»Das weiß ich nicht mehr genau. Früh. So gegen acht, denke ich.«

»Der Nachtzug kommt normalerweise um sechs an. Wissen Sie noch, ob er an diesem Morgen Verspätung hatte?«

»Ich glaube nicht, obwohl das natürlich sein kann. Ich weiß es nicht mehr. Was spielt das überhaupt für eine Rolle?«

»Es spielt eine sehr wichtige Rolle. In der Nacht vom sechzehnten auf den siebzehnten Mai wurde in La Plata ein Mord verübt.«

»Beschuldigen Sie mich des Mordes?« fragte ich.

»Gegenwärtig nicht.«

»Haben Sie vor, mich irgendwann in der Zukunft des Mordes zu beschuldigen?«

»Es entspricht nicht dem Wesen eines Polizisten, Prognosen zu stellen.«

»Ich möchte meinen Anwalt sprechen, ehe ich weitere Fragen beantworte. Oder enthalten Ihre entzückenden Sitten und Gebräuche mir dieses Recht vor?«

»Natürlich haben Sie das Recht, mit einem Anwalt zu sprechen. Vergessen Sie nicht, ich habe keinerlei Beschuldigungen gegen Sie erhoben. Ich stelle Ihnen lediglich ein paar Fragen.«

»Sie brauchen mir nicht zu erklären, was Sie da machen. Für mich ist das vollkommen offensichtlich.«

»Solange wir uns verstehen«, sagte Leutnant Afgroni.

»Solange wir uns verstehen, was?« Ich hatte es satt, daß die Leute ihre Sätze nicht beendeten.

»Solange wir uns verstehen, kann es keine Mißverständnisse zwischen uns geben. Ich möchte Sie nicht länger aufhalten.«

»Kann ich meinen Paß haben?« fragte ich.

»Ach so, Ihr Paß«, sagte er. Er nahm ihn vom Schreibtisch. »Nein. Es ist mir nicht möglich, ihn zurückzugeben. Ich hoffe, das bereitet Ihnen keine allzu großen Unannehmlichkeiten.«

»Doch, das tut es«, sagte ich.

»Ach so, richtig. Sie wollten ja verreisen. Tut mir leid. Aber solange diese Angelegenheit nicht geklärt ist, möchten wir, daß Sie in unserem Land bleiben.«

»Und was ist, wenn die Angelegenheit nie geklärt wird?«

»Keine Sorge, das wird sie. In Andorra gibt es keine ungelösten Verbrechen.«

»Sie meinen, Sie finden immer einen Sündenbock.« Ich stand auf.

Er sah mich einen Moment lang an, als wäre ich ein schwieriges Kind. »Ich habe gemeint, was ich gesagt habe.«

»Steht es mir frei zu gehen?« fragte ich ihn.

»Natürlich steht es Ihnen frei zu gehen«, sagte er. Er winkte mich weg. »Dramatisieren Sie die Situation nicht unnötig.«

Ich suchte Zuflucht und Gelegenheit zum Nachdenken in der Cantina, wo ich ausgerechnet auf Mrs. Dent und Dino traf. Ich hatte die beiden seit der Nacht, in der Mrs. Dent mich – oder vielmehr ich sie – in ihrem Garten verlassen hatte, nicht mehr gesehen. Der Nacht unseres »Mißgeschicks«. Sie saß an dem Tisch, den wir bei unserer ersten Begegnung gehabt hatten, las Zeitung und aß dabei zu Mittag. Ich setzte mich an die Bar und bestellte einen doppelten Wodka, den ich mit ein paar verzweifelten Schlucken hinunterstürzte. Dann ging ich zu Mrs. Dent hinüber und stellte mich an ihren Tisch.

Sie schaute kurz zu mir auf, dann wieder in ihre Zeitung. »So was, dich hier zu treffen«, sagte sie.

»Ich brauche deine Hilfe.«

»Ach ja?«

»Ja. Das ist nicht komisch.«

»Keine Sorge. Für komisch halte ich es nun wirklich nicht.« Sie tat so, als läse sie ihre Zeitung, und blätterte um.

»Darf ich mich setzen?« fragte ich.

»Du darfst.«

Ich setzte mich ihr gegenüber. Sie legte die Zeitung zusammen und starrte mich über den Tisch hinweg an. »Du siehst gar nicht gut aus«, sagte sie.

»Mir geht es auch nicht gut«, sagte ich.

»Was fehlt dir denn?«

»Alles«, stöhnte ich.

»Das bezweifle ich. Äußere dich genauer.«

»Die Polizei gibt mir meinen Paß nicht zurück.«

»Das kann man ja wohl kaum als alles bezeichnen.«

»Und jetzt glauben sie auch noch, ich wäre derjenige, der diese Leute ermordet und ihre Leichen in den Hafen geworfen hat.«

»Bist du's denn?«

»Natürlich nicht. Wie kannst du mich so was nur fragen?«

»Ich weiß nicht. Unter den gegebenen Umständen scheint es mir eine naheliegende Frage zu sein.«

Der Kellner unterbrach uns, um mich zu fragen, ob ich etwas essen wolle. Ich merkte plötzlich, daß ich am Verhungern war. Ich bestellte einen *salade fenouil, lotte meunière* und ein Glas Pouilly-Fuissé.

»Was mache ich denn jetzt?« fragte ich, als der Kellner gegangen war.

»Um dir die Wahrheit zu sagen, das interessiert mich nicht sonderlich«, sagte sie. Sie tat so, als wende sie ihre Aufmerksamkeit wieder der Titelseite ihrer Zeitung zu.

»Vielleicht könnte ich mir Rickys Paß borgen«, sagte ich. Ich dachte nur laut, aber die Idee erschien mir gar nicht schlecht. »Hat er ihn dagelassen, als er über die Berge geflüchtet ist?«

»Nein.«

»Bist du sicher?«

»Ja, ich bin sicher. Aber ich hätte ihn dir sowieso nicht geliehen.«

»Es hätte wahrscheinlich ohnehin nicht funktioniert«, sagte ich.

»Wenn du diese Leute nicht ermordet hast, hast du nichts zu befürchten«, sagte Ricky.

Mir fiel wieder ein, wie ich an jenem kalten, klammen Morgen auf der Vega so ziemlich das gleiche zu ihrem Mann gesagt hatte. Ich schauderte. »Und ob. Du kennst die Polizei nicht.«

Mein Wein kam, und ich nippte daran. »Bitte hör auf, Zeitung zu lesen«, sagte ich. »Das ist unhöflich.«

Sie faltete sie zusammen und warf sie neben Dino auf den Boden. Dann sah sie mich an. »Unhöflich möchte ich nicht sein«, sagte sie.

»Tut mir leid«, sagte ich.

»Was?«

»Alles.«

»Du drückst dich einfach sagenhaft ungenau aus.«

»Es tut mir leid, daß ich beschlossen habe, mit auf die Kreuzfahrt zu gehen«, sagte ich.

Sie zuckte leicht die Achseln, lächelte jedoch.

»Hilfst du mir?« fragte ich.

»Wobei?«

»Beim Denken!« sagte ich. »Irgendwie kann ich nicht denken. Ich muß einen Plan machen.«

»Was willst du denn erreichen?«

»Ich will meinen Paß zurück. Und ich will diese lächerlichen Mordanklagen vom Tisch haben.«

»Sie haben dich angeklagt?«

»Nein. Aber sie deuten immer wieder an, daß ich es war.«

»Das ist bestimmt bloß ein Trick. Andeutungen sind harmlos. Hast du mit einem Anwalt gesprochen?«

»Nein.«

Mein Salat kam, ein kunstvolles Nebeneinander von Fenchelringen und blutenden roten Orangenscheiben. Ich schob ihn zur Seite.

»Na, dann mach das. Geh zu einem Anwalt: das ist mein Rat. Das sollte dein Plan sein.«

»Ja«, sagte ich, »gut.« Ich hielt inne. »Aber da ist immer noch das Problem mit der Kreuzfahrt.«

Sie seufzte, als hätte ich sie gebeten, mich in Staatsangelegenheiten zu beraten. »Was für ein Problem denn?«

»Ich kann nicht mitfahren, wenn ich meinen Paß nicht habe.«

»Dann fahr eben nicht mit.«

»Aber was sage ich den Quays? Daß die Polizei meinen Paß einbehält, weil ich unter Mordverdacht stehe?«

»Du bist ein guter Lügner. Denk dir irgendwas aus.«

»Das werde ich wohl müssen.«

»Ja. Das tust du ja immer. Und jetzt lasse ich dich allein, damit du in Ruhe essen kannst.« Sie stand auf und räumte ihre Sachen zusammen. »Komm, Dino«, sagte sie. Die beiden setzten sich Richtung Tür in Bewegung.

»Warte«, sagte ich.

Sie drehte sich um.

»Mir tut alles leid«, sagte ich.

Sie hielt einen Moment inne. Dino setzte sich. »Ich glaube, daß es dir leid tut, soweit dir überhaupt etwas leid tun kann«, sagte sie.

»Was heißt das denn?«

»Das heißt – nein. Ich sollte mich nicht zum Richter über dich aufschwingen. Ich glaube dir. Wenn es dir leid tut und du das sagst, dann glaube ich dir. Wirklich.«

»Danke«, sagte ich.

Sie zuckte die Achseln und machte kehrt, um zu gehen.

»Hast du von Ricky gehört?« fragte ich.

Sie wandte sich mit schmalen Augen wieder zu mir um. »Woher weißt du das?« fragte sie.

»Hast du?«

»Ja.«

»Was schreibt er?«

Sie blieb eine Zeitlang stumm, während sie offenbar versuchte, sich darüber schlüssig zu werden, ob sie es mir erzählen sollte. »Es geht ihm gut. Er ist noch immer in Barcelona. Er hat vor, in Australien ein Weingut zu kaufen. In der Nähe von Adelaide. Er möchte, daß ich mit ihm dorthin ziehe. Er findet, wir könnten es gemeinsam probieren.«

»Verstehst du denn etwas von Weinbau?« fragte ich.

»Nein, aber ich kann es lernen.«

»Du gehst also mit?«

Sie sah mich an. »Ich weiß es nicht«, sagte sie. »Ich weiß es wirklich nicht.«

»Ich finde, du solltest.«

»Es ist mir egal, was du findest«, sagte sie. Sie hielt inne, dann kam sie auf mich zu. Sie berührte mich an der Schulter. »Tut mir leid. Entschuldige bitte. Ich möchte nicht böse mit dir sein. Oder gemein. Und was ich neulich nachts gesagt habe, tut mir leid. Es ist nur, weil – –« Sie schüttelte den Kopf. »Ich weiß wirklich nicht, was ich machen soll. Oder wo ich hingehen soll. Ich bin völlig aufgeschmissen.« Sie nahm die Hand von meiner Schulter und blieb einen Moment lang einfach nur stehen. »Ich muß aufhören, ständig Fehler zu machen.«

»Ricky liebt dich«, sagte ich. »Der Brief, den er mir für dich mitgegeben hat, war reine Verstellung – Unsinn. Er hat gedacht, das würde dir helfen, ihn zu vergessen. Er hat gedacht, du wolltest ihn vergessen.«

»Ja, das hat er mir geschrieben.«

»Du willst es doch auch gar nicht, oder?«

»Nein. Ich liebe ihn.«

»Dann gehst du also mit?«

»Ja. Ich denke schon. Trotz all unserer Probleme glaube ich, daß wir zusammengehören.«

»Ich weiß, daß es so ist«, sagte ich.

»Ich erinnere mich noch an den ersten Tag, an dem ich dich hier an diesem Tisch gesehen habe. Ich wollte dich kennenlernen. Ich weiß nicht, warum. Es war einfach so. Und letzten Endes bin ich auch froh darüber. Ich wünsche dir, daß du glücklich wirst.«

»Ich wünsche dir das gleiche«, sagte ich. Ich stand auf.

»Vielleicht hat ja einer von uns beiden Glück«, sagte sie.

Wir umarmten uns. Wir hielten einander fest. Es tat gut,

sie festzuhalten. Sie war ein stabiler Mensch, und in gewisser Weise kannte sie mich auch. In gewisser Weise.

Und dann verließ sie, den getreulich und müde hinter ihr hertappenden Dino im Schlepptau, die Cantina.

Als ich mit Essen fertig war, ging ich nach Quayside, um meine Teilnahme an der Kreuzfahrt abzusagen. Ich fand Mrs. Quay und Isolta Fallowfield gemütlich Tee trinkend in der Loggia, während Vere, Jean und Bitsy auf dem Rasen Boccia spielten. Ich gesellte mich zu den alten Damen im Schatten. Ich fühlte mich müde und ohnmächtig, und es schien der Platz zu sein, wo ich hingehörte.

Mrs. Quay goß mir eine Tasse Tee ein. »Wie schön, Sie zu sehen«, sagte sie. »Und ich bin so froh, daß es Ihnen besser geht. Sie sehen immer noch ein bißchen grün um die Kiemen aus, finde ich, aber in der Seeluft wird sich das schnell ändern.«

»Ich bringe leider schlechte Nachrichten.«

»O nein!« sagte Mrs. Quay. »Was ist denn?«

»Ich fürchte, ich werde doch nicht mitkommen können. Ich war gerade bei meinem Arzt, und ich bin offenbar nicht so gesund, wie ich gedacht habe. Er hat mir von der Kreuzfahrt abgeraten.«

»Hören Sie bloß nicht auf Ärzte!« rief Isolta. »Wenn ich eins gelernt habe, dann das. Eine Kreuzfahrt ist eindeutig genau das, was Sie brauchen. Sie werden vor Gesundheit strotzen, wenn wir Sie zurückbringen.«

»Eigentlich glaube ich das auch, aber ich möchte nichts riskieren«, sagte ich. »Ich habe in letzter Zeit gesundheitliche Probleme und muß sehr vorsichtig sein. Ich dachte, das ruhige Leben in Andorra würde sie vielleicht beheben, aber mein Arzt meint, ich könnte durchaus einen schweren Rückfall erleiden, wenn ich nicht äußerst vorsichtig bin.«

»Dabei sehen Sie so gesund aus!« rief Mrs. Quay. »Wie traurig. Für Sie und für uns. Sie werden uns fehlen, mein lieber Alex.« Sie griff mit beiden Händen nach meiner Hand und hielt sie fest. Dann lehnte sie sich in ihrem Sessel zurück, klopfte mit ihrem Stock auf den Boden und rief in Richtung der Bocciaspieler: »Jean, leg diese dummen Kugeln hin und komm sofort hierher. Mr. Fox hat sehr traurige Nachrichten.«

Miss Quay und Vere näherten sich der Loggia. Bitsy blieb zurück und ordnete die Kugeln. »Mr. Fox hat uns gerade gesagt, daß er die Kreuzfahrt nicht mitmachen kann«, sagte Mrs. Quay. »Sein Arzt hat es verboten.«

»Warum?« fragte Miss Quay. Sie stand, von der Sonne ein wenig erhitzt und gerötet, im Schattenstreifen einer der Säulen. Sie trug ein Hemdkleid mit Matrosenkragen und hatte eine Bocciakugel in einer ihrer großen Hände.

»Bevor ich nach Andorra gekommen bin«, sagte ich, »habe ich an einer Art chronischer Bewegungskrankheit gelitten. Das ist übrigens auch einer der Gründe dafür, warum ich nach Andorra gekommen bin – ich dachte, das Leben in einem so kleinen Land, wo man so viel zu Fuß geht und so wenig fährt, würde sich auf meine Gesundheit günstig auswirken.«

»Und das hat es nicht?« fragte Mrs. Quay.

»Doch«, sagte ich. »Aber mein Arzt meint, eine Kreuzfahrt könnte mich erheblich zurückwerfen. Er hat mir davon abgeraten, dieses Risiko einzugehen.«

»Und ich sage, der Arzt kann mich mal!« sagte Isolta. »Er kennt die *Splendora* nicht. Sie fährt so sanft wie eine Wolke.«

»Nein, nein«, sagte Mrs. Quay. »Er muß die Anweisungen seines Arztes befolgen. Allerdings habe ich gedacht, es gäbe mittlerweile spezielle Pflaster für Leute, die unter Bewegungskrankheit leiden.«

»Mein Fall ist ungewöhnlich und spricht auf konventionelle Behandlungsmethoden nicht an«, sagte ich. »Ich hätte Ihre Einladung gar nicht annehmen dürfen, aber ich hatte gehofft, ich wäre wieder gesund genug, um mich Ihnen anzuschließen. Seit meiner Ankunft hier habe ich mich so wohl gefühlt. Und bis gestern abend ging es mir ja auch gut. Mein

Arzt meint, schon der Gedanke an die Kreuzfahrt habe mich krank gemacht – so etwas wie eine vorwegnehmende psychosomatische Erscheinung. Ich kann Ihnen gar nicht sagen, wie leid mir das tut.«

»Uns auch«, sagte Mrs. Quay. »Uns auch.«

Ich stand auf. »Tja, Sie haben bestimmt noch viel zu planen und zu packen, deshalb lasse ich Sie jetzt allein. Ich hoffe sehr, sie verleben eine wunderbare Zeit, und ich freue mich schon darauf, alles darüber zu erfahren, sobald Sie zurück sind.«

»Ach nein, gehen Sie nicht!« sagte Mrs. Quay. »Sie bleiben doch noch zum Essen?«

»Vielen Dank, nein«, sagte ich. »Ich gehe besser nach Hause und lege mich hin.«

»Es ist aber auch zu traurig«, sagte sie. »Sie werden uns schrecklich fehlen.«

»Noch einmal vielen Dank für Ihre Einladung, Mrs. Fallowfield. Es war außerordentlich freundlich von Ihnen.« Ich gab ihr die Hand.

»Vielleicht ein andermal«, sagte sie. »Wenn es Ihre Gesundheit erlaubt.«

»Ich hoffe es.« Ich wandte mich an Vere. »Es hat mich gefreut, Sie kennenzulernen«, sagte ich. »Oder besser gesagt, wiederzusehen.«

Er gab mir die Hand. »Ja«, sagte er. »Mir war es auch ein Vergnügen. Schade, daß Sie nicht mitfahren können, aber wir werden uns bestimmt wiedersehen, und ich freue mich schon darauf.«

»Ich begleite Sie noch bis ans Tor«, sagte Miss Quay. Sie schleuderte die Bocciakugel leichtsinnig in Richtung ihrer auf dem Rasen kauernden Nichte.

Wir gingen ums Haus herum und die Kieseinfahrt entlang. Eine Zeitlang blieben wir stumm, dann sagte Miss Quay: »Vere hat mir erzählt, er hätte sie gestern abend aufgeregt. Es tut ihm sehr leid.«

»Er hat mich nicht aufgeregt.«

Sie sah mich an. »Nicht?« fragte sie.

»Na ja, ein bißchen vielleicht.« Dieses Eingeständnis schien sie irgendwie zu befriedigen.

»Ist es wirklich Ihre Gesundheit?«

»Was?«

»Ist es wirklich Ihre Gesundheit, die Sie davon abhält, mit uns zu kommen?«

»Nein«, sagte ich.

»Das habe ich mir schon gedacht.«

Ich schwieg.

»Hat Ihre Absage irgend etwas mit Ihrem Gespräch mit Vere zu tun?«

Ich sah sie an. Ihre Röte war geschwunden; sie war blaß und ernst. »Nein«, sagte ich. »Natürlich nicht. Wieso denn?«

Sie biß sich auf die Lippe. »Darf ich fragen, was Sie davon abhält, mitzukommen?«

»Eine alberne, dumme, peinliche Komplikation.«

»Nämlich?«

»Mein Paß.«

»Ist er nicht mehr gültig? Das läßt sich regeln.«

»Nein, nein, gültig ist er schon. Er befindet sich nur derzeit nicht in meinem Besitz. Die Polizei hat ihn eingezogen.«

»Die Polizei!« sagte sie, und ich erinnerte mich, daß die mumienhafte Frau hinter dem Gitter in der Stadtverwaltung die gleichen Worte in dem gleichen beunruhigten und angewiderten Ton gesagt hatte.

»Ja«, sagte ich. »Ich habe seit einiger Zeit Ärger mit der Polizei.«

»Was denn für Ärger?«

»Das möchte ich eigentlich lieber nicht sagen.« Wir waren am Tor angekommen und verharrten dort in dem Schattenmuster aus Qs, das das Gitter auf den Schotter der Halbinselstraße warf.

»Doch, sagen Sie es mir. Sonst denke ich noch, es ist irgend etwas ganz Entsetzliches, und das ist es bestimmt nicht.«

»Leider ja. Haben Sie von diesen Morden gehört? Diesen Leichen, die man im Hafen gefunden hat?«

»Ich habe davon gelesen.«

»Die Polizei verdächtigt mich.«

»Wieso?«

Wir schlenderten am Straßenrand, im Schatten der Mauer, auf die steinerne Bank zu, die Bank, auf der ich an jenem klammen Tag meines ersten Besuchs in Quayside gesessen hatte.

»Das weiß ich nicht genau. Ich habe Ihnen ja gesagt, es ist lächerlich. Aber dieser eine Inspektor ist felsenfest davon überzeugt, daß ich ein Mörder bin. Und er gibt sich im Augenblick alle Mühe, mir das Leben schwerzumachen.«

»Ich weiß nicht, was ich dazu sagen soll. Brauchen Sie Hilfe? Ich meine, welche Art von Hilfe brauchen Sie?«

»Es ist nicht – man hat bis jetzt noch keine förmlichen Beschuldigungen erhoben. Ich weiß nicht genau, was passieren wird. Ich habe vor, das Ganze mit Edward Darlingham zu besprechen, mal sehen, wozu er mir rät.«

»Ja, tun Sie das. Edward ist ein hervorragender Anwalt und sehr freundlich. Bestimmt kann er Ihnen helfen. Trotzdem lasse ich Sie in dieser schrecklichen Lage nicht gern allein. Vielleicht gehe ich auch nicht mit auf die Kreuzfahrt.«

»Seien Sie nicht albern«, sagte ich. »Natürlich gehen Sie mit auf die Kreuzfahrt. Ich komme schon zurecht. Ich muß nur aus diesem Schlamassel herauskommen.«

Sie sah mich an, und ich merkte, daß ich sie verletzt hatte.

»Tut mir leid«, sagte ich. »Es ist sehr freundlich von Ihnen, daß Sie anbieten, hierzubleiben, aber es ist unnötig. Ich komme zurecht. Sie müssen sich keine Sorgen machen. Ich hätte es Ihnen gar nicht erzählt, wenn ich gewußt hätte, daß Sie sich Sorgen machen.«

»Natürlich mache ich mir Sorgen.« Nun war sie wütend. »Wie denn auch anders?«

»Aber ich will nicht, daß Sie sich Sorgen machen. Ich will, daß Sie auf die Kreuzfahrt mitgehen und sie genießen.«

»Ich werde sie nicht genießen. Ich werde die ganze Zeit, die ich weg bin, an Sie denken.«

Wir setzten uns auf die Bank. Einen Moment lang blieben wir stumm. Miss Quay saß in merkwürdig verdrehter Haltung da und stützte sich mit einer Hand ab, die sie gegen die mit Flechten überzogene Steinplatte gestemmt hatte. Sie hatte den Blick auf ihre Hand gesenkt.

Ich schaute über die Straße auf die Bäume, die sie säumten, die alten, hohen Bäume, deren Blätter die Nachmittagssonne in theatralisches Licht tauchte. Ein paar Vögel, große schwarze Vögel, Krähen vielleicht oder Raben, hoben sich plötzlich wie ein Signalarm aus dem grünen Nimbus der Bäume und flogen in Richtung La Plata davon. Lange Zeit saßen wir so da, als warteten wir auf einen Bus, der nicht kam.

Miss Quay – eigenartig, daß sie für mich irgendwie immer noch Miss Quay war – stand auf. Sie verschränkte die Arme und umfaßte sie an den Ellbogen, als sei ihr kalt. »Ich finde, Sie sollten Andorra verlassen«, sagte sie. Sie blickte auf mich herab.

»Wieso?« fragte ich.

»Hier werden Sie keinen guten Tag mehr haben. Es tut mir leid, aber es stimmt. Ich weiß einiges darüber, wie die Polizei arbeitet. Sie wird Ihnen das Leben unerträglich machen. Wenn die Polizei glaubt, daß Sie schuldig sind, wird sie Sie ruinieren. Ich habe es bei meinem Vater erlebt. Es hat da nämlich einen Skandal gegeben. Es hieß, er hätte von der Hochland-Initiative mehr profitiert, als er sollte. Er hätte Encampo nur zerstört und wiederaufgebaut, um sich die eigenen Taschen zu füllen. Ich glaube das nicht, aber die Leute haben es geglaubt. Es fanden sich keinerlei Beweise, aber die

Polizei hat ihn regelrecht gehetzt. Sie hat ihn in den Tod getrieben. Und wenn die Polizei glaubt, daß Sie schuldig sind, wird Sie mit Ihnen das gleiche machen.«

»Was kann sie denn machen?«

»Ich weiß nicht. Ich meine, ich weiß es nicht im einzelnen. Aber ich weiß, daß sie Sachen mit Leuten machen. Sie werden hier nie mehr Frieden finden.«

»Aber ich kann nicht weg. Ich habe meinen Paß nicht.«

»Wir können Sie hinausschmuggeln. Morgen. Auf der *Splendora.*«

»Sie meinen, als blinden Passagier?«

»Ja. Denken Sie darüber nach. Es ist Ihre einzige Chance. Sobald Sie auf dem Boot sind und wir Andorra hinter uns gelassen haben, setzen wir Sie irgendwo in Frankreich an Land. Und dort sind Sie dann sicher.«

»Das hört sich so an, als wollten Sie mich loswerden.«

»Ich will Ihnen helfen«, sagte sie. »Ich will Sie retten. Ich weiß, wenn Sie hierbleiben, wird etwas Schreckliches geschehen.«

»Aber ich will Andorra nicht verlassen«, sagte ich. »Ich wollte längere Zeit hier leben. Ein neues Leben anfangen. Das war mein Traum.«

»Aber verstehen Sie denn nicht, daß es gar nicht mehr darum geht, was Sie wollen oder, schlimmer noch, träumen? Es geht darum, was Sie müssen. Sie müssen mir vertrauen. Sie müssen.«

»Das tue ich auch.«

»Gut. Ich muß jetzt zurück, sonst schöpfen die anderen Verdacht. Aber wir treffen uns heute nacht, um Mitternacht, bei der Cantina. Vere werde ich es wohl sagen müssen, aber ihm vertraue ich. Wir schaffen Sie heute nacht an Bord und segeln dann morgen früh ab.«

»Was ist mit der Mannschaft? Gibt es denn keine Mannschaft?«

»Bloß den Kapitän, einen Steward und einen Koch. Vielleicht sind sie gar nicht an Bord. Falls ja, werden wir schon mit ihnen fertig. Haben Sie Geld?«

»Natürlich«, sagte ich. »Etwas.«

»Besorgen Sie sich soviel Bargeld wie möglich. Sie werden es brauchen. Ich gebe Ihnen, was ich habe.«

»Nein«, sagte ich. »Ich kann doch kein Geld von Ihnen nehmen.«

»Seien Sie nicht dumm. Aber wir können jetzt nicht darüber streiten. Ich muß zurück. Haben Sie verstanden? Heute nacht, Mitternacht, in der Gasse neben der Cantina. Sagen Sie niemandem, wohin Sie gehen oder was Sie machen.«

Wir gingen zum Tor zurück und blieben unmittelbar dahinter stehen.

»Was hat Vere Ihnen erzählt?« fragte ich.

»Worüber?«

»Über meine Frau.«

»Daß sie sehr schön war. Daß er auf Ihrer Hochzeit mit ihr getanzt hat. Daß er in ihren Bruder verliebt war.«

»Sonst nichts?«

Sie schüttelte den Kopf. »Nein.«

»Es gibt da etwas, was ich Ihnen erzählen sollte«, sagte ich. »Etwas, was ich Ihnen erzählen will.«

Sie brachte mich mit einer Berührung am Arm zum Schweigen. »Nein. Erzählen Sie es mir ein andermal, wenn es sein muß, aber jetzt ist dazu keine Zeit. Ich muß zu den anderen zurück.« Und damit drehte sie sich um und marschierte los. Eine jähe Brise hob den Kragen ihres Kleides an und ließ ihn flattern, und im Sonnenlicht warf sie hinter sich einen Schatten, einen langen, dünnen Schatten, der sich über den unglaublich grünen Rasen nach mir zurückstreckte.

# 19

Ali rief mir nach, als ich auf dem Nachhauseweg am Laden vorbeikam. »Kommen Sie her«, sagte er.

Ich betrat das Café. Er hockte in dem dunklen hinteren Raum und war dabei, Kaffee aus Jutesäcken in große Keramiktöpfe umzufüllen. Es war kühl und duftete, und das Geräusch der endlos in die Gefäße prasselnden Bohnen war seltsam tröstlich. Ali wartete, bis er einen Behälter voll hatte, ehe er etwas sagte. »Sie hatten Besuch«, verkündete er.

»Von wem?«

»Von einem gewissen Leutnant Afgroni.«

»Was wollte er?«

»Sie«, sagte Ali.

»Und was haben Sie ihm gesagt?«

»Ich habe ihm gesagt, daß er Sie nicht haben kann. Daß Sie nicht da seien. Er hat gesagt, er käme wieder.«

»Wann?«

»Das hat er nicht gesagt. Aber er schien äußerst erpicht darauf, Sie zu finden. Er hat mich gefragt, ob ich wüßte, wo Sie sind. Ich habe ihm gesagt, Sie seien meines Wissens für ein, zwei Tage auf die Vega gefahren, ahnungsloser Ausländer, der Sie sind, aber ich denke, er hat mir nicht geglaubt. Er ist ein unangenehmer Mensch, finde ich.«

»Das finde ich auch.«

Ali begann, ein weiteres Gefäß zu füllen. Einige Bohnen prallten vom Rand ab und schlitterten über den Mosaikboden. Ich wartete, bis er fertig, bis es ruhig war – es war die Art von plötzlicher, verhaltener Ruhe, die einem längeren Geläut folgt –, und sagte dann: »Was soll ich machen, Ali?«

»Womit?«

»Mit meinem Leben.«

»Ach, da kann man überhaupt nichts machen. Je weniger man macht, desto besser.«

»Aber es ist alles schiefgegangen. Ich bin in Schwierigkeiten.«

»Mit diesem Afgroni?« Er stand auf und faltete den Jutesack zweimal.

»Ja«, sagte ich. »In erster Linie. Ich mache immer wieder Fehler.«

»Dann haben Sie wahrscheinlich nur bekommen, was Sie verdienen.«

»Nein. Das habe ich nicht verdient.«

»Das kann man immer erst rückblickend wissen«, sagte Ali.

In meiner Wohnung hatte ich bei geschlossenen Fenstern, verschlossenen Türen und zugezogenen Vorhängen nicht das Gefühl, die Welt rücke mir auf den Leib – nein, ich hatte das Gefühl, sie wiche von mir, als wären die Nähte, die mein Leben zusammenhielten, gerissen und alles kippte und glitte über den Horizont hinab. Ich fühlte mich krank und schwach, als ob meine erfundene Krankheit Wirklichkeit würde und ich tatsächlich für die schreckliche Bewegung des Lebens anfällig wäre. Ich lag auf dem Bett und blickte durch den Kranz aus Händen zur Decke auf. Sobald man an etwas Trost findet, glaubt man törichterweise, es werde einem immer Trost schenken, doch nun fühlte ich mich von den über meinem Kopf schwebenden vier Händen weder gesegnet noch getröstet. Mir fiel ein, wie ich in die spitzkegelförmige Decke meines Zimmers im Hotel Excelsior hinaufgeschaut hatte, wie vollkommen es gewesen war. Ich hätte dort nie ausziehen sollen, dachte ich. Ich hatte diese ersten Tage in Andorra als glücklich und golden in Erinnerung, aber das sind Anfänge immer. Oder sie kommen einem rückblickend so vor.

So viel von meinem Leben kommt mir nur rückblickend glücklich vor.

Aber das stimmt nicht. In jenen ersten Tagen war ich glücklich, tiefempfunden glücklich.

Eines Tages, in dem Sommer vor Annas Geburt, waren Helen und ich am Meer. Wir hatten in Truro ein Haus gemietet. Es war schon spät am Tag, aber wir blieben am Strand, verweilten noch, während alle anderen gingen und der Sand abkühlte. Wir blieben, weil wir es nicht ertragen konnten zu gehen, weil wir glücklich waren und es wußten. Ich erinnere mich, daß es mir wie ein Wunder vorkam, ein ganz schlichtes, aber phantastisches Wunder, am Leben und gleichzeitig mit einem anderen Menschen glücklich zu sein, den man liebte und der einen liebte, die Art von Wunder, von der man sehr lange zehren kann.

Für immer, dachten wir.

Ich bedeckte mir mit den Händen die Augen und versuchte zu weinen, versuchte, die Spannung und den Schmerz in mir in Tränen zu verwandeln. Mir wurde klar, daß mein schlimmstes Scheitern darin bestand, daß ich mein Scheitern nicht eher gespürt hatte. Vom ersten Tag an war ich zum Scheitern verurteilt gewesen; ich war als Gescheiterter in Andorra angekommen und hatte erwartet, daß die Geographie mich rehabilitierte.

Ich wollte aus dem Haus verschwinden, ehe Afgroni zurückkam. Ich holte meine Reisetasche und sah mich im Zimmer nach Sachen um, die ich einpacken konnte, doch plötzlich schienen mir sämtliche Gegenstände um mich herum unerträglich ergreifend und liebgeworden. Es war schwer zu glauben, daß sie wirklich keinen immanenten Wert oder Nutzen besaßen: das durch die halbe Welt herangeschaffte, phantastische Bett, der Tisch mit der Mosaikplatte draußen auf der Terrasse, das Onyxfeuerzeug in Form einer Schachfigur, die blaßgrünen Teetassen. Und mein Journal, das auf Onkel Rodericks Schreibtisch lag, der Batikeinband mittlerweile von der Sonne ausgebleicht.

Ich stopfte aufs Geratewohl ein paar nutzlose Gegenstände in die Tasche: das Gazenachthemd, den Rasierpinsel, die Manschettenknöpfe aus Turmalin, die Unterhosen mit den ziselierten Metallschließen. Mein Journal. Ich wußte, es war erbärmlich, aber man hat nun einmal das Gefühl, für eine Reise packen zu müssen, auch für eine Reise, wie ich sie antrat, eine Reise ohne Ziel und Zweck.

Es wurde gerade dunkel, als ich das Haus verließ. Ich schloß die Tür ab und schob den Schlüssel unter den Topf mit den noch immer vertrockneten Geranien. Ich hatte immer vorgehabt, sie zu gießen, und ich hatte es jedesmal vergessen.

Bis Mitternacht waren es noch Stunden. Ich wußte nicht, wohin, deshalb ging ich durch die Stadt hinunter, die dunkelsten und schmalsten Straßen hinunter, die Gassen und Treppen hinunter, die stillen Terrassen hinunter, die Fensterläden über mir geschlossen, die Vögel in ihren Bambuskäfigen von der Dunkelheit zum Schweigen gebracht, nur hoch über mir ein samtiges Flügelrauschen, immer weiter hinunter, bis ich mich in der Gasse wiederfand, die hinter dem Hotel Excelsior an der alten römischen Mauer entlangführte. Ich griff mit der Hand danach und berührte sie, wie um Kraft oder Einsicht daraus zu ziehen. Natürlich bot sie mir weder das eine noch das andere, und mir wurde klar, daß ich aufhören mußte, dergleichen in Talismanen zu suchen. Trotzdem gefiel mir die Mauer: es tröstete mich ein wenig, daß einige Dinge überdauerten, einige Dinge unter dem wirkungslosen Anprall der Jahrhunderte nicht zerfielen und untergingen. Doch natürlich ging auch die römische Mauer unter; daß ich sie berührte, beschleunigte ihren Untergang nur noch. Ich legte die Wange und dann die Stirn an die römische Mauer und dachte an die Klagemauer, und dann dachte ich: Da weinte Jesus. Warum weinte Jesus? Ich wußte, Er weinte zum Ende hin, als es schlecht um Ihn stand, aber was, fragte ich mich, rührte Ihn letztlich zu Tränen? Zum erstenmal hatte ich das Gefühl, das Drama Jesu auf einer einfachen, menschlichen Ebene zu begreifen, die schlichte, sich abwärts entwickelnde Fabel, in der Verrat zu Verrat führte, immer tiefer hinab, bis Er schließlich auferstand.

Ich trat zurück und besah mir das Hotel Excelsior. Von hinten wirkte es ein wenig häßlich: die verputzte Fassade bis auf Rohre, Leitungen und Kabel ohne Schmuck, die Fenster klein und mit hellem Licht geizend. Dennoch sah es nach einem guten Versteck aus, und mir gefiel der Gedanke, meine letzten Stunden in Andorra dort zu verbringen, wo ich die ersten verbracht hatte. Symmetrie ist per definitionem tröstlich.

Ich schlüpfte durch einen unmarkierten Lieferanteneingang und stieg, was mich völlig erschöpfte, eine feuchte Feuertreppe hinauf, soweit ich kam. Von dort gelangte ich durch eine Tür in einen dunklen, nicht ausgelegten Flur mit niedriger Decke. Ich befand mich, wie mir klar wurde, in der Mansarde, unter dem Dachvorsprung. Die Türen entlang dem Flur waren alle geschlossen, bis auf eine: sie führte in ein Zimmer, das mit Möbeln, zusammengerollten Teppichen und Bücherstapeln vollgestopft war. Es gab ein einziges kleines, schmutziges Fenster, geformt wie ein halbrundes Oberlicht, auf Fußbodenhöhe, und ich suchte mir einen Weg durch das Labyrinth aus aufeinandergestapeltem Hausrat bis in einen sicheren Winkel hinter einem riesigen Garderobenschrank, dessen Türen mit Girlanden aus Obstbaumholz und Perlmutt eingelegt waren. Dort setzte ich mich auf die breiten Bodendielen und machte die Augen zu. Unter mir konnte ich den selbstzufriedenen Bienenstock des Hotels spüren, all die vielen, von Leben wimmelnden Etagen, von Menschen, die badeten, vögelten, schliefen oder sich zum Essen umkleideten. Die stillen, fensterlosen Flure, die die ganze Nacht hindurch, Jahr für Jahr, bei Sturm und Gewitter, erleuchtet blieben wie Flure in einem Gefängnis, ohne Jahreszeiten wie der Grund des Ozeans.

Plötzlich kam mir der Gedanke, daß ich vielleicht zu unrecht in Panik geraten war. Wenn Afgroni mir nun gute Nachrichten hatte bringen wollen? Vielleicht hatte man den wirklichen Mörder gefaßt, und Afgroni wollte mich lossprechen und mir meinen Paß zurückgeben. Wie sonst war seine Eile zu erklären? Wieso sollte er mich sonst so kurz nach unserem Gespräch aufsuchen?

Auf Ali allerdings hatte Afgroni nicht den Eindruck eines Mannes gemacht, der gute Nachrichten bringt. Doch Ali war auf Glück schlecht eingestellt; er sah überall nur Übel und Versagen, deshalb konnte ich seiner Reaktion nicht trauen. Vielleicht war Afgroni gekommen, um mich zu befreien. Ich würde es nie erfahren.

Neben mir auf dem Boden erhob sich ein hoher Bücherstapel, und im Dämmer konnte ich erkennen, daß das oberste Buch eine Bibel war. Die schwarzen Lederdeckel waren vertrocknet und schälten sich, und als ich sie berührte, blätterten kleine Stücke davon ab. *Da weinte Jesus.* Soweit ich mich erinnerte, stand das bei Johannes, und so hockte ich mich im trüben Licht auf den Boden und versuchte, den kürzesten Vers der Bibel zu finden.

Weinte Er im Garten? Oder am Kreuz zu Golgatha? Nein – nein. Nirgendwo bei Johannes konnte ich *Da weinte Jesus* finden. Ich begann die anderen Bücher, Matthäus, Markus, Lukas, durchzusehen, überflog und wendete die Seidenpapierseiten. Doch auch dort war kein weinender Jesus. Jedenfalls fand ich keinen. Vielleicht kam *Da weinte Jesus* gar nicht in der Bibel vor, so wie *Mach's noch einmal, Sam* eigentlich auch nicht in *Casablanca* vorkam. Trotzdem fühlte ich mich ein wenig betrogen: ich hatte in der Bibel Hilfe gesucht, und sie hatte mir keine geleistet.

Dann sah ich es: *Da weinte Jesus.* Die drei mit Punkten abgesteckten Worte. Es stand viel weiter vorn bei Johannes, als ich geglaubt hatte: Jesus weinte am Grab des Lazarus, ehe Er ihn von den Toten auferweckte. Jesus weinte, weil Er Lazarus liebte. Und Er erweckte ihn von den Toten auf. Ich schämte mich ein wenig, weil ich angenommen hatte, daß Jesus über

Seine eigene Drangsal weinte, daß Er geweint hatte, als es schlecht um Ihn stand, denn das hatte Er nicht. Er hatte um jemand anderen geweint.

Als ich das Buch zuklappte, bemerkte ich, daß auf dem Vorsatzblatt eine Widmung stand:

Für Lucille Guinevere Houck
aus Anlaß ihrer ersten Heiligen Kommunion
von der Gemeinde der Pfarrkirche St. Sabina
am 6. Mai 1906

*Ich denke an Gott, und ich seufze;*
*ich sinne nach über ihn, und es verschmachtet mein Geist.*
*Die Augenlider hältst du mir wach;*
*ruhelos bin ich, und ich weiß nicht zu reden.*

*Psalm 77:3–4*

Ich legte die Bibel auf den Bücherstapel zurück. In diesem Moment spürte ich, daß ich nicht allein war. Ich stand so leise wie möglich auf und lugte um die Ecke des Garderobenschranks. Im Dämmer bei der Tür stand eine Gestalt, und ein paar Momente lang stand sie bloß da und musterte das kunterbunte Durcheinander im Zimmer. Eine Frau. Und dann betrat sie das Zimmer, mit langsamen, zögernden Schritten wie eine Blinde, die Hände schützend vor sich hingestreckt. Als sie sich dem Fenster näherte, sah ich, daß es Mrs. Reinhardt war. Ich kam hinter dem Garderobenschrank hervor und sagte leise ihren Namen.

Sie blieb stehen und drehte sich zu mir hin. »Wer ist da?« fragte sie.

Ich trat näher an sie heran. »Ich bin es«, sagte ich. »Alexander Fox.«

»Mr. Fox!« rief sie aus. »Was machen Sie denn hier oben?«

»Ich verstecke mich.«

»Sie verstecken sich? Vor wem denn?«

»Vor der Polizei.«

»Vor der Polizei? Warum denn das?«

»Die Polizei glaubt, ich bin ein Mörder«, sagte ich.

Sie schwieg einen Moment lang. Sie blieb stehen, wo sie war. »Wie eigenartig das Leben ist«, sagte sie, beinahe wie zu sich selbst. »Wie überaus eigenartig.«

»Ja«, sagte ich. »Und was machen Sie hier oben?«

»Ich habe ein Geräusch gehört und bin heraufgekommen, um nach meinen Sachen zu sehen.«

»Das sind Ihre Sachen?«

»Ja. Aber nicht mehr sehr lange.«

»Wieso?«

»Sie sollen versteigert werden. Alles. Um Kost und Logis für mich zu bezahlen. Ich bin nämlich meine Suite losgeworden. Und jetzt werde ich auch noch alle meine Sachen los.«

»Wieso?«

»Mein lebenslängliches Wohnrecht ist abgelaufen. Können Sie sich das vorstellen? In Andorra gilt ein lebenslängliches Wohnrecht offenbar nur für fünfzig Jahre. Als ich mich darauf eingelassen habe, habe ich mir wohl nicht vorstellen können, daß ich noch so lange lebe.«

»Und wo wohnen Sie jetzt?«

»Auf die Straße gesetzt haben sie mich nicht. Sie haben mir ein Dienstmädchenzimmer gegeben, eine Etage tiefer. Es ist sehr gemütlich.« Sie streckte die Hand nach einer Chiffoniere aus und ließ den Finger durch den Staub kurven. »Das ist wohl der Preis, den man bezahlt, wenn man zu lange lebt. Ich kann nicht dazu raten.«

Ich schwieg.

»Und wie lange verstecken Sie sich schon auf dem Dachboden?« fragte sie.

»Ein, zwei Stunden. Um Mitternacht breche ich auf und versuche zu fliehen.«

»Wie romantisch Sie sind: eine Flucht um Mitternacht. Wo wollen Sie denn hin?«

»Nach Frankreich, denke ich.«

»Aha«, sagte Mrs. Reinhardt, »Frankreich. Noch romantischer. Haben Sie gewußt, daß ich vor dem Krieg in Paris gewohnt habe? Es gab damals keinen schöneren Ort auf der Welt. Gehen Sie nach Paris?«

»Ich weiß nicht.«

»Wenn ja, dann denken Sie dort an mich. Denken Sie in Paris an mich. In Paris war ich jung. Und verliebt. Dort habe ich Hervé kennengelernt. Sie müssen unbedingt etwas mitnehmen. Es würde mir großes Vergnügen machen, wenn ich wüßte, daß etwas von mir mit einem Freund nach Paris entkommen und nicht an fremde Leute verkauft worden ist.« Ihr Blick streifte den Garderobenschrank, die stumm an der Wand aufgereihten Stühle mit den leierförmigen Lehnen, die Vierhunderttageuhr. »Was möchten Sie gern?« fragte sie. »Was kann ich Ihnen mitgeben?«

»Nichts«, sagte ich. »Ich fürchte, ich kann nichts mitnehmen.«

»Aber Sie müssen«, sagte sie. »Bitte, nehmen Sie mir zuliebe etwas mit. Etwas Kleines, das Sie bei sich tragen können.« Sie zog eine Schublade der Chiffoniere heraus und tastete darin herum. »Hier«, sagte sie und hielt mir etwas hin. »Das ist Hervés Freimaurerring. Ich möchte, daß Sie ihn behalten. Sie sind doch kein Freimaurer, oder?«

»Nein.«

»Heutzutage ist das wohl niemand mehr. Probieren Sie, ob er Ihnen paßt. Er hatte so kleine Hände, mein Hervé. Wie ein Junge. Wunderschöne Hände.«

Für meinen Ringfinger war der Ring zu klein, aber er paßte genau auf meinen kleinen Finger. Es war ein schöner Ring: aus Gold, mit einem Lapislazuli als Stein.

»Ja«, sagte sie, »tragen Sie ihn da. Tragen Sie ihn in Gesundheit und Glück.«

»Vielen Dank. Ich werde ihn in Ehren halten.«

»Ich bin froh, daß Sie ihn haben. Möchten Sie sonst noch etwas? Bücher vielleicht?«

»Ich habe gerade einen Blick in Ihre Bibel geworfen«, sagte ich.

»Meine Bibel? Ich habe gar nicht gewußt, daß ich noch eine habe.«

»Doch. Sie liegt hinter dem Garderobenschrank.« Ich ging sie holen. Ich zeigte sie ihr und las ihr dann die Widmung vor.

»Ja, richtig«, sagte sie. »Wissen Sie was, ich erinnere mich tatsächlich noch an diesen Tag. Es war meine erste große Enttäuschung. Meine Mutter hat mir nämlich erzählt, es würde der schönste Tag meines Lebens werden: der Tag, an dem ich schließlich Christi Leib in mich aufnehme. Sie hat gesagt, ich würde Engel sehen und Gottes Gegenwart spüren. Und natürlich habe ich nichts gesehen und gespürt. Ich habe mich so getäuscht, so betrogen gefühlt. Ich habe meiner Mutter nie verziehen und ihr danach nie wieder richtig vertraut. Sie war eine religiöse Hysterikerin, wie mir später klar wurde. Ein lieber Mensch, aber ein bißchen zu sehr in Gott verliebt. Mein Vater war Agnostiker. Sind Sie religiös?«

»Ich fürchte, nein.«

»Und doch sind Sie ein guter Mensch«, sagte sie. »Genau wie mein Vater. Wenn wir auf dem Land waren, ist er schon vor dem Frühstück aus dem Haus gegangen und hat allen Tieren hallo gesagt. Jeden Morgen, bei jedem Wetter. Wie er seine Pferde geliebt hat! Wenn er zum Frühstück hereinkam, hat er jedesmal nach ihnen gerochen. Ich kann mich noch immer an diesen Geruch erinnern. Nun ja. Das ist alles lange her und weit weg, nicht wahr?« Sie sah mich an. Sie wirkte eher triumphierend als mitleiderregend. Wie schwer es ist, ans Ende seines Lebens zu kommen, dachte ich. Doch wie wunderbar, wenn man mit Würde dorthin kommen kann.

Ich hatte noch immer die Bibel in der Hand.

»Möchten Sie gern die Bibel?« fragte sie mich. »Sie können sie mitnehmen, wenn Sie wollen.«

»Wirklich?«

»Natürlich. Es ist traurig, wenn man keine Familie hat, an die man Dinge weitergeben kann. Eigentlich wird jeder Besitz dadurch absurd. Das alles hier, all diese Dinge, die ich liebe, werden absurd. Das ist mir erst klargeworden, als sie hier heraufgebracht worden sind, aber sobald ich von ihnen getrennt war, habe ich gemerkt, wie wenig sie mir eigentlich bedeuten. Ich glaube, ich werde erleichtert sein, wenn sie verschwunden sind. Lebt wohl, ihr ganzen Sachen.« Sie machte mit der Hand eine wegwerfende Geste. »Tja, wenn Sie sich vor der Polizei verstecken, dann sollte ich Sie wohl allein lassen. Wie unangenehm für Sie. Brauchen Sie irgend etwas? Sind Sie vielleicht durstig? Möchten Sie Tee? Ich habe einen Wasserkocher auf meinem Zimmer.«

»Nein, danke.«

»Dann gehe ich jetzt«, sagte sie. »Aber ich bin froh, daß ich Sie wiedergesehen habe. Gott mit Ihnen, Mr. Fox.«

»Und mit Ihnen«, sagte ich.

»Ja«, antwortete sie. »Ich hoffe, meine nächste Reise verläuft zügig und ohne Zwischenfälle. Gute Nacht.«

»Gute Nacht.« Ich gab ihr die Hand und sah ihr nach, wie sie im Dämmer des Flurs verschwand. Ich hörte ihren leisen Schritt im Flur, und dann war alles still bis auf die Vierhunderttageuhr, die sich in ihrer Glashaube zu Tode tickte.

Als ich um Mitternacht die Plaza überquerte, versiegte das Wasserspiel des Brunnens und er wurde dunkel, wie ein Insekt, das seine prächtigen, strahlenden Flügel zusammenfaltet. Ich blickte zum Eckturm des Hotels Excelsior auf. Mein Zimmer – das Zimmer, das ich bewohnt hatte – war erleuchtet, und ich konnte sehen, wie sich die Vorhänge in der offenen Balkontür hinein- und hinausbauschten. Und am Geländer stand eine Gestalt, die mit der Selbstgefälligkeit des Besitzers auf die kleine, glitzernde Welt hinuntersah. Wahrscheinlich jemand, der eben angekommen war.

Nicht Jean, sondern Vere erwartete mich in der Gasse neben

der Cantina. Die Nervosität, mit der er mich begrüßte, verriet mir, daß es nicht zu seinen Gewohnheiten gehörte, sich um Mitternacht in Gassen mit Leuten zu treffen. »Jean hat mir alles erzählt«, sagte er. »Wir sind zu dem Schluß gekommen, daß es für mich einfacher ist, Sie an Bord der *Splendora* zu bringen, weil ich die Mannschaft kenne.«

Ich folgte ihm zur Vorderfront der Cantina. Die meisten Tische waren leer, aber ein paar Leute saßen noch bei eisgekühlten Weinflaschen zueinander hingebeugt unter den Schirmen, die Gesichter von Kerzenlicht gewärmt, und ich dachte: Was für ein Glück sie haben, dabei wissen sie es gar nicht, ja, sie ahnen es nicht einmal. Es ist schwer zu glauben, daß das Leben für manche Menschen immer weitergeht, golden und ununterbrochen, ein Ballen endlos sich abrollendes, wunderschönes Tuch. Mir war bewußt, daß ich alles zum letztenmal sah, und ich geriet in Panik, denn mir ging plötzlich auf, daß ich mir nach Andorra keine Wirklichkeit für mich vorstellen konnte.

Wir gingen die Treppe hinunter und die Promenade entlang bis zur Kaimauer. Das Wasser war dunkel und von einem Spitzenmuster aus Schaum gesäumt. Es roch ein wenig unangenehm nach Fisch und Benzin. Der Eingang zum Jachthafen befand sich am anderen Ende der Mole, und neben der Gangway, die auf die schwimmenden Stege führte, stand eine kleine Hütte. Darin saß ein Polizist unter einer freihängenden Glühbirne und las ein pornographisches Comic. Die Birne warf einen kleinen Lichtkreis, und als wir uns ihm näherten, brachte uns der Polizist durch bloßes Aufblikken zum Stehen. »Ich muß Ihre Pässe kontrollieren«, sagte er.

Ich fühlte mich zu benommen, um irgend etwas zu sagen. Ich werde hingerichtet, war der einzige Gedanke, den ich fassen konnte. Vere sagte etwas des Sinnes, daß wir nur rasch etwas von einem Boot holen wollten. Als hätte er Vere nicht verstanden, wiederholte der Mann, daß er unsere Pässe kontrollieren müsse. Vere zeigte ihm seinen Paß. Der Posten sah mich an.

»Ich habe meinen Paß nicht dabei«, sagte ich.

»Dann dürfen Sie den Jachthafen nicht betreten«, sagte der Posten. Er wandte sich wieder seinem Comic zu, leckte sich den Finger an und blätterte um.

Vere ging ein Stück an der Kaimauer entlang in Richtung Promenade zurück und bedeutete mir mit einer Handbewegung, ihm zu folgen. »Hören Sie zu«, sagte er zu mir. »Hören Sie zu?«

»Ja«, sagte ich. Ich versuchte, zuzuhören, aber irgend etwas an der Tatsache, daß der Polizist ein Comic las, empörte mich: daß ein Analphabet über meine Zukunft bestimmte.

»Ich gehe zurück«, sagte Vere, »und gehe aufs Boot. Ich wecke den Kapitän und sage ihm, er soll die *Splendora* um die Landspitze und ein Stück aufs Meer hinaus steuern. Gehen Sie nach Quayside zurück. Können Sie schwimmen?«

»Ja«, sagte ich.

»Sind Sie ein guter Schwimmer?«

Ich bejahte.

»Warten Sie am Strand. Wenn Sie das Boot sehen – es wird ein blaues Licht setzen –, dann schwimmen Sie hinaus. Eine andere Möglichkeit, Sie an Bord zu schaffen, weiß ich nicht. Wir wollen hier nichts riskieren. Verstehen Sie? Wir kommen so dicht an Land, wie es geht, aber es kann trotzdem noch ziemlich weit sein. Sie haben doch nicht getrunken, oder?«

»Nein«, sagte ich.

»In Ordnung«, sagte er. Er packte mich knapp über dem Ellbogen am Arm. Er schüttelte ihn ein bißchen grob. »Gehen Sie jetzt«, sagte er. »Es dürfte nicht lange dauern.«

Die Halbinselstraße glich einer Straße in einem Traum: kerzengerade, dunkel und unheimlich still, die alten Bäume zu beiden Seiten wie auf Wache. Das Tor von Quayside war geschlossen. Der metallene Riegel war kühl, und der Torflügel schrappte über den Kies. Ich schloß ihn hinter mir und ging über den Rasen. Die Dunkelheit hatte sorgfältig alle Farbe aus den Rhododendron- und Hortensienblüten herausgesaugt. Das Haus war dunkel bis auf eine Gaslaterne unter dem Vordach und ein paar erleuchtete Fenster in den oberen Stockwerken. Als ich den Rasen zum Kliff hin überquerte, stolperte ich über eine vergessene Bocciakugel, die wie eine riesige schwarze Perle im Gras lag.

Am Strand wartete ich und suchte das Meer ab, als könnte mir das blaue Licht entgehen. Als es erschien, kam es mir sehr weit weg vor. Weiter, als ich je geschwommen war. Noch immer hielt ich meine kleine, mit Torheit vollgestopfte Reisetasche umklammert. Und Mrs. Reinhardts Bibel. Ich hatte nicht daran gedacht, Vere meine Tasche mitzugeben, und ich wußte, daß ich damit nicht schwimmen konnte. Ich stellte sie auf die Felsbrocken, zog mich aus und legte meine Kleider, sorgfältig gefaltet, auf die Tasche. Ich watete hinaus, so weit ich konnte, und versuchte dann, noch weiter zu waten, aber der Grund unter meinen Füßen sackte weg, und ich schauderte und begann, auf das blaue Licht zuzuschwimmen. Ich geriet fast sofort in eine kalte Strömung, und je weiter hinaus ich schwamm, desto stärker wurde sie und zog mich vom Boot weg. Ich spürte einen Fisch aufsteigen und mich streifen, glubschäugig, glibberig, und versuchte, nicht in Panik zu geraten. Ich konzentrierte mich aufs Schwimmen, aber das blaue Licht weigerte sich, größer zu werden, es blieb stur in der Ferne stehen, und jedesmal, wenn ich innehielt, um hinzusehen, schien es geschrumpft zu sein. Sie haben es aufgegeben, dachte ich, und fahren von mir weg, zurück zum Jachthafen. Ich schwamm schneller, und als ich das nächste Mal aufblickte, konnte ich das Boot und das Licht sehen, und ab da blickte ich alle hundert Züge auf, und jedesmal war das Boot größer, und schließlich schlug ich daran an, an seine wunderschöne weiße Haut, und Vere warf eine Strickleiter herab, die ich mit letzter Kraft erklomm.

Ich keuchte und zitterte und erbrach einen Schwall von Meerwasser über die Bordwand. Einen Moment lang blieb ich so stehen, auf die Reling gestützt, den Kopf gesenkt, dann blickte ich auf, zum Ufer zurück, und es brach mir beinahe das Herz, der Blick auf Andorra bei Mondlicht vom Meer aus. Der ins Meer hinausgreifende, dunkelgrüne Arm der Halbinsel, dahinter die in konzentrischen Ringen am Hang aufsteigende Stadt, ihr roter Granit vom Mond zum blassesten Rosa gebleicht. Und über La Plata die dunkle, steile Felswand, auf deren oberem Rand die wenigen Lichter des gottverlassenen Encampo. Ich stand an der Reling und rang nach Atem, und dann setzte sich das Boot in Bewegung, Vere sagte, wir sollten unter Deck gehen, und ich wandte mich von alledem ab und sah mich nicht mehr um: ich folgte Vere unter Deck, in eine kleine, fensterlose Kabine. Er brachte mir ein Handtuch und einen Pyjama, und mir fielen plötzlich meine auf dem Kiesstrand zurückgelassenen Kleider und meine Reisetasche ein. Ich fragte Vere, ob er sie holen und am anderen Morgen mitbringen könne.

Er versprach, sich darum zu kümmern.

Ich rubbelte mich mit dem Handtuch trocken, zog den Schlafanzug an und schlüpfte ins Bett. Ich konnte den Motor spüren und das dunkle Wasser gegen die dünne Wand klatschen hören. Ich fing erneut zu zittern an und konnte nicht mehr aufhören. Vere brachte mir einen großen Brandy. Ich trank ihn und spürte, wie sich eine ruhige Wärme nebelgleich in meinem Körper ausbreitete. Vere stand neben dem Bett, das leere Brandyglas in der Hand. Ich wartete darauf, daß er etwas sagte, aber er blieb stumm. Ich wollte ihn fragen, warum er mir half, aber mir fiel keine Formulierung ein, die nicht seinen Argwohn erregen würde. Er machte das Licht aus, blieb jedoch im Licht der offenen Tür stehen und betrachtete mich dabei, wie ich ihn betrachtete.

Ich erwachte bei Dunkelheit, einer Dunkelheit, die außer- wie innerhalb von mir zu herrschen schien, einer Dunkelheit, in der ich auf eine fast tröstliche Weise Mühe hatte, mich selbst auszumachen. Ich dachte: So ist der Tod.

Dann plötzlich erschien in der Dunkelheit ein kurzer, heller Lichtstreifen, und mir wurde klar, daß eine Tür geöffnet und rasch wieder geschlossen worden war und daß sich jemand bei mir in dem dunklen Raum befand.

Dieser Jemand blieb stehen, wie um der Dunkelheit Zeit zu lassen, sich wieder zu setzen und zu vervollkommnen, und fragte dann: »Sind Sie wach?« Es war Miss Quay.

»Ja«, antwortete ich.

Ich hörte, wie sie sich aufs Bett zutastete. Sie setzte sich daneben. »Wie fühlen Sie sich?« fragte sie.

»Gut. Müde. Ein bißchen desorientiert. Wo sind wir?«

»Sie sind in Sicherheit. Wir sind ungefähr ein, zwei Stunden von Andorra entfernt. Alles ist in Ordnung.«

»Gut. Danke.«

»Na ja«, sagte sie, »vielleicht nicht alles. Hören Sie, es ist etwas passiert. Mutter ist heute morgen zum Strand hinuntergegangen, um ihren Kajak zu verstauen, und dabei hat sie Ihre Kleider und Ihre Tasche gefunden.«

»Ich habe Vere gebeten, sie zu holen.«

»Ich weiß. Er hatte es ja auch vor, gleich heute morgen, aber Mutter war als erste auf den Beinen. Sie hat darauf bestanden, daß wir die Polizei verständigen. Vere und ich haben natürlich versucht, ihr das auszureden, aber unter den gegebenen Umständen konnten wir wenig machen, ohne alles zu verraten. Und dann haben wir gedacht, daß es ja vielleicht nur zum Guten ist.«

»Was?«

Sie blieb stumm.

»Was?« fragte ich erneut. »Was ist nur zum Guten?«

»Daß alle glauben, Sie hätten sich umgebracht. Sie wären tot.«

»Das glauben alle?«

»Ja. Jedenfalls hat alles danach ausgesehen. Die Polizei wartet natürlich noch darauf, Ihre Leiche zu finden, aber die könnte sonstwo angespült werden, oder überhaupt nicht, deshalb glaube ich nicht, daß das eine Rolle spielt. In Andorra gelten Sie als tot.«

Ich schwieg.

»Wahrscheinlich ist das nur zum Guten«, sagte Miss Quay. »Finden Sie nicht?« Sie streckte die Hand aus und ertastete im Dunkeln meine Stirn. Ich erinnerte mich, wie sie auf gleiche Weise Bitsys Stirn berührt hatte. »Sie sind ein bißchen warm«, sagte sie. »Haben Sie das Gefühl, Sie haben Fieber?«

»Ja.«

»Ich bringe Ihnen ein paar Aspirin.«

»Glaubt Ihre Mutter auch, daß ich tot bin?«

»Ja. Deswegen müssen wir uns auch vorsehen, wenn wir Sie vom Boot bringen. Mutter und Isolta dürfen Sie nicht zu Gesicht bekommen. Wir machen über Nacht ziemlich nahe an der Küste Halt, und wir rudern Sie im Morgengrauen an Land. Das dürfte nicht lange dauern.«

»In Frankreich?«

»Ja. Irgendwo in der Nähe von Marseille, glaube ich. Ich muß jetzt gehen. Ich habe Ihnen ein belegtes Brot, etwas Obst und eine Flasche Wasser mitgebracht. Ich stelle alles hier neben das Bett. Die Flasche ist geöffnet, passen Sie also auf. Die Toilette ist nebenan, falls Sie sie brauchen. Achten Sie nur darauf, daß niemand in der Nähe ist. Kann ich Ihnen noch etwas bringen?«

»Nein, danke.«

Sie blieb noch einen Moment sitzen. Ich war eben imstande, im Dunkeln die Oberfläche ihres Gesichts, das schwache Leuchten ihrer Haut und ihrer Augen auszumachen. »Gestern am Tor haben Sie gesagt, Sie wollten mir etwas erzählen, und ich habe Sie nicht gelassen. Möchten Sie mir immer noch etwas erzählen?«

Ich wußte, es war meine letzte Chance, aber es erschien mir zu spät. »Nein«, sagte ich.

Sie stand auf. »Dann lasse ich Sie jetzt allein. Ich komme nicht mehr herunter. Vere wird Sie morgen früh holen.«

»Und Sie?«

»Ich denke, es ist besser, wenn Vere und Sie allein fahren. Das ist unauffälliger.«

»Kommen Sie mit«, sagte ich. »Bitte kommen Sie mit.«

Ich merkte, daß sie an der Tür stehengeblieben war.

»Sie waren immer so freundlich zu mir. Bitte tun Sie mir diesen letzten Gefallen. Es käme mir so traurig vor, ohne Sie wegzugehen.«

Für einen langen Augenblick war es still, und ich dachte schon, sie hätte sich vielleicht irgendwie hinausgeschlichen. »Sind Sie noch da?« fragte ich.

»Ja«, sagte sie.

Ich wartete.

»Darf ich Sie etwas fragen?« sagte sie.

»Ja.«

»Haben Sie sie umgebracht?«

Einen Moment lang blieb ich stumm. Ich blickte in die Dunkelheit auf, und ich denke, es war die Dunkelheit, die Tatsache, daß ich weder Miss Quay noch sonst etwas sehen konnte, die es mir erlaubte, ja zu sagen.

»Warum?«

»Die Leute wollen immer wissen, warum, als ob es einen Grund gäbe. Als ob man, wenn man jemanden erdrosselt, vernünftig dächte, wo man doch in Wirklichkeit überhaupt nicht denkt, sondern an einen schrecklichen Punkt jenseits des Denkens gelangt ist und es tut, weil es das einzige ist, was man noch tun kann. »Weil es mir in dem Moment so vorkam, als wäre es das einzige, was ich tun kann«, sagte ich. »Es erschien mir notwendig, unvermeidlich. Als würde ich etwas unterbinden, was unterbunden werden mußte.«

»Aber das verstehe ich nicht. Warum diese Männer? Und

warum auf diese entsetzliche Weise? Was wollten Sie denn damit unterbinden?«

»Was für Männer?«

»Die Männer im Hafen«, sagte sie.

»Ich habe die Männer im Hafen nicht umgebracht«, sagte ich. »Warum sollte ich denn die Männer im Hafen umgebracht haben?«

»Aber Sie haben doch gerade gesagt, Sie hätten sie umgebracht. Das haben Sie mir doch gerade erzählt.«

»Nein. Sie haben mich mißverstanden.«

Sie blieb einen Moment lang stumm, dann fragte sie: »Wen haben Sie denn umgebracht?«

Noch konnte ich zurück, wenn ich wollte. Ich konnte alles zurücknehmen und wäre wieder in Sicherheit. Aber ich würde nie wieder in Sicherheit sein. Helen, wie sie mit Tränen in den Augen und Blättern im Haar über die Wiese auf mich zukam –

»Sagen Sie's mir«, sagte Miss Quay. Sie sagte es sanft. »Verschweigen Sie es mir nicht.«

»Ich habe meine Frau umgebracht«, sagte ich. »Und meine Tochter.«

Sie gab keinen Laut von sich. Miss Quay: dort stand sie in ihrem Kleid, in der Dunkelheit, und umklammerte hinter ihrem Rücken den Türknauf.

»Warum?« fragte sie.

Warum?

Weil sie aufgehört hat, mich zu lieben. Weil sie jemand anderen geliebt hat. Weil sie gesagt hat, sie hätte mich eigentlich nie geliebt. Weil sie über mich gelacht hat. Weil sie mich nicht mehr anfassen wollte. Und sich nicht mehr von mir anfassen lassen. Weil sie mich das Baby nicht halten lassen wollte. Weil sie sich nachts von mir weggedreht hat. Weil ich mich selbst nie gemocht habe. Weil sie ein eigenes Bankkonto eröffnet hat. Weil sie anfing, das Baby Annie anstatt Anna zu rufen. Weil sie mir gesagt hat, das Baby sei gar nicht von mir.

Weil sie mich verlassen wollte. Weil sie dem Mann von der Teichbaufirma gesagt hat, er solle den Teich ausbaggern, ihn tief machen, richtig tief, so tief, daß jemand sich darin ersäufen konnte. Weil sie die signierte Erstausgabe von *In Youth is Pleasure* für zehn Dollar verkauft hat.

Und Anna? Weil sie alles mitangesehen hatte, und obwohl es heißt, Babys hätten keine Erinnerung, erkannte ich an der Art, wie sie mich ansah, daß sie sich erinnern würde. Sie würde sich immer daran erinnern, mich immer daran erinnern. Und deshalb habe ich sie auch umgebracht, weil ich nicht genug Grips hatte, um mich selbst umzubringen.

»Das kann ich Ihnen nicht erklären«, sagte ich.

»Nein, vermutlich nicht.«

Langes Schweigen trat ein.

»Kommen Sie morgen mit?« fragte ich schließlich.

»Ja«, sagte Miss Quay. »Ich komme mit.« Und dann machte sie die Tür auf und schloß sie hinter sich.

Als Vere uns am Morgen an Land ruderte, war die Sonne aufgegangen, und es war schon warm, doch alles war ruhig und still und schlief noch: das Boot, das Wasser, die ganze Welt. Keiner von uns sagte etwas. Bloß das Geräusch, mit dem die Ruder das Wasser verdrängten, und das Quietschen der Dollen. Miss Quay saß im Bug, hielt das Gesicht von mir abgewandt und beobachtete über ihre Schulter hinweg, wie das Ufer näherkam.

Einen Strand gab es nicht, bloß einen Streifen flaches, mit Steinen durchsetztes Wasser und eine mit Felsbrocken übersäte Uferböschung. Vere gelang es, das Dinghi zwischen den Steinen hindurch in einen ruhigen Tümpel am Rand der Böschung zu steuern. Miss Quay kletterte aus dem Boot auf eine steinige Bank. Vere und ich stiegen ins Wasser und zogen das Boot auf die Steine. Wir blieben einen Moment lang stehen und blickten die Böschung entlang in beide Richtungen. Sie war zu hoch, um sie zu erklettern.

»Es sieht so aus, als könnten Sie hinaufsteigen, wenn Sie um den Vorsprung da herumgehen«, sagte Miss Quay. Es war das erste, was einer von uns sagte, seit sie mich geweckt hatten. »Dort ist es nicht halb so steil wie hier.«

»Ja«, sagte Vere. »Das scheint die einzige Stelle zu sein.«

Ich konnte mich weder bewegen noch sprechen.

Nach kurzem Schweigen sagte Miss Quay: »Na los, ich komme mit. Haben wir noch Zeit, Vere?«

Vere sah auf seine Uhr. »Ja«, sagte er. »Ich warte hier.«

Miss Quay nahm meinen Arm und sagte: »Kommen Sie.« Wir marschierten los, die feuchte, steinige Bank am Fuß der Böschung entlang auf den Bereich zu, wo das Gefälle sanfter wurde. Wir sagten kein Wort. Wir gingen ziemlich weit – vielleicht einen halben Kilometer –, ehe wir an eine Stelle kamen, wo wir die Böschung hinaufklettern konnten. Oben angelangt, befanden wir uns in einem grasigen Feld neben einer ungeteerten Straße. Ein Feuer hatte einen verbrannten Fleck hinterlassen. Auf der anderen Straßenseite erhoben sich Terrassen mit Olivenbäumen. Es waren keine Gebäude zu sehen.

Wir blieben stehen und schauten die Straße auf und ab.

»Und«, sagte Miss Quay, »in welche Richtung wollen Sie gehen?«

»Ich weiß nicht.«

»Eine Stadt findet sich vermutlich in beiden Richtungen«, sagte sie. »Und von der Stadt aus ist es bestimmt kein Problem, nach Paris zu kommen. Deshalb werde ich Sie jetzt verlassen. Ich hoffe, es klappt alles bei Ihnen und Sie – –«

»Kommen Sie mit mir«, sagte ich.

Sie schwieg. Einen Moment lang dachte ich, ich hätte es vielleicht gar nicht gesagt, sondern nur gedacht.

Doch dann sagte sie: »Wie meinen Sie das?«

»Verlassen Sie mich jetzt nicht.«

»Ich kann nicht mit Ihnen kommen«, sagte Miss Quay.

»Warum nicht?«

»Ich kann nicht. Es geht einfach nicht.«

»Ich liebe Sie«, sagte ich.

Sie sah mich an. »So?« sagte sie. Sie schaute zurück in Richtung Boot, aber die Böschung verbarg es. Dann schüttelte sie ganz leicht den Kopf. »Ich glaube nicht, daß Sie mich lieben. Ich denke, Sie glauben, daß Sie mich lieben, weil Sie Angst davor haben, allein weiterzugehen. Aber genau das müssen Sie jetzt.«

»Ich liebe Sie. Ich bin mir sicher.«

»Ich nicht.«

»Was kann ich sagen, um Sie zu überzeugen?«

»Nichts.«

»Lieben Sie mich?«

»Ich weiß es nicht. Manchmal habe ich es geglaubt. Aber ich weiß es nicht.«

»Aber es könnte sein.«

»Es könnte sein. Ja, möglich ist es: Es könnte sein.«

»Dann kommen Sie mit mir. Erinnern Sie sich noch, was Sie mir von Ceylon erzählt haben? Wie Sie dort Ihre Chance eingebüßt haben?«

»Natürlich. Und natürlich muß ich jetzt daran denken. Aber –«

»Aber was?«

»Das war etwas anderes, was in Ceylon passiert ist. Ich hätte mit ihm gehen sollen, ja. Ich werde immer bedauern, daß ich es nicht getan habe. Aber das ist etwas anderes.«

»Inwiefern?«

»Inwiefern? Ich habe ihm vertraut. Ich habe ihm völlig vertraut. Ich konnte mir nichts als Glück mit ihm vorstellen. Und bei Ihnen ist das anders. Ihnen vertraue ich nicht völlig, und ich kann mir –«

»Was?«

»Ich kann mir Unglück mit Ihnen vorstellen.«

»Aber Sie können sich auch Glück vorstellen?«

»Ja«, sagte sie. »Aber nicht genug, um mit Ihnen diese

Straße entlangzugehen. Es tut mir leid. Ich weiß, ich habe Sie enttäuscht. Und vielleicht habe ich auch mich selbst enttäuscht. Aber – nun ja. So was passiert nun mal im Leben. Und jetzt sollte ich zu Vere zurückgehen. Ich habe schon zu lange gebraucht.«

Ich schwieg.

Sie besah sich die Straße und deutete dann in eine Richtung. »Ich finde, Sie sollten hier entlang gehen«, sagte sie.

»Dann gehe ich hier entlang.«

Sie blieb stehen. Der Wind faßte ein paar Strähnen ihres Haars, das sie wie stets am Hinterkopf zusammengesteckt hatte.

»Tun Sie mir einen Gefallen?« fragte ich.

»Was denn?«

»Lassen Sie Ihr Haar herunter«, sagte ich. »Ich habe Sie nie mit offenem Haar gesehen.«

Sie kniff leicht die Augen zusammen, griff dann mit einer Hand nach dem Knoten und zog die Nadeln heraus. Ihr Haar fiel ihr als langer, dünner Strang am Rücken hinunter. In dem vergeblichen Bemühen, es zu lockern, schüttelte sie leicht den Kopf. Ich griff nach ihrem Haar und berührte es. Sie schloß die Augen. Ich zog die Finger der Länge nach hindurch und ließ es dann zurückfallen. Mit offenem Haar sah sie ganz anders aus: älter und ein wenig mitleiderregend.

Gleich darauf öffnete sie die Augen und entfernte sich einen Schritt von mir. Sie wand sich das Haar wieder hoch und steckte es mit Nadeln fest. Sie war wieder die Alte.

»Danke«, sagte ich. »Danke für alles, was Sie getan haben.«

»Schreiben Sie mir?« fragte sie.

»Ja.«

»Dann sage ich nicht auf Wiedersehen, sondern nur viel Glück. Alles Gute.«

Und sie drehte sich um und kletterte die Böschung hinunter ans Ufer. Ich trat an den Rand vor und sah ihr nach, wie sie den Uferstreifen entlangging. Sie blickte nicht zurück.

Es herrschte Flut, und sie mußte stellenweise von Felsblock zu Felsblock springen. Ich sah zu, wie sie in das kleine Boot stieg, sah zu, wie es zur *Splendora* hinausruderte. Ich wollte erst gehen, wenn die *Splendora* fort war, und so blieb ich auf dem Kliff sitzen und wartete. Ich dachte wohl – oder hoffte –, Miss Quay könnte es sich anders überlegen, beschließen, doch mit mir zu kommen, und ich würde das kleine Boot wieder zum Ufer zurückrudern sehen. Und sie würde durch die flachen Wassertümpel auf mich zugerannt kommen. Ich blieb sitzen und wartete. Mit dem Steigen der Sonne wurde es wärmer. Ich legte mich auf die warme Erde. Ich blickte zum wolkenlosen Himmel auf. Wie blau er war.

Als ich mich aufsetzte, entfernte sich die *Splendora* gerade von mir, und zwar rasch, so schien es, als hätte sie es eilig, wegzukommen. Und dann war sie verschwunden, und das Meer war vollkommen leer, und die *Splendora* war auf eine Weise verschwunden, daß man denken könnte, sie sei niemals dagewesen. Ich saß lange da und blickte auf die leere Fläche des Meeres hinaus.

Wie rasch Dinge verschwinden.

Es ist so ruhig, wie es je wird. Das Neonlicht in meiner Zelle geht flackernd aus. Mitternacht. Ich muß mich wohl damit abfinden, daß mein Buch fertig ist und ich es nicht bin. Dennoch schreibe ich im Dunkeln weiter, schreibe, weil ich es nicht ertragen kann, aufzuhören. Bloß Worte, das unendlich hervorsprudelnde Vokabular der Welt: Gitter, Rampenlicht, Amphore, gestikulieren, Séance, greifen, worfeln, Konstantinopel, zyklisch, Häschen, Basenji, Kelch, Dohle. Geranien. Schwimmender Markt.

Grammophon, Euphrosyne, vorletzter. Millicent Sherwood. Cocktail.

Andorra. Vor vielen Jahren habe ich ein Buch gelesen, das in Andorra spielt …